KB103075

일곱 도시
이야기

NANA TOSHI MONOGATARI [SHINBAN]

일곱 도시
이야기
다나카 요시키 장편소설 · 손진성 옮김
시옷북스

차례

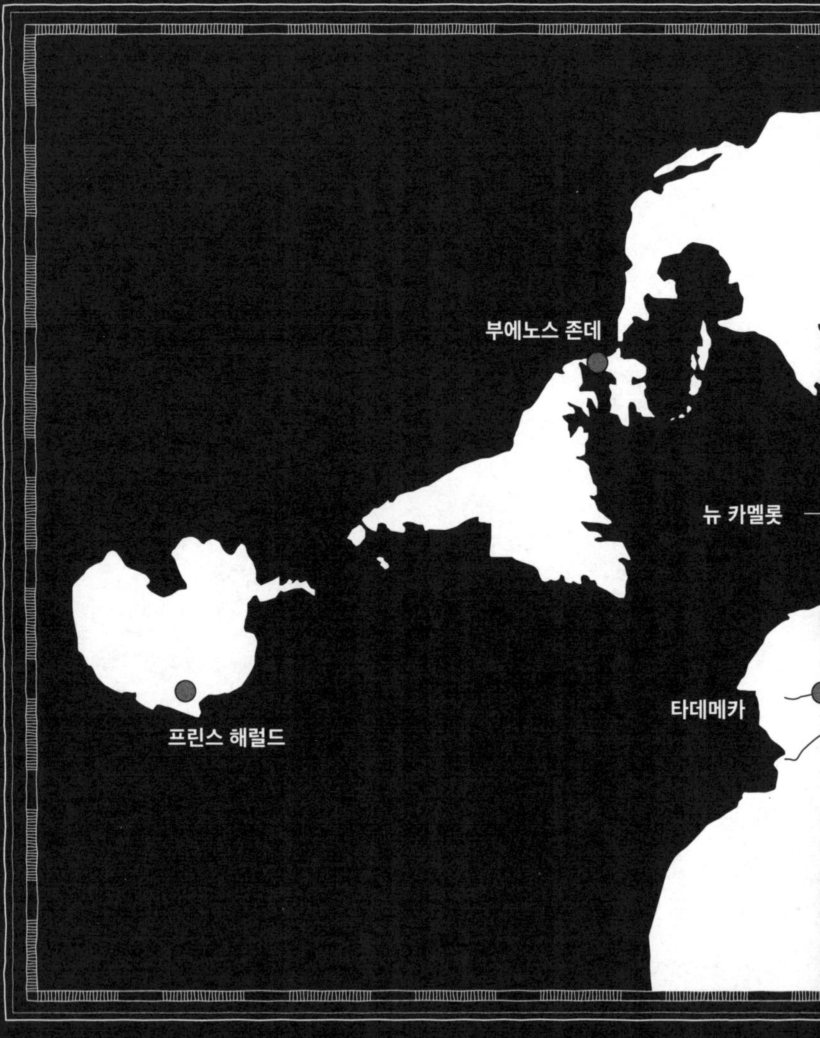

부에노스 존데

뉴 카멜롯

프린스 해럴드

타데메카

대전도 이후의 지구

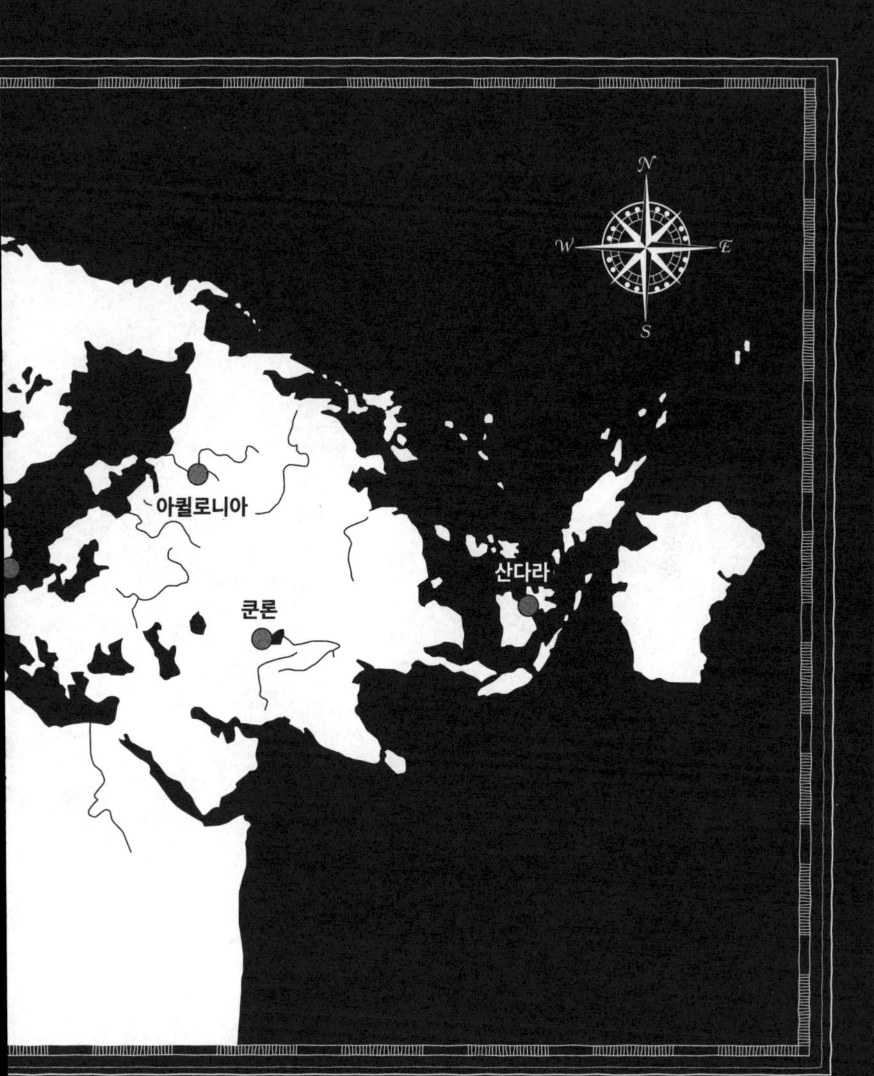

케네스 길포드
뉴 카멜롯 시 간부
알마릭 아스발(AAA)
아퀼로니아 시 정규군 대령

등장인물 소개

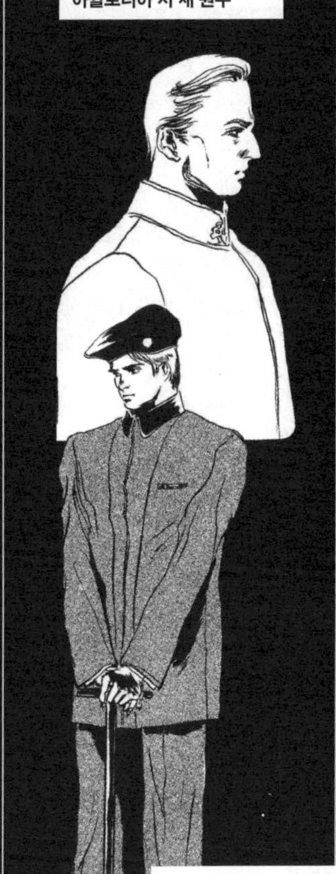

니콜라스 블룸
아퀼로니아 시 새 원수

귄터 노르트
부에노스 존데 시 북부관구 사령관

에곤 라우드루프
부에노스 존데 시 집정관

※ 일러두기

이 책에 등장하는 인물의 일러스트는 원서의 것을 그대로 따랐습니다.

(유리 크루건의 경우 원서에 일러스트가 없습니다.)

카렐 슈터밋
프린스 해럴드 시 총사령관
찰스 콜린 모블리지 주니어
아퀼로니아 시 전대 원수의 아들

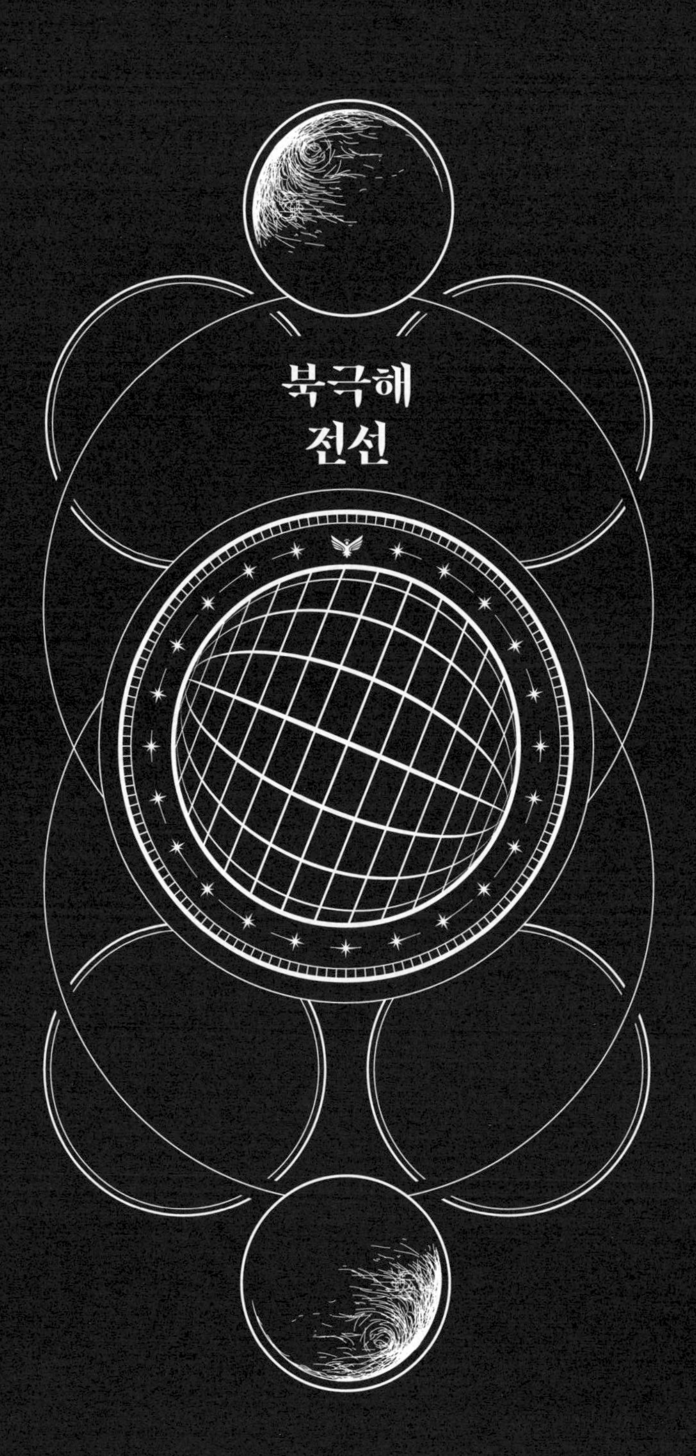
북극해
전선

0

잘 알려져 있는 사실이지만, 서기 2088년 월면 도시에 세워진 '범인류세계정부Pan Human World Government'는 소박한 이상주의로 치장된 그 이름과는 달리, 지구의 자전축이 90도 뒤집힌 '대전도Big Falldown'의 파국을 달 표면의 안전지대에서 구경하는 혜택을 누리게 된 소수의 사람들에 의해 발족되었다.

대전도로 인해 북극점은 지구 최대의 바다인 태평양 동북부로 이동했다. 대전도 이전에 사용한 좌표로 표기해 보면 북위 22도 04분, 서경 140도 26분이다. 당연히 남극점도 이동했고, 현재 그 위치는 아프리카 대륙과 마다가스카르 섬 사이에 있는 모잠비크 해협이다.

지구 전체가 대전도됨에 따라 5억 제곱킬로미터에 달하는 그 표면은 사전에 기록된 모든 종류의 재해에 휩싸였다. 호우, 홍수, 지진, 폭풍, 화산 분화, 지반 붕괴, 산사태…. 모든 종류의 신화에 등장하는 광포한 신들이 자신의 능력을 남김없이 발휘하여 가이아를 공격했으나, 피해자인 동시에 가해자 처지에 놓인 건 가이아의 불초자식들인 인류였다. 재해로 파괴된 원자력 발전소와 생화학 병기 시설들은 악의와 악취로 가득한 독소를 토해내어 대지의 여신을 고통스럽게 했다.

월면 도시에 거주하던 200만 명은 3년에 걸쳐 지속된 재해와 그에 따른 100억 명의 죽음을 38만 킬로미터 허공 저편에서 구경했다. 물론 월면 도시 사람들이 마음 아파하지 않았다는 증거는 그 어디에도 없다.

2091년에 이르러 월면 도시의 생존자들은 마치 신들이 강림하듯 지구 표면에 최초의 발자국을 남겼다. 참상은 슬퍼할 만했지만, 과거를 탄식하기보다 현재를 개선하고자 노력하는 편이 더 중요했다. 어찌 되었든 인구 과잉 문제, 특히 빈곤층이 크게 늘었던 사회적 곤란은 말끔히 사라졌다. 그들은 이 모든 일이 섭리이며, 이번에야말로 질서 잡힌 인류 문명을 재건할 수 있으리라 기대했다.

그리하여 급변한 자연환경과 무수한 백골들로 뒤덮인 지구상에 완벽한 도시가, 자원 개발 계획에 따라 일곱 도시로 나뉘어 건설되었다. 이는 동시에 지구 표면을 일곱 곳으로 분할해 각 지역의 통치, 지배, 개발까지도 분담함을 의미했다. 물론 대전도의 재앙을 이겨내고 살아남은 사람들도 재조직되었다.

일곱 개의 도시는 다음과 같은 명칭과 특성을 지니고 있다.

제1도시 아퀼로니아. 이 도시는 시베리아 대륙 레나강의 중류 평야에 건설되었다. 시베리아는 만년설과 365일 내내 얼어붙은 땅이란 중압에서 해방되었고, 지하에서 단잠을 즐기던 방대한 자원들은 개발을 몰아붙이는 사람들의 탐욕스러움에 그 모포가 벗겨지려는 참이었다. 아퀼로니아는 시베리아의 지상과 지하를 지배할 뿐만 아니라 폭이 3킬로미터에 달하는 레나강을 거쳐 따뜻해진 북극해(이제는 더 이상 어울리는 이름이 아니지만)로 이어지는 항로를 손에 넣게 되어, 발전 가능성이 폭넓게 열렸다.

제2도시 프린스 해럴드. 이 도시는 북극해와 마찬가지로 이름이 무색해진 남극 대륙의 사라진 빙하 자리에 건설되었다. 막대한 지하자원과 잠재적 발전 에너지는 아퀼로니아마저 능가할 것이라는 기대를 받았다.

제3도시 타데메카. 이 도시는 불모지로 이름 높았으나 대전도 이후 기상 변화를 겪으며 풍요로운 아열대성 초원으로 변한 아프리카 대륙의 일부인 니제르강 부근에 건설되었다. 타데메카란 고대에 이 지방에서 번창했던 가라만테스족의 왕도王都 이름으로, 특히 부와 강력한 군대는 서구 역사학의 아버지라 불리는 고대 그리스의 역사학자 헤로도토스에 의해 기록될 정도였다.

제4도시 쿤론. 이 도시는 대전도로 땅이 함몰하면서 표고 2천미터 전후까지 침하한 티베트고원 일각에 건설되었다. 3만 제곱킬로미터에 달하는 광대한 새 함몰 호수에 인접한 이 도시는 새로운 적도의 거의 바로 밑에 위치해, 열대 고원 특유의 따뜻한 봄이 지속되는 축복받은 기후를 누리게 되었다.

제5도시 부에노스 존데. 도시의 이름은 아름다운 지평선을 의미하지만, 처음에는 엘도라도라는 낯 뜨거운 이름으로 불릴 뻔했다. 대서양 해역이 아마존 유역까지 침투해 들어오고 안데스산맥이 크게 함몰하면서 옛 적도의 남쪽에서 대서양과 태평양 두 바다가 강렬한 입맞춤을 나눈 결과 이 도시가 건설되었다. 아마존해의 가장 깊은 곳에 위치하며 페루 해협을 지배하고 있다. 새로운 북극에서 불어오는 찬바람이 안데스의 잔해에 막힌 탓에 비교적 온난하다.

제6도시 뉴 카멜롯. 시대착오적인 명칭이 보여주듯이 과거 영국의 거의 중앙부에 건설된 도시로, 북극해 방면의 지배권을 아퀼로니아와 양분하고 있다. 영국 전설에나 나오던 카멜롯이란 이름이 이 도시 사람들의 마음에 영향을 주기라도 하는지 뉴 카멜롯 시민들은 아퀼로니아를 제치고 북극해 전역의 지배자가 되려는 야욕이 강하다. 다른 한편으로는 대서양·지중해 방면을 둘러싸고 타데메카와 자주 대립한다.

제7도시 산다라. 유라시아와 오스트레일리아 양 대륙 사이의 다도해에 위치하며, 바다를 거쳐 새로운 양극점으로 통하는 교통의 요충지이다. 산다라는 중세에 이 다도해를 지배한 왕후의 이름에서 유래했다. 기후는 대전도 전 열대에서 대전도 후 아열대로 바뀌었다. 화산 활동의 피해가 컸던 지역이다.

일곱 도시는 지구 표면에서 건설적인 혹은 비건설적인 경쟁에 열중했다.

말 그대로 '지구의 표면'에서 말이다. 왜냐하면 일곱 도시에 사는 사람들은 하늘을 나는 수단을 소유할 수 없기 때문이다.

올림포스의 신들이 인류에게 불을 금했듯이, 월면 도시의 거주자들은 일곱 도시에 사는 사람들에게서 항공·항주航宙 기술을 빼앗았다. 지상에 세워진 일곱 도시에 대한 월면 도시의 절대적인 지배권을 유지하고자 비행 기술과 인적자원을 독점한 셈이다. 도시로 이주하고 나서야 그러한 체제를 강요당한 일곱 도시의 주민들은 분개했으나, 저항

수단은 이미 존재하지 않았다.

명칭에 대한 유머 감각의 수준에 관해서는 다양한 의견이 있겠지만, 월면 도시의 주민들이 지구의 일곱 도시인들을 감시하고 제압하고자 구축한 시스템을 '올림포스 시스템'이라고 불렀다. 이 시스템은 월면에 설치된 출력 20만 메가와트짜리 레이저포와 위성 궤도에 늘어선 24개의 무인 군사위성, 그것들에 의해 컨트롤되는 1만 2천 개의 부유 센서로 이루어져 있었다. 이 모든 것에 최신 경면鏡面 가공이 행해졌다.

올림포스 시스템은 일정한 질량과 일정한 속도의 물체가 지구의 지상에서 500미터 이상 높이에 이르면 곧바로 파괴되도록 설계되었다. 월면 도시에서 출발하는 셔틀이나 항공기만이 파괴를 면할 수 있었다. 일곱 도시에서 직접 제작한 항공기가 60대 넘게 파괴되자, 마침내 사람들은 월면 도시의 전횡에 대한 저항을 단념했다. 이리하여 달이 지구를 지배하는 시스템이 완성되었다.

월면 도시의 영화가 갑자기 종국에 이르게 된 건 서기 2136년의 일이었다. 달 셔틀이 결항되고 통신이 끊어졌다. 일곱 도시의 사람들은 불안감과 해방감 속에서 꼼짝달싹 못 하며 3개월을 보냈다. 이윽고 소형 무인 셔틀 한 척이 북극해에 떨어졌고, 그 안에서 비디오테이프 하나가 발견되었다. 녹화 상태는 형편없었지만, 달 뒤편에 떨어진 한

운석에서 미지의 바이러스가 검출되었고 바이러스가 퍼진 탓에 월면 도시의 모든 주민이 치사성 열병에 감염됐다는 사실이 판명되었다.

월면 도시의 사람들이 전멸했어도—그걸 부정할 만한 근거를 일곱 도시 사람들은 갖고 있지 않았지만—편집증과 주도면밀함에 따라 구축된 올림포스 시스템은 이 세상에 존재하지 않는 주인을 위해 활동을 계속했다. 일곱 도시 사람들이 계산한 결과, 올림포스 시스템을 유지하는 에너지원은 가장 짧아도 향후 200년은 쉬지 않고 계속 작동할 듯이 보였다. 일곱 도시 사람들은 월면 도시의 지배에서는 벗어났지만 하늘의 봉인은 풀리지 않은 상황에 처했다. 일곱 도시가 공동 제작한 셔틀이 성층권보다 까마득한 아래 고도에서 레이저 빔에 파괴되자, 사람들은 운명을 받아들일 수밖에 없었다.

그리하여 지구상의 일곱 도시에 사는 사람들은 하늘을 잃었다. 하늘은 그저 바라보는 대상일 뿐이었다. 200년, 그러니까 7만 3천 일이라는 시간이 올림포스 시스템을 정지시키거나 제2의 프로메테우스가 천계의 신들에게 반역의 화살을 쏘지 않는 한 상황을 바꿀 방법은 없었다. 월면 도시에서 태양계 안의 다른 행성으로 이주한 사람들의 존재도 생각해 볼 수 있었지만, 일곱 도시 사람들에게는 확인하거나 탐사할 만한 수단이 없었다.

일곱 도시의 시민들에게는 일곱 도시만이 사회의 전부였다. 시간이 지날수록 인구는 늘어났고, 남겨진 사람들의 연대감은 경쟁의식과 타산으로 인해 변질되었다. 일곱 도시는 스스로를 지킨다는 명목으로 군대를 만들어 때로는 피를 흘리고, 때로는 화해했다. 마치 올림포스 시스템이 파멸하는 날까지 심심풀이를 하듯이. 물론 전쟁을 지시한 사람에게는 나름대로의 이유가 있었지만 말이다. 그리고 도시에 따라서는 대전도에서 살아남은 사람들과 그 뒤에 월면 도시에서 이주한 사람들과의 사이에 반감이나 적의도 생겼다.

그리고 지금은 서기 2190년이다….

I

"원수元首의 아드님."

청년 찰스 콜린 모블리지 주니어는 뉴 카멜롯 시에서 그렇게 불렸다. 그의 부친이 4년 전까지 아퀼로니아 시 정부의 원수였기 때문이다.

원수의 아드님이라는 호칭은 부르는 사람도 불리는 사람도 경칭으로 생각하겠지만, 사실 이 정도로 개인을 모욕하는 호칭도 드물다. 모블리지 주니어가 형식적으로나마 충분한 경의와 대우를 받는 까닭이 자신이 아닌 그의 부친 덕분이란 뜻이니까.

찰스 콜린 모블리지는 5기 25년에 걸쳐 아퀼로니아의 원수직에 재임하며 군사적·외교적 위기를 몇 번이나 탁

월하게 처리했고, 비대한 관료 조직을 개혁했으며, 수많은 악습을 고쳤다. 용모와 언행 모두 당당했으며, 자신이 한 말은 철저히 지키며 시민의 지지와 칭송을 받았다. 선전宣伝에 능숙할 뿐이라는 평도 있지만, 어쨌든 25년간 합법적으로 권력을 유지했다.

하지만 이러한 위인도 노년에 이르러서는 자신의 이름을 더럽히고 말았다. 찰스 콜린 모블리지는 오랜 재임 기간 동안 한 다스가 넘는 숫자의 정적을 링 밖으로 밀쳐냈으며 그 숫자의 배에 이르는 후계자 후보를 후보인 채로 끝냈다. 4기 집정에 이르러서는 친자식을 수석 비서관에 임명했고 5기 때는 그 비서관을 신설된 부원수직으로 승격시켰다. 공사를 구분하지 못하는 모블리지의 노골적인 처사에 오랜 지지자들마저 등을 돌렸다.

5기의 마지막 해, 임기 만료를 90일 앞둔 시점에 모블리지는 정부 청사에서 기자회견을 열었는데, 자신의 은퇴와 아들의 차기 원수 선거 출마를 공표하기 위함이었다. 그러나 회견장에 들어선 모블리지는 세 걸음을 걷고 네 걸음을 디디려는 찰나 쓰러졌다. 급성 뇌출혈이었다. 그 순간 모블리지 왕조의 꿈은 미수에 그치고 말았다.

새 원수로 니콜라스 블룸이 선출된 까닭은 모블리지의 악취가 배지 않은 사람이라면 누구든 좋다는 풍조에 기인했음을 부정할 수 없지만, 니콜라스 블룸의 청렴하고 이지

理智적이며 인격적인 매력이 부친의 위광威光을 받아 극채색을 띠는 모블리지 주니어의 매력보다 뛰어나다는 이유가 가장 컸다.

참패를 당한 모블리지 주니어는 더는 아퀼로니아에서 지낼 수가 없었다. 자존심에 치명상을 입었을 뿐만 아니라, 사직 당국의 손길이 다가오는 기척을 느꼈기 때문이다. 아버지의 급서를 맞이하기 전까지 모블리지 왕조의 존속을 추호도 의심치 않았던 모블리지 주니어는 상당한 공금을 국고에서 '빌려' 썼다. 모블리지는 권력을 독점하고 법에 따라 그것을 행사하는 일만으로 만족했지만, 아들은 그 선을 넘었다. 그리하여 모블리지 주니어는 추궁을 피해 뉴카멜롯으로 도주할 수밖에 없었다….

집사가 나타나 모블리지 주니어에게 방문객이 왔음을 알렸다. 임시 거처의 응접실에 모습을 보인 사람은 한 사관이었다.

귀족 같은 용모에 키가 큰 청년이었는데, 약간 혈색 나쁜 얼굴에 비스듬하게 난 상처가 좋은 쪽이든 나쁜 쪽이든 비범한 인상을 주었다. 사파이어 같은 눈동자도 마음이 약한 사람이라면 똑바로 쳐다보기 어려울 듯했다. 스물아홉 살이라는 젊은 나이에 준장准將의 지위에 오른 케네스 길포드였다.

"원수의 아드님…."

케네스 길포드 준장은 차갑게 입을 열었다. 길포드는 뉴 카멜롯 시 정부의 간부들 중에서는 소수파로서, 자신이 태어나 자란 도시에 쓸모없는 문제를 가지고 온 원수의 아드님에게 타산에 얽힌 호의조차 보이려 하지 않았다.

모블리지 주니어는 망명자의 처지에 만족하지 않았다. 그는 1년 동안 고향으로부터 6천 300킬로미터 떨어진 망명지에서 모종의 계획을 짜고, 동지들과 논의하고, 뉴 카멜롯 시 정부 고관들에게 인정으로 호소하고 논리로 설득하며 이익으로 회유한 끝에 아퀼로니아를 무력으로 제압하겠다는 약속을 받았다.

길포드 준장은 노련한 샹 론 소장과 함께 모블리지 주니어의 군사 기술 고문으로 근무하게 되었다. 물론 길포드가 기꺼이 맡지는 않았다. 2월 6일 오늘, 군사령부 상관에게서 하달받았을 뿐이다.

"길포드 준장, 자네에게 중대한 임무를 내리겠다. 모블리지 주니어의 요청에 따라 아퀼로니아로 진격하는 군사작전을 맡도록."

"그러면 작전 지휘관은 모블리지 주니어입니까?"

"물론이다. 명심하게. 이 작전의 목적은 어디까지나 모블리지 주니어의 권리 회복이네. 아퀼로니아 시는 선대 모블리지 원수의 공적에 대해 망은忘恩이 심해. 모블리지 동상을 철거하고 초상화도 파기하고 있다더군."

길포드는 모블리지 원수의 동상 따위에는 아무 관심도 없었다.

"우리들은 어디까지나 모블리지 주니어를 돕는 입장이란 겁니까?"

"그렇다."

"그러면 어떠한 보수도 요구하지 않고 무상으로 모블리지 주니어에게 봉사한다는 소리이군요. 승리하고 나서도 영토를 받는다거나 어떠한 권익도 요구하지 않는다는 말이시겠죠?"

준장의 빈정거림은 꽤 무례했고, 길포드 본인 또한 그 무례함을 충분히 자각하고 있었다. 길포드의 사파이어 같은 눈동자에는 날카롭게 다듬어진 강렬한 빛이 떠올랐다. 적군의 1개 중대를 눈빛만으로 제압했다고 하는 전설이 빈말은 아닌 듯했다. 상관조차 계급장의 무력함을 통감하며 기가 꺾이고 말았다. 길포드 앞에서 허세의 갑옷 따위는 순식간에 뚫리고 만다.

"물론 전비戰費는 몇 년에 걸쳐 받아야겠지. 상응하는 권익도 아퀼로니아의 신 정권에 요구할 테고. 어쨌든 모블리지 주니어 입장에서는 타향에서 떠돌다 죽음을 맞이하기보다 고향의 위인이 되기를 바라는 게 당연하지 않겠나."

"위인이라…."

"그리고 이 작전으로 북극해 전역에 평화가 확립된다면

기뻐할 일이 아닌가?"

"그리고 각하는 내년 주석 선거에 출마하시고요?"

격렬한 낭패의 풍압이 길포드를 향해 불어왔다. 젊은 준장의 사파이어 같은 눈동자가 감정의 눈보라에 휩싸였다.

길포드를 외면하며, 상관은 일부러 어깨를 으쓱거렸다.

"누구에게 들었는지 모르겠지만, 무책임한 소문에 일일이 대응할 생각은 없네."

"소문이라고 하시니 한 말씀 올리겠는데, 최근 들어 부끄러움을 모르는 풍조가 퍼지고 있다는 얘길 들었습니다. 군대나 경찰 고관이 일당 일파에 치우친 정치 활동을 하고, 뇌물을 받으며, 장래의 지위와 이권을 약속받는다던데요."

상관은 주먹으로 책상을 내리쳤고, 갈라진 목소리는 노기를 띠었다.

"준장, 자네가 나이에 맞지 않는 과분한 존경을 받는 이유는 자네가 용병가로서 뛰어난 실적을 올렸기 때문이지, 사회 평론가처럼 말재주가 뛰어나서가 아니네."

"그건 몰랐습니다. …존경받고 있다는 건요."

길포드가 용병가로서 존경받는다는 건 사실이다. 소형 함정을 이용해 내륙 하천이나 수로에서 기동전을 지휘하는 능력은 타의 추종을 불허한다.

한때 대함 거포가 주목받는 시대가 분명히 존재했지만, 현재는 그렇지 않았다. 중요한 것은 속도와 유연성이며, 하늘을 자유롭게 날아다닐 수 없기 때문에 대륙 내부의 수로를 무력 제압하는 능력과 기술은 귀중했다. 특히 아퀼로니아의 운명은 레나강 수로에 달려 있다고 해도 과언이 아니므로, 용명 높은 길포드 준장이 수로 제압에 성공한다면 뉴 카멜롯의 군사적 모험은 예상보다 크게 웃도는 목표를 달성하게 될 것이다.

본의도 아니고 강요당하는 입장이라 불쾌하기도 했지만, 케네스 길포드는 용병가로서 최선을 다할 생각이었다. 젊은 준장은 모블리지 주니어의 승리를 바라지도 않았고 뉴 카멜롯 시의 야심에도 적극적인 관심을 갖지 않았지만 자신이 패배자가 되는 일만은 견딜 수 없었다. 길포드는 얼굴에 난 상처를 긴 손가락으로 어루만졌다. 패배는 한 번으로 족하다. 사랑과 마찬가지로, 두 번은 너무 많다.

모블리지 주니어에게 인사하고 나서, 길포드는 향응을 거절하고 밖으로 나와 하늘에 뜬 달을 보았다.

"월면 도시에 아직 누군가가 살아남아 있다면 한번 지상에 내려와 보는 게 좋을 거야. 자기들이 낳은 일곱 형제가 터무니없는 불량아로 자란 걸 보면 얼굴을 붉히고 싶어질 테니까."

달은 침묵했다. 길포드는 별로 실망하지 않았다. 대답 같은 건 애초에 기대하지 않았으니까.

II

아퀼로니아의 원수 니콜라스 블룸은 참신한 이상주의자로서 일반 시민들의 지지를 받아 25년간 행해진 모블리지 독재의 사후 처리를 맡게 되었지만, 1년 동안 건설적인 정치를 할 여유가 없었다. 간신히 구습을 철폐하자 모블리지 주니어가 뉴 카멜롯의 무력을 등에 업고 아퀼로니아로 쳐들어올 것이라는 정보를 입수했기 때문이다. 블룸은 친구이자 참모인 류 웨이를 공관으로 불러 대책을 논의했다.

류 웨이는 블룸보다 두 살 어린 서른한 살로, 현재 입법의회 의원으로서 첫 임기를 보내고 있었다. 사실 본업은 15만 제곱미터의 꽃밭을 소유한 원예가인데, 원예가 조합에서 뛰어난 문제 해결 능력을 보인 덕에 추천받아 입법의회 의원이 되었다. 잘 살펴보면 단정하다고 할 만한 용모지만, 복장에 신경을 쓰지 않는 데다 나이에 걸맞지 않게 만사에 초연하여 다른 사람들은 그 사실을 좀처럼 알아차리지 못했다. 어쩌면 당사자도 모르고 있을지 모른다.

"내가 자네에게 요구하는 건 대책이네. 논평이 아니야. 말할 것도 없이 뉴 카멜롯의 무뢰한들이 하는 짓에는 논평의 여지가 없어. 누가 보더라도 악랄하다는 말 외에는 표현할 길이 없네."

짜증 섞인 블룸의 목소리와 표정에서 그의 결점ㅡ평상시에 다른 사람들이 잘 의식하지 못하는, 약간 남 탓을 하는 경향ㅡ이 비쳤다. 블룸은 아퀼로니아 정계의 명문 출신으로 고등 정치학원을 수석으로 졸업하고 철학박사 학위까지 받은 세련된 매너를 지닌 신사로서, 복장이나 자세에도 빈틈이 없다. 언론계와 학계에 몸담은 경험도 있어 말솜씨 역시 수려했다. 무엇보다도 선대 원수인 모블리지보다 마흔 살이나 젊었기에, 여성이나 청년층은 참신한 블룸에게 많은 기대를 하고 있었다.

원수 집무실에 놓인 테이블에 한쪽 발을 올려놓은 류웨이는 커피에 설탕을 하나 더 넣을까 말까 망설이면서, 살짝 시선을 들어 친구의 짜증에 답했다.

"혼자라서 불안할 땐 친구를 모아야지."

"친구?"

그 말은 도시 간 동맹이나 협약을 의미했다. 일곱 도시의 경제적·군사적 실력은 팽팽한 균형을 유지하고 있으므로, 동맹을 맺은 두 도시를 상대로 도시 하나가 공세를 펼치는 일은 불가능하지는 않다고 해도 상당한 곤란함이 따랐다.

"그래, 친구 말이네. 거리로 볼 때 쿤론이 가깝군."

"하지만 쿤론과의 동맹이 성립한다 해도 뉴 카멜롯이 우리 시의 침공을 단념한다는 보장은 없어."

그 순간 류 웨이의 손이 움직였고, 끝내 두 번째 숟가락에 담긴 설탕이 작은 폭포를 이루며 커피 표면에 원을 그렸다.

"뉴 카멜롯은 우리 시를 상대로 이기고자 침공하는 것이지 자멸하기 위해서가 아니야. 우리 시뿐만 아니라 쿤론까지 적으로 돌리면 승률이 한 자릿수 내려간다는 계산쯤은 벌써 끝냈을걸."

류 웨이가 내놓은 대책은 그렇게까지 기발하지는 않았다. 다만 류 웨이는 어디까지나 원수에게 고려할 계기를 주려고 했다.

"그렇다 해도 쿤론이 아무 조건 없이 동맹 협상에 응할 것 같진 않은데?"

"그야 그렇지. 내가 쿤론 시장… 음, 거기서는 총재라고 하던가? 총재라 해도, 자원봉사로 다른 도시를 구하려고 하지는 않을 걸세. 사냥개를 기분 좋게 부리려면 쩨쩨하게 굴지 말고 큼직한 고깃덩이를 줘야 해."

"쿤론에게 큼직한 고깃덩이는 뭐지?"

"고비의 몰리브덴 광맥은 어떤가?"

친구의 태연한 발언에 원수는 눈썹을 찌푸렸다. 고비 평원의 몰리브덴 광맥은 쿤론 시에 군침 당기는 먹이였기에, 그들이 아퀼로니아에 채굴권을 양도해달라고 요청한 적이 한두 번이 아니었다.

"이론과 이익, 둘 다 갖춰지면 쿤론 시 정부를 설득할 수 있어. 동맹까지는 어렵다 해도 '호의적 중립'은 살 수 있겠지."

"그렇게 고비의 몰리브덴 광맥을 쿤론 손에 넘겨준다는 건가. 쿤론은 아무 일도 하지 않은 대가로 호박을 넝쿨째 받겠군."

친구의 노기에 류 웨이는 어색하게 어깨를 으쓱해 보였다.

"난 다만 확인하고 싶었던 것뿐이네. 시의 주권과 몰리브덴 광맥 중 뭐가 더 귀중한 자원인지 말일세. 물론 자네에겐 원수의 권한이 있어. 몰리브덴이 아까워서 쿤론과의 동맹을 기피하는 일도 그 권한 안에서의 판단이지. 그 결과, 아퀼로니아의 마지막 원수로 불리게 되는 일도 자네 자유지만."

"…."

"자네가 쿤론을 아군으로 끌어들이지 않으면 뉴 카멜롯이 대신 그들을 끌어들이겠지. 뉴 카멜롯은 쿤론에 사절을 파견해 이렇게 말할 걸세. '우리와 아퀼로니아가 다툴 때 중립을 지켜준다면 몰리브덴뿐만이 아니라 고비 전역의 지하자원 개발권을 쿤론에 드리겠소.'라고. 그렇게 되면 자네는 몰리브덴 광맥과 아퀼로니아 시, 자네 자신까지 잃게 되겠지."

대꾸하지 않는다는 건 류 웨이의 견해를 받아들인다는 뜻이었다. 그러나 잠시 뒤, 원수는 저항을 시도했다.

"몰리브덴 광맥을 발견한 사람은 내 아버지야. 30년간 조사하고 시굴을 반복해서 간신히 발견해냈지. 거기에 전념하려고, 아버지는 정치가로서의 지위도 내버리고 재산의 대부분을 잃었네. 광맥은 아버지의 생애 그 자체야. 그걸 어떤 고생도 하지 않는 쿤론 녀석들에게…."

류 웨이는 가볍게 고개를 저었다.

"자네의 논법은, 고유명사를 바꾸면 모블리지 주니어의 그것과 완전히 같군. 모블리지 주니어의 입장에서는, 아퀼로니아가 이룬 지금의 번영은 전부 자기 아버지의 치적 덕이겠지."

원수는 결단을 내렸다. 선대 원수의 아들과 같은 수준으로 이야기되는 굴욕만은 그의 긍지가 허락하지 않았다. 몰리브덴 광맥을 아끼다가 시를 멸망시킨 원수라고 후세에 평가되는 일 또한 참기 어려웠다. 결국, 모든 것을 손에 넣을 수는 없다.

"알았네. 그렇게 하지. 그럼 류 웨이. 쿤론 특사 역할은 자네가 맡아주겠지?"

이날 회담에서 블룸이 친구를 놀라게 하는 데 성공한 것은 이 기습이 처음이었다. 류 웨이는 이미 삼킨 덕에 다행히 커피를 내뿜거나 하진 않았다. 대신 두 번 정도 기침을 하고는 자신이 내뱉은 제안을 책임지는 일에 저항해 보았다.

"내가 받아들인다 해도 의회가 승인할지 모르겠군. 미리 말해두지만 나는 다른 의원들에게 인망이 없어."

이 말은 겸손이 아니라, 액자에 담긴 보증서라 할 정도로 주지의 사실이었다.

"내가 만일 특사가 된다면 그걸 핑계로 도망간다고 생각할걸."

류 웨이는 의회에서 원수 이하 정부 고관들이 연설하고 있을 때 자기 자리에서 직소 퍼즐을 맞추다 징벌위원회에 회부된 경력의 소유자이다. 스웨터에 청바지 차림으로 대정부 질문 자리에 섰을 때도, 의회 밖 일이긴 하지만 누드 잡지 전문점에서 큰 꾸러미를 껴안고 나왔을 때도 장로 의원들의 집중포화를 뒤집어썼다.

"의회는 내가 맡지. 자네 외에 특사 역할을 해낼 수 있는

인물은 없어. 어느 놈이든 간에 모블리지의 퇴장으로 공석이 된 지위와 이권을 주워 먹을 기회를 노리는 정치꾼들뿐이야."

"나도 그 축에 들지 몰라. 하지만… 음, 자네가 부탁한다면 맡도록 하지. 자네만은 내 진의를 믿어줬으면 하거든. 때로는 여행도 나쁘지 않겠지."

블룸 원수는 문득 어떤 사실을 떠올렸다.

류 웨이에게는 열다섯 살이 되는 조카가 있었다. 조카는 큰누나의 의붓딸로 혈연관계는 아니다. 다만 류 웨이는 학자금을 지원받거나 보증인을 부탁하는 등 누나 부부에게 신세를 졌기에, 누나 부부가 사고로 죽은 다음 조카를 떠맡아 보호자 역할을 하고 있었다.

블룸은 입가에 힘을 주었다.

"마린을 데리고 갈 건가?"

"응. 마린이 아직 아퀼로니아 밖을 구경한 적이 없기도 하고, 난 전혀 내 앞가림을 못하니까 데려갈 생각인데…."

"마린은 여기에 두고 갔으면 하네."

류 웨이는 가볍게 눈을 찡그렸다. 그 결정을 이해하면서도 동시에 불쾌하다는 빛이 눈동자 위에 생생하게 떠올랐고, 혀를 차는 소리가 뒤를 이었다.

"인질이란 얘기군. 내가 시의 위기를 내팽개치고 특사 지위를 이용해 그대로 도망칠 수 없도록 말이지."

"제발 화내지 말아주게."

"그건 무리야."

"…."

침묵한 친구의 마음 약한 표정을 보면서 류 웨이는 마음속으로 한숨을 쉬었다. 불쾌하지만, 친구의 입장을 고려하면 의원들의 반발을 억누르기 위해서라도 감수할 수밖에 없었다. 원래 이 기회에 도망치려던 생각도 아니었고, 여기서 친구를 곤란하게 한다고 해서 이익이 있는 것도 아니다. 류 웨이는 과장되게 어깨를 으쓱해 보였다.

"좋아. 특사 건은 맡도록 하지. 하지만 내 제안도 하나 들어줬으면 하네."

"뭔가?"

경계심을 무심코 드러내고 마는 것 또한 블룸의 약점인지도 모른다.

"뉴 카멜롯 군 요격을 맡을 사령관 인선 건일세."

III

알마릭 아스발. 통칭 AA. 아퀼로니아 정규군 대령이다. 옅은 적동색 피부와 검은 곱슬머리, 균형 잡힌 기능성 뛰어난 장신, 선이 뚜렷하며 날카로워 보이는 얼굴이 인상적인 청년 장교로, 나이는 스물여덟 살이다. 아직 독신으로 애인도 없거니와, 사관용 관사가 싫어 마음 편한 아파트 생활을 하고 있다.

뉴 카멜롯 시의 케네스 길포드 준장과 마찬가지로 젊은 나이에 고위직에 올랐는데, 이는 풍부한 전투 경력을 의미했다. 아스발은 원래 의학도였는데, 학자금을 벌고자 입대하여 위생병 아르바이트를 하던 중 쿤론을 상대로 한 소규모 세력권 분쟁이 발발하자 전선으로 내보내졌다.

소속 중대가 적에게 포위당해 궤멸 위기에 처하자 아스발은 부상당한 중대장을 치료하면서 적확한 지시로 아군을 안전지대로 이끌어냈다. 그 뒤로 아스발은 의학서를 버리고 소총을 들었다. 그의 위악적인 증언에 따르면 '사람을 살리는 일보다 사람을 죽이는 일이 훨씬 성격에 맞다.'라는 사실을 발견해 오늘에 이른 셈이다.

알마릭 아스발을 뉴 카멜롯 대항 작전 사령관에 추천한 류 웨이는, 이유를 묻는 블룸 원수에게 이렇게 대답했다.

"교육이란 재능을 발굴해 개성을 증진하는 사업이지만, 원래 존재하지 않는 재능은 발굴할 수도 증진할 수도 없네. 특히 군사적 재능이라는 녀석은 예술적 창조력과 함께 항상 소질이 노력을 능가하지. 어떤 의미에선 가장 비도덕적인 분야에 속하지만 말이야."

"아스발에게 그 소질이 있다는 얘기인가?"

"그것으로는 부족하지. 아스발은 소질만으로 일한다는 생각이 들어."

아스발은 의과대학을 중퇴한 뒤 일단 사관학교의 청강생이 되었지만, 성실한 학생은 아니었다. 그 대신 전투 한 번으로 열 배에 달하는 지식을 얻는 높은 귀납 능력을 보였다. 특히 적의 심리를 읽어내고 지형을 이용하는 데에 천부적인 재능이 있기에 아스발을 싫어하는 상관마저도 그의 유능함을 부정할 수 없었다.

지도 보는 일이 취미인 아스발은, 한 번도 간 적 없는 장소에서도 지형을 살린 전투 지휘를 할 수 있다고 거리낌없이 장담했다. 또 다른 취미는 직소 퍼즐로, 류 웨이와 지기가 된 계기도 그 때문이었다.

이 당시 아퀼로니아 군은 모블리지 시대의 늙은 간부들이 한꺼번에 정리된 탓에 중장 이상이 공석 상태로, 소장이 최고위였다. 원수의 권한으로 대령인 아스발을 소장으로 특진시켜 사령관직에 임명하는 일도 물론 가능했지만, 블룸이 듣기에 아스발이라는 사내는 됨됨이에 '모난 부분'이 있어, 특히 상관들 사이에서 평판이 좋지 않았다. 대신 부하에게는 상응하는 호의와 존경을 받는 것 같았지만 말이다.

"윗사람의 평판이 좋고 부하에게 미움 받는 부류보다는 훨씬 나아. 거기에 사관학교 출신이 아니라서 군 주류파에게 소외당하는 면이 있다는 점도 고려해 주게."

"알고 있네. 하지만 아스발이 이번에 무슨 공적을 올린 건 아니기 때문에 2계급 특진은 무리야. 적당히 준장 정도가 어떤가."

류 웨이는 그 말에 고개를 끄덕였지만, 속으로는 한심하게 생각했다. 니콜라스 블룸은 모두를 만족시키려다 모두에게 불만을 안기는 경향이 있다. 게다가 때로는 당사자가 가장 불만을 가지는 경우도 있다. 그의 노력이나 공적을 모두가 인정하지 않으면 니콜라스 블룸은 매우 불만스러워하며 마음이 상하고 만다. 류 웨이는 그 사실을 알고 있지만, 당사자 블룸은 깨닫지 못하고 있다. 그러나 이번 경우에는 블룸이 알마릭 아스발의 등용을 인정해준 일만으로도 다행이라고 해야 한다. 어쨌든 류 웨이는 사악한 완벽주의자는 아니었다.

2월 18일 밤, 알마릭 아스발 대령은 원수 니콜라스 블룸의 공관으로 불려 가 입법의회 의원 류 웨이의 입회하에 준장 진급 명령과 시 방위 사령관 임명서를 건네받았다. 아스발은 예고 없던 승진에 놀랐지만, 이 인사가 부당하다고는 생각하지 않았다. 입 밖으로 꺼내면 또다시 많은 적을 만들 것이 분명했지만, 상관이나 동료가 '모두 다 변변찮은 놈들뿐'이라는 사실을 잘 알고 있었기 때문이다.

"명, 받았습니다. 소장이 되지 못한 건 유감입니다만, 그건 승리하고 나서 누릴 즐거움으로 남겨두지요."

"좋아, AA. 자네는 군대를 지휘하는 일 외에는 능력이 없으니 부디 '공적'을 세워 출세하길 바라네."

"전 그보다 류 웨이 의원님이야말로 타인을 지도하는 역량이 훌륭하다고 생각합니다. 언젠가는 원수가 되어주십시오."

류 웨이는 블룸의 눈썹이 간신히 알아챌 수 있을 정도로 움직이는 것을 꼭 보지 않더라도 알 수 있었다.

"무슨 소린가, AA. 난 타인에게 충고할 수는 있지만 명령할 수는 없어. 나 같은 인간은 지도자가 될 수 없고, 될 생각도 없네. 무엇보다도 지도자의 필요조건은 의욕이니까 말이야."

"그건 그렇습니다만."

알마릭 아스발은 소리 높여 웃었지만, 블룸 원수를 스친 시선에는 군용 사벌(허리에 차는 서양식 칼)의 칼끝을 떠올리게 하는 빛이 깃들어 있었다. 그러나 그 빛도 눈 깜짝할 사이에 사라졌다.

"류 웨이 의원님. 지금까지 말씀드리지 않았지만, 전 지난번 선거에서 당신에게 투표했습니다."

"어째서지?"

"어쩐지 모르게 마음에 들었으니까요. 굳이 말하자면 의욕이 없어 보이는 점이랄까요."

"그것 참…."

류 웨이가 약간 불만스러운 듯 중얼거렸다. 창을 열어 밤하늘을 바라보던 블룸이 멀리 부유 센서의 흰 궤적을 확인하고 깊은 한숨을 내쉬었다.

"올림포스 시스템이 있는 한 우리들은 우주에 나갈 수 없네. 그물을 뒤집어쓴 작은 새지. 날갯짓할 수 있는 날은 언제일까?"

"이번 전쟁에 국한된 건 아닙니다만, 하늘에서 공격하

지 않는다는 점은 고마운 일입니다."

"오, 그렇게 생각할 수도 있겠군."

원수는 말과는 달리 아스발의 대답이 산문적으로 느껴져 약간 흥이 깨진 것 같았다. 류 웨이는 그게 차라리 낫다고 생각했다. 전투 지휘관이 운문을 좋아할 필요는 없다. 낭만이라는 것은 패자의 자기 연민에 지나지 않는다. 살아남은 승자가 전쟁에 패해 죽은 사람을 안타까워하는 경우는 분명히 있지만, 그것은 어디까지나 싸움 뒤에 승자에게만 허용되는 여흥이다.

류 웨이는 이번 전쟁에서 이기지 않으면 곤란하다고 다시 한번 생각했지만, 사실은 이기면 이기는 대로 고민이 있었다.

Ⅳ

아퀼로니아 시 정부 특사 류 웨이 의원이 쿤론 시에 도착한 날은 2월 25일이었다. 원색의 꽃들과 상록수의 초록에 둘러싸인 상춘常春의 도시 쿤론은, 바깥손님의 눈에는 말 그대로 이 세상의 봄을 찬미하는 듯 보였다.

아퀼로니아 원수에게 교섭 전권을 위임받아 고향 도시의 운명을 양어깨에 짊어진 특사는, 사명의 무게를 종이풍선 정도로도 생각하지 않는 듯 감자칩 봉투를 한 손에 든 채 수소 자동차에서 내렸다. 각 도시를 잇는 고속도로가 정비되어 있다고는 해도, 4천 킬로미터에 달하는 육로를 사흘 밤낮으로 달려왔으니 피곤한 것이 당연했다. 하물며 류 웨이는 꽃밭에 대자로 드러누워 낮잠 자는 걸 즐기는 사내였다. 심지어 그러려고 대학도 원예학과를 선택한 게 아닌가 하고 자문할 때가 있다. 그러다가 스스로 이렇게 결론 내렸다. '그게 뭐가 나쁘지?'

류 웨이는 호텔에 짐을 푼 다음 벨보이에게 과분한 팁을 건네고, 시민들이 자신에 대해 어떤 얘기를 하는지 솔직히 물었다. 그러자 벨보이가 대답했다.

"태연해 보이지만 필사적으로 허세를 부리는 거라고 다들 말하더군요."

"오, 역시 잘 알고 있군."

류 웨이는 태연하게 대답하며 복장을 정돈하고, 쿤론 시 정부 부총재와의 회견에 임했다. 복장을 정돈한다고 해봐야 사실 옷에 붙은 감자칩 조각을 털어낸 것뿐이었지만 말이다.

위기에 직면한 아퀼로니아 시의 특사가 저명한 거물 정치가가 아닌, 유유자적한 풋내기라는 사실은 쿠즈넥 부총재의 자존심을 완전히 상하게 했다. 류 웨이는 이를 단번에 알 수 있었다. 물론 그가 아닌 누구라도 알아챘을 것이다. 부총재 전용 응접실에 들어가고 나서 커피 한 잔만으로 두 시간 가까이 기다리다 보면 평범한 인간에게도 통찰력이 싹트기 마련이다.

류 웨이는 평범한 인간은 아니었다. 그게 반드시 좋은 의미는 아니지만 말이다. 결례임을 알면서도 손님을 기다리게 하고 한참 뒤에 나타난 부총재가 목격한 광경은 고지식한 표정으로 자신이 들고 온 누드 잡지를 뚫어지게 들여다보고 있는 젊은 특사의 모습이었다. 부총재는 류 웨이와 시선이 마주쳤을 때 교외의 연립주택에 숨겨둔 애인의 존재마저 들킨 듯한 느낌을 받았다.

의례 차원의 과장된 인사를 주고받자마자, 류 웨이는 곧바로 본론으로 들어갔다.

"전 쿤론과도 조금 인연이 있습니다. 어머니가 쿤론 출신이거든요. 그래서 쿤론이 잘못된 선택을 하여, 이 아름다운 도시가 뉴 카멜롯의 탐욕스런 이빨에 찢기는 광경은 보고 싶지 않습니다."

부총재는 콧방귀를 뀌었다.

"그거 고마운 일이군요. 특사님. 그렇지만 쿤론의 선택을 걱정할 필요는 없답니다."

"부총재님께서는 알고 계실 겁니다. 뉴 카멜롯이 일단 아퀼로니아를 손에 넣어 일곱 도시의 균형이 깨지면, 다음에는 그들의 야심이 어느 쪽으로 향할지를요. 그 야심은 부총재님의 고향 도시를 겨냥할 테고, 뉴 카멜롯은 북극해 전역에 이어 유라시아 대륙의 대부분을 지배하려고 하겠지요."

젊은 특사의 논법은 부총재의 마음속 혼돈을 사정없이 휘저었다.

"특사님께서는 우리가 뉴 카멜롯의 야심을 대수롭지 않게 넘긴 채 아퀼로니아의 패망을 모른 체한다면, 오늘 아퀼로니아의 운명이 내일은 쿤론에 닥칠 수 있다고 말씀하시는 건가요?"

"그렇습니다."

부총재의 에두른 표현에 대해, 류 웨이는 약간 의도적으로 간결하게 대답했다. 부총재는 자신이 풋내기의 페이스에 말려들고 있다는 위기의식을 느꼈다.

"하지만 뉴 카멜롯은 우리에게 약속했습니다. 쿤론이 정세를 바라만 본다면, 맞아요. 단지 바라만 보고 있어 준다면, 고비 지하에 잠든 방대한 자원을 모두 우리에게 넘겨주겠다고요."

예의에 어긋나지 않는 선에서, 류 웨이는 상대의 단순한 계산을 가볍게 비웃었다.

"그야 얼마든지 선심을 쓸 수 있겠죠. 뉴 카멜롯은 고비의 지하자원을 쿤론에 양보하는 것이 아니라, 잠시 맡겨둔다고 생각할 테니까요."

류 웨이의 혀는 마법의 지팡이처럼 뻗어나가 부총재의 심장을 두드렸다. 부총재는 청년 특사에게서 시선을 돌렸다. 그러자 탁자 위에 방치된 누드 잡지의 표지가 눈에 들어왔다.

"아… 음, 특사님께서 말씀하셨듯이, 뉴 카멜롯이 언젠가 쿤론을 지배하길 바란다고 해도 우리에게는 몇 가지 대응책이 있으니 굳이 특사님께서 걱정해 주실 필요는 없습니다."

그 대응책을 류 웨이는 읽어낼 수 있었지만, 예민한 통찰력을 완전히 드러내 보이는 일이 외교상 반드시 유리한 계책은 아니다. 류 웨이는 애매한 표정으로 부총재의 얼굴을 바라보았다. 부총재의 얼굴에는 망설임과 더불어 류 웨이의 속마음을 읽으려는 표정이 뒤얽혔다.

"그것이 무엇인지 알려드릴까요?"

아퀼로니아의 청년 의원은 표정을 지운 흑갈색 눈동자 안쪽에 재빠르게 수식을 써 넣었다. 해답은 '강경책'이었다. 류 웨이는 부드럽게 표정을 바꿨다. 그러고는 자신만만한 책사의 표정을 지은 다음, 그 표정에 어울리는 목소리로 선고했다.

"다른 대응책이 있을 리가 없어요."

"과연 그럴까요?"

그렇게 대답하긴 했지만, 부총재의 목소리는 급격히 사그라들었다. 자신감이라는 귀중한 자원은 유한한데, 이 장소에서는 젊은 류 웨이가 그 자원을 독점해 버린 듯 보였다. 부총재는 목소리의 톤을 높였다.

"우리는 뉴 카멜롯의 독재 체제를 바라지 않는 다른 도시와 동맹을 맺을 수 있습니다. 아퀼로니아가 가슴 아픈 운명을 밟는다 하더라도, 우리 시 말고도 네 개의 도시가 더 있는데 지금 서둘러 선택할 필요가 있을까요?"

류 웨이는 자연스럽게 부총재를 향해 보이지 않는 잽을 날렸다.

"뉴 카멜롯도 같은 걸 생각하겠지요. 산다라나 타데메카를 자신의 진영으로 끌어들이려고요. 그러면 그때의 먹이는 쿤론 시와 그 이권이 되겠지요."

그 한마디가 승패를 결정지었다.

부총재의 소개로 총재와 면회한 류 웨이는 '호의적 중립 보장'을 성사시킨 다음 아퀼로니아 시민의 감사 표시라며 예의 누드 잡지를 총재에게 건넸다.

"고맙게 받겠지만, 모든 시민에게 나눠주기엔 페이지가 너무 적군요. 고비의 몰리브덴 건을 잊지 마세요."

그렇게 웃는 총재와 악수를 주고받은 다음 호텔로 돌아온 류 웨이는 수행원들을 불렀다.

"나는 잠시 들를 곳이 있으니 자네들은 먼저 아퀼로니아로 돌아가게."

류 웨이는 그 이상 말하지 않았다. 그는 기꺼이 오해할 준비가 된 사람들에게 진실을 설명하길 어려워하는 타입이라, 그로 인해 적을 만든 경우도 많았다.

운전기사와 수행원이 뒷자석을 비운 채 아퀼로니아에 돌아오자, 장로 의원들은 입을 맞춰 말했다.

"봐라. 류 웨이는 돌아오지 않았어. 류 웨이는 역시 우리 시를 버리고 쿤론으로 도망친 게 틀림없다. 저런 놈에게 특사라는 중대한 임무를 맡겼던 게 잘못이었다."

오해로 얼룩진 소문이 넘쳐나는 가운데, 2주 정도 지나자 류 웨이가 고향 도시로 돌아왔다. 블룸은 안색을 초 단위로 바꾸며 어떻게 된 일인지 사정을 물었다.

"잠깐 타데메카에 들렀습니다."

청년 의원은 그렇게 대답했고, 별다른 설명 없이 '쿤론이 아퀼로니아에 군사적 적대 행위를 하지 않는다고 약속했다.'라는 사실만 알렸다. 그리고 욕설과 힐문을 쏟아내는 장로 의원들을 무시한 채 재빠르게 교외의 자택으로 돌아가 버렸다. 조카 마린은 놀라는 한편 기뻐하며 숙부를 마중 나갔지만, 입은 마음만큼 솔직하지 않았다.

"왜 돌아왔어요? 도망쳐 버리는 게 좋았을 텐데."

그것은 숙부를 환영하는 말이었다. 젊은 숙부는 조카가 던지는 애정 표현의 변화구를 부드러운 미소로 가볍게 받았다. 류 웨이는 타데메카에서 산 선물을 마린에게 건넨 다음, 작업복으로 갈아입고 꽃밭으로 발길을 옮겼다. 조카에게 건넨 선물은 순백색 암염으로 만들어진 피리 부는 소년의 작은 조각상으로, 순백색 암염은 타데메카의 특산물이었다.

Ⅴ

류 웨이 특사 건이 마무리되고도 블룸 원수의 걱정은 끊이질 않았다. 정부 고관들 사이에서 고향 도시를 배반하고 침략자와 내통하거나 도망을 꾀하는 움직임이 일자, 블룸은 또다시 원예가 친구에게 상담을 부탁했다. 류 웨이는 원수가 자신을 스위치만 누르면 해결책이 나오는 정책 상담 기계로 여기는 일이 마음에 들지 않았지만, 기대를 받고 있는 이상 냉담하게 내칠 수도 없었다.

"걱정되나?"

"걱정일세, 그야 당연하지."

"그럼 이리하면 될 걸세."

류 웨이는 친구의 귀에 속삭였다.

다음 날부터 일부 고관들 사이에 기묘한 소문이 돌았다. 류 웨이 의원이 타데메카 시 정부와 비밀 협정을 맺고 그의 소개를 받은 망명자를 타데메카에서 받아들이기로 했다는 내용이다. 그때까지 류 웨이를 불손하다고 비방하고 채신없다고 꾸짖던 무리가, 손바닥을 180도 뒤집듯 태도를 바꿔 류 웨이의 환심을 사려 들었다.

꽃밭에 둘러싸인 류 웨이의 집에는 고가의 선물을 끌어안은 손님들이 비굴한 표정을 지으며, 때로는 밤을 틈타 찾아왔다. 조카 마린이 녹색 눈을 동그랗게 뜨며 놀랄 정도로.

"귀하의 마음 씀씀이는 잊지 않겠습니다."

류 웨이는 손님 한 사람 한 사람에게 그렇게 말했다. 그 말은 사실이었다. 류 웨이는 자신이 받은 선물을 모두 블룸에게 보냈고, 청년 원수는 고관들의 배신의 증거를 고생하지 않고 손에 넣을 수 있었다.

동시에 류 웨이는 마린에게 언제라도 이 도시를 떠날 수 있도록 준비해 두라고 말하며, 의아해하는 조카에게 설명했다.

"지면 도망칠 필요는 없어. 죽을 뿐이지. 하지만 이기면 이곳에서 도망치지 않으면 안 될 거다. 원수는 지금이야 나를 의지하고 내게 은혜를 입었다고 생각하지만, 일단 이기고 나면 공적을 독점하고 싶어질 테고, 내 존재가 거북해질 거야. 블룸은 결코 나쁜 사람이 아니지만, 착한 사람의 질투심은 악당의 야심보다 다루기 어려워. 도망가는 수밖에 없단다."

마린은 끄덕였지만, 당연히 다른 의문이 생겼다.

"그럼 도망쳐서 어디로 가는 거죠? 쿤론이려나. 뉴 카멜롯은 아니죠?"

청년 의원은 타데메카라고 대답했다. 류 웨이가 먼 니제르강 유역의 도시국가로 발길을 옮긴 까닭은 뉴 카멜롯에 대한 군사적 행동을 사주하는 일뿐만이 아니라 망명지를 찾기 위함이기도 했다.

류 웨이는 오랜 친구인 원수의 사람됨을 잘 알고 있었다. 노고나 불행을 나눌 수는 있어도 성공이나 영광을 공유할 수 없는 타입이었다. 우정 혹은 그와 닮은 것을 유지하는 방법은 하나뿐이었다. 자신이 멀리 떠나 원수의 권위를 위협하지 않는 것이다.

"시 교외에 집을 사뒀지. 오렌지와 레몬 농원이 딸려 있어. 풍경도 아름답고 공기도 맑아서 여기보다 훨씬 살기 좋을 거다. 쿤론이라면 조금 위험하지만, 타데메카까지는 손을 뻗지 않을 거야. 선불리 의원 같은 게 된 탓에 고생하는구나."

"맞아요. 숙부님은 무엇보다 의원 같은 것에 뽑힌 게 잘못이에요. 뽑은 쪽도 문제지만."

"그래. 유권자가 모두 너처럼 견식이 풍부했으면 내가 의회에서 의원 늙은이들에게 구박받지 않아도 되었을 텐데 말이야."

류 웨이의 얼굴을 보니 완전히 농담만은 아니었다. 류 웨이는 정치권력 따위에 가까워지기보다 꽃이나 과수, 채소 등에 둘러싸여 사는 편이 홀가분했다.

아직까지 혼자 지내는 가장 큰 이유도 그 편이 홀가분해서다. 그 밖에 다른 이유라면, 아내를 맞이했을 때 혈연관계가 없는 조카가 불편함을 느낄지 모른다는 점이었다. 그렇다 치더라도 친구에게 소개받은 여자에게서 '너무 익은 토마토 같다.'라는 평과 함께 차인 일은 그 누구의 탓도 아닌 자신의 탓이었다.

"타데메카에는 미남이 많다고 하니, 마린도 좋은 상대를 마음대로 골라 결혼하면 되겠구나."

"난 결혼 같은 건 안 할 거예요."

"이런, 혼자 살려고?"

마린은 서투르게 놀리는 숙부에게 날름 혀를 내밀어 보이고 저녁 식사를 준비하러 부엌으로 들어갔다. 류 웨이는 손바닥으로 얼굴을 한 번 훑은 뒤 진지한 표정으로 골똘히 생각했다.

어찌 되었든 이러한 대비는 뉴 카멜롯의 침공을 물리친 다음의 일이다. 류 웨이의 사람 보는 눈이 크게 잘못돼 알

마릭 아스발이 터무니없이 무능한 자라면 아퀼로니아의 주권은 사라질 것이다. 그리고 모블리지 주니어는 정치권력이라는 위험한 장난감을 손에 넣고 그것을 휘두르는 위험한 놀이를 시작할 것이다.

아퀼로니아 현 체제의 고관들을 숙청하는 일부터 시작해서, 그다음은 아마도 너무나 음흉한 조력자 뉴 카멜롯을 상대로 전쟁을 일으킬 것이다. 모블리지 주니어라면 패색이 짙어진다 해도 깨끗하게 파멸의 길을 선택하지 않고 끝까지 발버둥 쳐서 다른 사람들까지 파멸의 길로 끌어들이지 않을까….

결국 쿤론이나 타데메카에서 류 웨이가 한 일은 세 치 혀의 속임수에 지나지 않았다. 이 성과를 실질적인 것으로 만들려면 역시 알마릭이 전장에서 이겨줘야만 한다.

류 웨이 입장에서 가장 무서운 상황은 싸움의 당사자가 아닌 다른 다섯 도시가 아퀼로니아와 뉴 카멜롯, 두 도시의 공멸을 획책하는 일이다. 자칫 다섯 도시가 움직이기 전에 한시라도 빨리 군사적 승리가 필요했다.

VI

한편 권력이라는 장난감에 한 손가락 끝을 걸친 모블리지 주니어는 뉴 카멜롯의 시정을 맡고 있는 친절한 위선자들에게서 그들의 선행에 대한 보수를 지불하도록 요구받고 있었다.

"그래서 무엇을 원하십니까?"

그렇게 물어보는 모블리지 주니어의 눈앞에 제시된 요구 사항은 실로 다채로웠다. 북극해에서 뉴 카멜롯 선박이 우선권을 갖는 조건, 99년간 아퀼로니아 중앙 하천 항구의 조차租借, 레나강 중앙 유역의 공업용 다이아몬드 광산 채굴권, 아퀼로니아 군비 폐지 후 형식적 존속, 불가침조약 체결 등….

젊은이는 관대한 미소로 요구 사항들을 받아들였다.

"좋습니다. 무엇보다 귀시의 협력이 있어야만 저는 권리를 회복할 수 있습니다. 여러분의 요구는 무엇이든 받아들이겠습니다. 물론 제가 성공한 다음의 일입니다만."

뉴 카멜롯 시 정부 대표는 만족했다. 하지만 모블리지 주니어에게는 수가 적긴 해도 고향 도시에서 따라온 오래된 부하들이 있었다. 부하들은 당연히 불만족스러워하며 젊은 주인에게 따지고 들었다.

"선심 쓰듯 그런 약속을 하시면 뉴 카멜롯이 기어오를 뿐입니다. 전부 이행하실 생각입니까?"

"설마. 나는 그렇게 사람이 좋진 않아."

신랄한 웃음이 젊은 모블리지 주니어의 얼굴에 독기 어린 무채색 주름을 만들었다.

모블리지 주니어가 뉴 카멜롯의 조력을 얻어 아퀼로니아의 지배권을 손에 넣으려는 건 그 자신만을 위해서이지, 뉴 카멜롯에게 요리의 가장 맛있는 부분을 빼앗기려는 게 아니었다. 일단 아퀼로니아의 주인이 된 다음, 마음대로 권력을 움직여 이권을 독점할 생각이었다. 뉴 카멜롯은 약속을 위반했다고 질책하며 분개하겠지만, 도적끼리 신의라니. 기대하는 쪽이 어리석을 뿐이다. '언젠가 뉴 카멜롯의 욕심쟁이들에게는 그에 상응하는 교훈을 주기로 하자. 너무 강한 욕망은 파멸로 가는 지름길이라는 사실을.'

이렇게 해서 뉴 카멜롯 군은 고향 도시를 출발해서 북극해 연안 주변으로 수륙양면을 통해 이동했고, 3월 29일에는 타이미르 반도에 이르렀다. 원정을 나가는 거리의 절반에 해당하는 위치이며, 여기에서 더 전진한다는 건 아퀼로니아에 대한 침략 의도를 전 세계에 선언하는 일이었다. 물론 이제 와서 숨길 수도 없는 노릇이었지만.

모블리지 주니어는 타이미르 반도의 구석에 자리 잡은 뉴 카멜롯 군사령부 텐트 안에서 막료들에게 자신만만하게 작전안을 설명하고 있었다. 그가 착용한 복장은 아퀼로니아 정규군 총사령관의 군복으로, 이러한 허식은 케네스 길포드가 보기에는 적잖이 가소로운 것이었지만, 그런 생각은 케네스 길포드의 사파이어 같은 눈동자 뒤편에 숨겨져 있었다.

탁자 위에 놓인 지도는 일찍이 월면 도시에서 만든 것을 기초로 하고 있어, 자연 지형은 그렇다 치더라도 인위적인 건조물의 존재에 대해서는 확실히 신뢰할 만한 것이 아니었다. 그러나 예부터 이야기되어 왔듯 없는 것보다는 나았다.

"아퀼로니아가 하는 생각은 빤하다. 뉴 카멜롯 군은 북극해 연안에서 레나강 하구로 진입해, 1천 200킬로미터를 거슬러 올라 하류에서 아퀼로니아를 침공할 거라고. 하지만 유감스럽게도 그 기대는 배신당할 것이다."

모블리지 주니어의 손에 들린 지휘봉 끝이 지도 위를 더듬자, 막료들의 시선이 한데 모였다.

"우리는 큰 강을 거슬러 올라간다. 단 레나강이 아닌 예니세이강이다. 그리고 중앙 시베리아 고원에서 분수령을 넘어 레나강 최상부에 도달, 거기서부터 레나강을 내려와 상류에서 아퀼로니아를 공격한다."

막료들이 웅성거렸다. 분명히 젊은 망명자의 작전안은 아퀼로니아 군의 의표意表를 찌르기에 충분했다.

"분수령의 폭은 200킬로미터. 이곳은 육로를 사용할 수밖에 없다. 수륙양용차를 최대한 활용해야 한다. 나는 예전부터 아퀼로니아를 공격하려면 수로를 사용해야 한다고 생각해 왔다. 그것도 상류에서 기습해야 한다고."

모블리지 주니어는 일단 말을 끊고 입술 양 끝을 끌어올리며 우쭐하게 웃었다.

"물론 이 기발한 작전은 한 번밖에 사용할 수 없다. 내가 아퀼로니아의 정당한 통치권을 회복하면 그에 상응하는 방어법을 구축할 테니까."

길포드는 모블리지 주니어가 야심으로 가득 찬 버릇없는 어린애만은 아니라고 생각했지만, 그의 흥을 깨는 일을 감수하고서라도 이 장대한 작전에 결함이 있음을 지적해야만 했다. 상류에서 하류로 침공하면 전진에는 좋지만 후퇴할 때 어려움이 있다. 만약 전황이 불리해진다면, 강 양쪽에 육전陸戰 부대가 배치될 테고 하류에서 수상 부대에 쫓기게 되면 사면초가가 되어 궤멸당하는 것 아닌가.

"싸우기 전부터 후퇴를 생각하면 어쩌자는 건가?"

모블리지 주니어의 달아오른 목소리에 케네스 길포드는 찬물을 끼얹었다.

"후퇴할 경우를 생각지 않고 싸움만을 생각하면 어쩌자는 겁니까?"

논의가 대립으로 번질 무렵, 통신 사관이 급보 한 통을 가져왔다. 뉴 카멜롯 군에게는 예상 밖의 흉보였다.

"타데메카 군이 지중해 연안에 있는 우리 시설을 점거 및 파괴하기 시작했습니다."

막료들은 침묵에 휩싸였다.

이 시대의 지중해는 지브롤터Gibraltar 지협이 융기하며 대서양과 분리되었고, 한편으로는 수에즈 지협이 침하하며 홍해와 연결되어 있었다. 과거의 긴 시대와 지리적 사정이 조금 다르다고는 해도, 복잡한 해안선을 지닌 거대한 내해內海가 유라시아와 아프리카, 양 대륙 간의 요충지인 사실은 변함없었다.

"하지만 왜 하필 지금 이 타이밍에 타데메카가 그런 적대 행위를…."

여러 사람의 입에서 신음이 새어 나왔다.

아퀼로니아에 경시할 수 없는 전략가가 있고, 그가 타데메카의 욕망을 자극한 것이 분명했다. 길포드는 그렇게 직감했다. 뉴 카멜롯이 병력을 아퀼로니아 방면으로 움직이면 타데메카 방면에 공백이 생기는 것은 자명한 이치이다.

타데메카가 진심으로 뉴 카멜롯과 전면전쟁을 할 뜻은 없다 해도, 북극해 방면의 전황에 따라 가급적 많은 어부지리를 챙길 생각일 것이다. 타데메카 놈들의 야심을 단념시키려면 실력에 의한 반격과 저항의 뜻을 구체화해 보일 수밖에 없다.

첫 번째 방법은 아퀼로니아로 진격하던 일을 중지하고 병력을 지중해 방면으로 옮겨 타데메카로 진공하는 것이다. 또 하나는 빠른 행동으로 아퀼로니아 군을 일격에 해치우고 거기서 군을 돌려 타데메카 군의 전방을 차단하는 방법이다. 거꾸로 타데메카 군의 후방으로 우회해 퇴로를 끊는 방법도 있지만, 무엇보다 장대한 거리를 이동해야 하기에 물자 보급과 병사들의 긴장감 지속 여부가 무시할 수 없는 문제가 된다.

"원수의 아드님."

호소하는 케네스 길포드의 목소리는 싸늘한 예의의 갑옷을 휘감고 있었다.

"각하의 용기와 패기는 칭찬해 드릴 만하지만, 우리 군은 아퀼로니아를 공격하는 일보다 우선 뉴 카멜롯을 지키는 일을 생각해야만 합니다. 일단 북극해 연안 주변으로 후퇴한 다음 적이 추격해 오면 예니세이강 하구 부근에서 요격하고, 우랄산맥과 볼가강을 잇는 선을 통과해 흑해로 빠져나가야 합니다. 여기까지만 오면 다뉴브강 방면에서 아군의 보급을 받아 타데메카 군과 대치해도 좋고, 타데메카 군이 물러나면 다뉴브강을 따라 뉴 카멜롯으로 돌아올 수도 있습니다."

사실은 말하는 것만큼 간단하지는 않았다. 지중해 방면으로 최단 거리로 이동하면, 행군의 좌측면을 쿤론 군에게 공격받을 가능성이 대두된다. 하지만 어찌 되었든 이곳에서 시간을 낭비하고 있을 수는 없었다.

"길포드 준장, 그것은 안전한 방책이긴 하지만 너무 소극적이지 않나? 설령 타데메카의 준동蠢動으로 지중해 방면에서 어느 정도 희생을 치르더라도, 아퀼로니아 시 전체를 손에 넣어 북극해 연안 전역의 패권을 차지할 수 있으면 하나를 잃고 열을 얻는 결과가 되지 않겠나. 작은 것을 잃는 게 무서워 구두쇠처럼 행동하면 결국은 모든 것을 잃게 될 뿐이다. 그 모든 것은 바로 미래다. 그리고 우리는 역사의 심판 앞에 패자라는 평가를 받고 말겠지. 그래도 좋단 말인가?"

젊은 망명자는 열변하며 반론했다.

길포드에게는 그저 잘 떠드는 놈이라는 인상밖에 남기지 못했지만, 주위에서는 뜨거운 찬동의 목소리들이 끓어오르기 시작했다. 길포드가 그러한 목소리들을 억누르고자 더욱더 자신의 주장을 어필하려고 했을 때, 역전의 장수인 샹 론 소장이 타협안을 꺼냈다.

"요점은 최단 시간에 최대의 전과를 올리는 일이지. 차라리 병력을 둘로 나눠 레나강 상류와 하류에서 아퀼로니아 시를 협공하는 게 어떻겠나?"

"장대한 작전이군."

모블리지 주니어가 재빨리 이를 지지한 까닭은 더 이상 논의하는 게 귀찮아졌단 뜻이다. 물론 길포드는 그와 의견을 달리했다.

"병력을 둘로 나눈다는 건 두 곳에서 같이 지라는 얘기 아닙니까? 소관은 승복하기 힘듭니다."

"그것은 생각하기 나름이네, 길포드 준장. 우리 군을 나눈다면 양동 작전을 펼치기도 쉬워지고, 그 결과 아퀼로니아 군에 양면 작전을 강요할 수도 있지. 여기까지 왔는데 아퀼로니아에 손가락 하나 대지 않고 퇴각한다면 유감이지 않겠나?"

길포드는 '당신까지 망명자의 무책임한 군사적 모험주의에 감염되었는가?'라고 말하려다 입안으로 꾹 삼켰다. 무엇보다 샹 론은 나이나 계급 모두 길포드보다 위이다. 결국에는 승복할 수밖에 없었다.

VII

뉴 카멜롯 군이 병력을 둘로 나누기로 결정했을 무렵, 아퀼로니아 군 내부에서도 문제가 속출했다.

알마릭 아스발에게 인덕이 없음을 나타내는 일이었을지도 모르지만, 블룸 원수 각하에게 공손하게 전달된 소문은 아스발이 뉴 카멜롯 군으로 귀순할 가능성을 시사하는 것이었다.

블룸은 처음에는 웃어넘겼다. 무책임한 소문에 지나지 않는다고 생각해서다. 그러나 다음에는 의심했다. 아퀼로니아 군 내부를 교란하고자 뉴 카멜롯의 공작원이 나쁜 소문의 병원균을 뿌리고 다니는 건 아닌가 하고. 그리고 의혹은 수군거리는 사람들에게서 수군거림을 당하는 사람으로 옮겨갔다. '아니 땐 굴뚝에 연기 나랴.', 유명하지만 전혀 고결함이 없는 속담을 생각해 냈기 때문이다. 한 번 의심하기 시작하자 거기에 얽매일 수밖에 없었다.

블룸 원수는 종잡을 수 없는 심장을 진정시킨 다음, 사태의 판단과 해결을 다른 신체에 붙어 있는 뇌세포에 맡기려는 의도로 어느 의원의 자택에 연락했다.

또다시 상담사 역할을 강요받은 류 웨이는 작업복 차림으로 꽃밭에 있던 도중 조카에게 불려 가 전화를 받았고, 자신 없어 보이는 원수의 자신 없어 보이는 견해를 20분 동안 들어야 했다. 류 웨이의 견해는 짧고 명석했다.

"알마릭 아스발을 도저히 믿을 수 없다면 직접 판단해서 사령관을 인선하길 바라네. 내가 참견할 필요도 이제 없을 것 같군."

류 웨이가 냉정하게 뿌리치자, 블룸 원수의 의혹 따위는 성냥개비로 지은 집보다 약한 것이 되었다. 그렇지만 블룸은 류 웨이에게 완전히 동조할 수는 없었기에, 융화나 협조라는 단어와 닮았으나 실은 전혀 다른 타협안을 생각해 친구를 질리게 했다.

"집단 작전 지휘라는 건 들은 적도 없네. 비료의 종류가 많다고 해서 좋은 장미가 자라지는 않아, 블룸."

"독단 전횡의 위험을 분산하기 위해서일세. AA라 해도 연장자들을 마음대로 부리기는 어려울 거야."

"과연 그럴까? 작전안을 다수결로 정하는 바보짓이 일어날 수밖에 없을걸."

류 웨이의 결코 온건하지 않은 예견은 훌륭하게 적중했다. 방위 본부에서 열린 작전 회의에서는 알마릭 아스발 대 그 외 다수, 그 외 다수의 일부 대 일부라는 다채로운 대결 구도가 펼쳐졌다. 모두 주관적으로는 고향 도시를 지키겠다는 열정에 불타고 있었지만, 결국은 아집을 드러낸 사투에 가까웠다. 그것을 가장 빨리 눈치챈 아스발은 어처구니없어 하며 회의 도중 침묵했지만, 그사이에 논의는 급진전되어 터무니없는 작전안이 성립되었다.

수상 부대를 레나강 하구에 집결시켜 거기서 적을 요격한다. 알마릭 아스발은 이 작전안을 들었을 때 자기 자리에서 몸을 굽혀대며 비웃음의 트럼펫을 불어 울렸다. 유감스럽게도 거기에 동조하는 사람이 없어서 교향곡은 완성되지 않았다. 왜 웃느냐는 질문에 알마릭 아스발은 웃음을 거두고 불쾌하게 독설을 토해 내었다.

"이걸 듣고 웃지 않을 수 있겠습니까?"

뉴 카멜롯 군이 북극해에서부터 레나강을 거슬러 올라온다면 내륙으로 끌어들이면 된다. 지류에 일부 병력을 배치한 다음, 뉴 카멜롯 군이 지나가면 뒤를 추격해서 상류의 주력 부대와 협공하면 된다. 왜 일부러 하구까지 나가서 정면 승부를 건단 말인가?

"아퀼로니아 시 창설 이래 레나강에 다른 시의 군함이 떴던 적은 없네. 우리 만물의 근원인 강에 적함의 침입을 허락하는 건 견딜 수 없는 일이야."

"바보가 따로 없군요."

"아스발 준장, 발언을 삼가게!"

"무엇보다, 어째서 뉴 카멜롯 군이 하구에서 쳐들어오는 걸 기정사실로 보는 겁니까? 상류에서 거꾸로 밀고 내려올지도 모릅니다. 제 생각으로는…."

아스발은 그 이상 말할 수 없었다. 히스테릭한 욕설의 코러스를 사방에서 뒤집어쓴 탓에, 그의 독창이 묻혀버렸기 때문이다.

마침내 참을 수 없게 된 아스발은 받은 지 얼마 안 된 정규군 준장의 계급장을 잡아 뜯어내, 경악과 노기의 도가니 속에서 그것을 작전 지도 위에 내팽개쳤다. 그러고 나서 아스발은 불손하기 그지없는 눈으로 동료들을 둘러보고, 순간 정적에 빠진 일동을 향해 "선 오브 비치!"라는 천박한 한마디를 내던지며 자리에서 일어났다. 살의를 담은 신음이 퍼지고, 한 사관이 허리에 찬 권총을 뽑아 들었다.

아스발의 날렵함은 아마 인간으로서 극한의 경지에 이른 듯했다. 아스발은 장신을 옆으로 눕히면서 책상 위에 놓인 작전 지도용 컴퍼스를 한 손으로 집어 올린 다음 강인한 손목을 휘둘렀다.

여러 소리가 동시에 아스발의 묘기에 답했다. 고통의 신음과 바닥을 향해 우라늄 238탄을 발사한 권총 소리였다. 컴퍼스의 날카로운 바늘이 한 사관의 오른손 손등에 깊숙이 꽂혀 있었다. 사관은 신음을 내지르면서 손등에 박힌 은빛 흉기를 뽑아내려 했지만, 고통과 초조함으로 인해 실패하고 말았다. 바늘이 부러져 피부와 근육 안에 남아버렸던 것이다.

"아, 저건 아프겠군…."

참석자 중 한 명인 보스웰 중령이 태연자약하게 중얼거렸지만, 그 목소리는 의자를 차서 넘어뜨리는 소리와 욕설에 묻혔다. 순식간에 몇 정의 총이 아스발의 몸을 조준했다. 집단 격발 직전, 제지하는 목소리가 울려 퍼졌다. 존경해야 할 원수, 니콜라스 블룸이 작전실 문 앞에 서 있었다. 별실에서 회의 결과를 기다리던 원수가 총성을 듣고 온 것이다.

"아스발 준장, 자네의 임무는 아군의 피를 흘리는 일이 아닐 텐데?"

"걱정 마십시오…."

엷은 적동색 얼굴에 유들유들한 미소를 띤 젊은 준장은 다소 뻔뻔한 어조로 단언했다.

"제 임무는 명심하고 있습니다. 조만간 레나강을 적의

피로 물들여 드리죠. 강바닥에 루비라도 깔려 있나 생각할 정도로 새빨갛게요."

아스발에게 집중된 시선은 붉게 물든 대신 악의로 표백되어 있었다.

블룸은 이 사태를 수습하고자 우선 아스발에게 퇴실하라 명했고, 부상당한 사관은 의무실로 가게 했다. 싸운 쌍방을 모두 처벌한다는 생각이었다. 그리고 남은 사람만으로 토의를 계속한 결과, 보스웰 중령을 제외한 전원이 찬동한 하구 요격안을 채택했다.

VIII

"아퀼로니아 군은 레나강 하구에 함정 4천 척으로 장성을 쌓고 있습니다."

정보 공작원의 보고를 받은 케네스 길포드의 사파이어 같은 눈동자는 예리하게 빛났다. 4월 2일 아침이었다.

"확실한 정보인가?"

"틀림없습니다. 아퀼로니아 주력군은 레나강 하구에 자리 잡고 우리 군의 진입을 정면에서 저지할 태세입니다."

"흠, 변덕스러운 여신이 아무래도 모블리지 주니어에게 아양을 떤 것 같군."

"각하, 그러면 우리 부대가 아퀼로니아 주력군과 정면에서 싸우게 되겠군요."

"정면? 바로 같은 소리 마라."

별동대의 젊은 지휘관은 부하의 군국적 열정에 찬물을 끼얹었다. 길포드가 지휘하는 군대 병력은 뉴 카멜롯 전 병력의 3할 정도에 그쳤고, 이 전력으로 적의 주력 부대와 정면 대결을 벌였다가는 시체의 산과 맞바꿔 약간의 시간을 버는 게 최대한의 전과이다.

소수로 다수를 이기려면 기발한 책략을 쓸 수밖에 없다. 케네스 길포드는 본의는 아니었지만, 이번 전투에서 승리하여 레나강 상류에서 진공하는 아군을 위해 적의 병력을 줄인 다음 지중해 방면으로 진군해 타데메카의 공세를 저지할 생각이었다. 참 욕심이 많다고 내심 쓴웃음 지을 수밖에 없었지만, 작전을 기획하고 모두 실현하는 데에 케네스 길포드라는 남자의 존재 가치가 있었다. 아퀼로니아 공략의 공적은 권력 탐욕가인 모블리지 주니어에게 넘겨줘도 좋았다.

같은 날 오후, 매디슨 소장이 지휘하는 아퀼로니아 주력 군대는 레나강 하구에 대형을 갖췄다. 4천 척이 넘는 함정은 노고 끝에 밀집 대형 형태를 취하고 있었는데, 이것은 생각지도 못한 정보를 입수한 결과였다. 체포한 뉴 카멜롯 군의 탈주병에게서, 적이 잠항정을 중심으로 아퀼로니아 군의 '밑'을 통과해 레나강에 침입하려 한다는 기밀을 전해 들었기 때문이다. 거짓말탐지기가 탈주병이 전한 정보의 신빙성을 증명했다. 매디슨 소장은 4천 척의 함정을 밀집시키고 선체 사이에 대잠對潛 방어용 유리섬유망을 펼쳐 적의 함정은 단 한 척도 통과할 수 없다는 태세를 취했다.

하지만 그것이야말로 길포드의 계책이었다. 거짓말탐지기 검사를 받은 탈주병은 자신이 진실이라고 생각하는 내용을 말했지만, 그 '진실' 자체가 길포드가 만들어낸 시나리오였으니 별수 없었다.

태양이 하구 저 멀리에 밑동을 걸쳤을 무렵, 잠항정 한 척이 유리섬유망에 걸렸다. 아퀼로니아 군에게 이것은 승리의 전조 같았다. 아퀼로니아 군은 즉시 그물을 감아 물 위로 끌어 올렸지만, 그 선체에서 힘차게 중유가 뿜어져 나오는 모습을 목격한 모두의 입에서는 낭패와 불안의 목소리가 새어 나왔다.

"도대체 어떻게 된 일이지?"

지당한, 하지만 빤한 의문과 경악에 가까운 절규는 매디슨 소장의 입에서 튀어나옴과 동시에 오렌지색으로 불타올랐다. 잠항정이 자폭해, 소이 수류탄이 수면에서 사방팔방으로 튀었다. 유리섬유망으로 연결된 함정들은 당황하여 그물을 끊고 불타는 아군 함정으로부터 멀어지려다가 극한 혼란에 빠져들었다. 서로 충돌하고, 그물을 질질 끌며 허무하게 회전했다. 그때 그 안으로 소형 함정 몇 척이 잠입한 사실은 아무도 눈치채지 못했다.

"사령관을 노려라!"

케네스 길포드의 지령이 보이지 않는 화살이 되어 날아가 병사들의 귀를 때렸다. 수십 정의 자동 라이플들이 한 줄의 실에 이끌리듯 한 곳을 향해 총구를 겨눴고, 고속탄의 그물이 매디슨 소장을 노리고 좁혀 들어갔다.

소장의 육체는 전방, 좌, 우, 이 세 방향에서 발사된 고속탄 몇 다스에 의해 산산조각이 나서 피투성이 고기 토막이 되었다.

사령관의 죽음은 지휘계통의 붕괴를 의미했다. 이미 수면 자체가 불타올라 행동의 자유를 잃은 아퀼로니아 군의 함정들은 폭발하거나 화재로 망가지기를 반복했고, 뉴 카멜롯 군의 총탄과 소이탄이 더해져 강 위에는 처참한 화형장이 출현했다. 불이 붙은 배를 피해 강으로 뛰어드는 병사도 많았지만, 그중 절반은 총격을 받거나 아군의 함정이 서로 충돌하면서 머리가 으깨져 물속으로 가라앉았다.

레나강의 광대한 하구는 짙고 엷은 다양한 오렌지색으로 물들었고, 하늘은 소용돌이치는 검은 연기의 베일에 뒤덮여 황혼의 도래를 가속했다. 아퀼로니아 군의 반격은 미약하지 않았으나 질서를 잃은 반격은 효과를 얻지 못했다. 나중에 조사한 바에 따르면 총탄 및 포탄의 명중률은 7퍼센트에 지나지 않았다. 한편 뉴 카멜롯 군의 명중률은 61퍼센트에 달했다. 승패의 귀결은 명백했다.

"물을 제압하려면 불을 사용해야 한단 말인가. 3천 년 전부터 조금도 바뀌지 않았군."

케네스 길포드는 오히려 낙담한 듯이 마음속으로 중얼거리며 시선의 각도를 올렸다. 강 위의 불길을 비추며 오렌지색으로 빛나던 눈동자가, 이번에는 저무는 하늘을 비춰 청회색으로 가라앉았다. 케네스 길포드는 할 일을 다했다. 앞으로의 책임은 모블리지 주니어와 운명이 나눠 맡을 일이다.

IX

케네스 길포드가 기발한 책략으로 레나강 하구에서 아퀼로니아 군을 불길 속에 밀어 넣고는 고향 도시를 향한 타데메카 군의 공세에 대비하고자 철수를 시작했을 무렵, 아퀼로니아 시에는 알마릭 아스발과 그 부대만이 잔류하고 있었다. 요 며칠 동안 자택에서 나와 정부 청사에서 지내던 류 웨이 의원은 사령부를 방문해 아스발에게 면회를 요청했다.

의원을 맞이한 아스발은 좁은 범위이긴 해도 단독 행동을 허가받아 오히려 생동감이 넘쳤다.

"승산은 어떤가?"

"물론 있습니다. 적이 자만에 빠져서 여기까지 공격해

온다면 말이죠. 그렇지만 그 전에 시 정부가 항복해 버릴지도 모르겠군요. 레나강 하구의 불꽃놀이 이후, 입으로만 떠들던 용사들께서는 테이블보나 침대 시트로 열심히 백기를 만들고 있는 모양입니다."

두 가지 웃음이 울려 퍼졌다. 아스발의 웃음은 냉소였고, 류 웨이의 웃음은 쓴웃음이었다.

"공직에 있으면서 시외로 도망치려는 자들을 제 직권으로 억류하려고 합니다만. 괜찮습니까, 의원님?"

"내가 부탁하고 싶을 정도로군."

류 웨이는 '각 도시 간의 항쟁은 전쟁이 아닌 고관끼리 결투로 해결하라.'라는 법안을 의회에 제출해 조소와 매도를 당한 경험이 있었다.

어리석은 병력 분산책이 채택된 결과, 아스발의 손에는 5개 연대 규모의 육상 병력과 공병대만 남았다. 준장의 계급에는 어울리는 병력이었지만, 아퀼로니아의 시민과 권력자를 안심시키기에는 터무니없이 적었다.

류 웨이의 뒤를 이어 사령부를 방문한 원수 니콜라스 블룸의 얼굴은 정신적인 영양부족에 찌들어 있었다.

"왜 그러나? 나쁜 소식인가?"

류 웨이가 일단 질문부터 던졌다.

"오늘 오후, 우리 외양 함대가 레나강 하구에서 뉴 카멜롯 군에게 패배했네."

"이런, 이런…."

아스발은 쓰게 웃었다.

"드디어 뉴 카멜롯의 야망, 환북극해 제국이 탄생하는 걸까요. 과거 로마 제국의 재현이군요. 그러면 아퀼로니아는 불쌍한 카르타고의 말로를 걷는 셈인가요."

"자네는 자신을 한니발에 비유하는 건가? 마음가짐 하난 대단하군."

"무슨 말씀을. 한니발은 졌지만, 저는 결코 패배하지 않습니다."

아스발이 원수의 야유를 받아넘겼을 때 또 다른 소식이 전해졌다.

"레나강 상류에 뉴 카멜롯 군이 갑자기 출현해 아퀼로니아 시를 목표로 진군하고 있습니다."

"거, 보라니까."

안 해도 될 말을 굳이 해서 알마릭 아스발은 동료나 상관에게 미움을 받는다.

"이거 원, 상류와 하류에서 나쁜 소식을 협격받다니. 우리 시가 자랑하는 마천루들이 샌드위치 햄으로 보이는군."

류 웨이는 그렇게 혼잣말하고 아스발의 임무 수행을 방해하지 않기 위해 사령부에서 물러 나왔다. 원수의 반고리관이 파업을 일으켰기에, 류 웨이는 자칫 넘어질 뻔한 블룸을 부축해 자동차에 올랐다. 차가 움직이기 시작하고 원수가 제정신을 되찾자 류 웨이는 자연스럽게 블룸을 각성시켰다.

"자네는 원수일세. 전쟁의 책임은 그렇다 쳐도 선대 모블리지를 쫓아낸 장본인이라고 사람들은 생각하고 있어. 그의 아들은 자네를 용서하지 않을 거야."

"알고 있네. 이제 와서 항복해봤자 나는 살 수 없어. 결사 항전밖에 답이 없네."

의연한 아니, 솔직히 류 웨이가 보기에는 궁지에 몰린 표정이었지만, 니콜라스 블룸 원수 각하는 지친 얼굴에 결의의 빛을 떠올리며 단언했다.

'제발 똑바로 해주세요.'라고 류 웨이는 속으로 중얼거렸다. 레나강 하구의 패배와 상류로부터의 습격은 당연히 시민을 동요시켰다. 허세든 뭐든 원수가 침착하게 행동하지 않으면 아퀼로니아 시는 내부 붕괴를 일으켜, 입맛을 다시는 모블리지 주니어 앞에 풍요로운 지체를 내던질 것이다. 본의가 아니긴 해도 공인의 신분을 지닌 이상, 류 웨이는 시와 운명을 함께할 수밖에 없다. 그것은 어쩔 수 없지만, 류 웨이는 조카 마린의 안전이 걱정되었다.

알마릭 아스발을 비난하는 시민의 목소리는 점점 높아만 갔다. 현재 아퀼로니아 시의 거의 전 병력을 자신의 지배하에 둔 알마릭 아스발은 항구 사용을 금지할 뿐 아니라 광대한 레나강을 횡단하는 시의 상징 레나 대교의 통행까지도 금지하고 공병대에 어떤 공사를 지시했다. 시민 대표나 정치가들이 항의하고자 몇 차례나 아스발을 찾았다.

알마릭 아스발은 그들을 차분히 설득하려고 하지 않았다. 적동색 얼굴에 관료적인 투명한 가면을 쓰고 오로지 '원수의 허가, 정부의 결정'만을 반복해서 이야기했다. '호랑이의 권세를 빌린 여우'라는 일시적인 악평 따위는 고려할 게 아니었다. 무엇보다 호랑이 스스로 올가미 바로 앞까지 몰리는 상황이다. 아스발을 질책하여 적의 습격에 대한 공포를 얼버무리려 하는 무리에게 시간을 빼앗기고 있을 수는 없었다.

한편, 알마릭 아스발은 시외로 통하는 도로를 모두 봉쇄하여, 시민에게 도시 방위의 의무를 말하면서도 자신들은 도망가려고 하는 철면피 공직자 패거리들을 차례차례 군형무소에 던져 넣었다.

이 행위에 대해서도 항의의 목소리가 높았다. "고향 도시의 위기에 즈음하여 도망가는 행동은 분명히 용서할 수 없지만, 지위 있는 명사를 죄인 다루듯 하는 게 괘씸하다. 되돌려 보내는 것만으로 충분하지 않은가." 이렇게 떠들어대는 헐 의원이 아스발을 항복시켰다. 인내의 한계에 이른 알마릭 아스발은 부하에게 명했다.

"올렌부르크 대위."

"네!"

"이 인간 스피커가 떠드는 소리를 어떻게든 해봐라! 신경이 쓰여서 견딜 수가 없다."

올렌부르크 대위는 상관의 명에 따라 '어떻게든' 했다. 사령부에서 쫓겨난 헐 의원은 동료들에게 호소해 1개 분대의 인원수를 대동하고 사령관에게 재면담을 요구했다. 하지만….

"지휘관의 정신적 안정을 어지럽혀 군의 사기를 해치는 건 명백한 이적 행위다. 사살당하지 않는 것만으로도 고맙게 생각하라."

아스발은 싸늘하게 내뱉고는, 빈정거리고자 양쪽 귀에 탈지면을 밀어 넣어 보이면서 이성을 잃은 의원단이 쏟아내는 욕을 뒤로한 채 자리를 떴다.

X

4월 6일 오전 4시, 레나강을 따라 내려오던 모블리지 주니어의 암시 쌍안경에 아퀼로니아의 시가지가 보이기 시작했다.

강의 물살이 뉴 카멜롯 군의 배를 가속시켜, 그들은 글자 그대로 파도를 걷어차며 광대한 레나 평원의 수로를 달려왔다. 2천 240척의 쾌속 전투정, 886대의 수륙양용 전차, 8척의 포함砲艦, 350척의 강습 양륙정. 그것이 모블리지 주니어가 이끄는 병력으로, 육전 요원만도 2만 명이 넘었다. 이 정도 규모라면 항구를 중심으로 아퀼로니아의 심장부를 제압할 수도 있을 터였다. 청년의 심장에는 지금 날개가 달려 있었다.

강 위에 아퀼로니아가 자랑하는 수상 기갑 부대의 모습은 보이지 않았다. 그도 당연할 것이, 별동대의 움직임에 이끌려 하구 방면으로 출진한 끝에 패배했다.

"해냈어. 아퀼로니아는 이미 우리 손안에 있다."

쌍안경 렌즈 너머로 그리운 거리의 풍경을 바라보며 젊은 야심가는 가슴이 부풀었다. 복수에 대한 갈망이 기관과 혈관에 끓어올라 가슴이 답답할 정도였다.

"카르노 광장에 아퀼로니아 정부의 고관들을 끌어내어 교수대에 장성을 쌓아주마. 미래를 보는 눈이 없는 자신의 어리석음을 저주하는 게 좋을 거야."

청년의 끓어오르는 목소리가 고막을 간질이는 가운데 샹 론 소장의 안색은 가라앉았다. 경험이 풍부한 군사 전문가의 정신의 지평 먼 곳에는 우레가 울려 퍼지고 있었다. 아무래도 너무 순탄하다는 생각에 견딜 수가 없었다.

3천이 넘는 금속과 세라믹과 유리섬유로 된 인공 물고기는 새벽의 대하大河를 달리고 있었다. 대열은 아퀼로니아 시의 상징 중 하나인 장대한 레나 대교 아래를 지났다. 다리에서의 총격을 각오하고 있었지만, 한 발도 날아오지 않은 채 안전하게 통과하고 나서야 긴장의 끈을 풀었다.

그 순간 장병들의 시야 가득히 섬광이 작렬했다. 섬광이 불길로 바뀌었을 때, 이번에는 굉음이 고막을 난타했다. 레나 대교가 폭파한 것이다.

전체 길이 3천 590미터, 폭 50미터의 어마어마한 현수교는 역류하는 거대한 하얀 폭포 속에서 싸구려 연필처럼 접히고 부서졌다. 무수한 강화 강철 파편이 튀어 오르며 떨어져 내렸고 병사들은 비명을 지르며 양팔로 머리 부분을 감쌌다. 거대한 교신이 강 수면을 때려 새로운 물보라를 일으켰고, 소형 함정 몇 척을 공중으로 튕겨 올렸다. 뜻밖의 소나기는 새벽빛을 옆에서 받아 무지갯빛으로 반짝였다.

"레나 대교가 무너졌다고?"

경악의 물결이 뉴 카멜롯 수상 기갑 부대를 동요시켰다. 강 상류, 즉 후방이 차단됐기 때문이다.

고급 사관들의 가슴에는 케네스 길포드의 경고가 먹장구름이 되어 퍼졌을지도 모른다. 그것을 재빠르게 간파하고 사기를 고무하려는 사람도 있었다.

"전진이다! 오직 전진밖에 없다!"

모블리지 주니어는 마치 바이킹의 두목처럼 전투정의 뱃머리에 서서 바람을 가슴에 받으며 소리 높여 선언했다.

"비록 퇴로가 끊겼다 해도 무슨 상관인가. 오로지 전진해 아퀼로니아의 항구로 진격, 스스로 생명과 용기를 걸고 승리를 쟁취하라!"

샹 론 소장은 '말하기는 쉽지.'라고 생각했지만, 입 밖으로 내지는 않았다. 이제 와서 돌아갈 길이 없음은 자명했다. 하지만 선두에 선 부대에서 올라온 보고는 비명에 가까웠다. 수중 장애물이 그들의 전진을 막은 것이다. 이미 다리가 낙하해 퇴로가 끊겼건만, 이번에는 전진조차 할 수 없게 되었다.

아퀼로니아 군은 레나강 바닥에 강철 말뚝을 박고 와이어와 피아노선을 겹겹이 둘러쳐 뉴 카멜롯 수상 기갑 부대의 기동성을 봉쇄해 버렸다. 물론 이것은 아스발의 뇌세포에서 태어난 책략으로, 레나 대교를 파괴한 일도 연관이 있었다. 광대한 레나강의 강물 위에 수천 척의 함정들이 빼곡하게 들어차 뱃전과 뱃전이 부딪쳤다. 서로의 선체가 망가지자, 아군끼리 욕설이 오갔다.

"수중 공병대를 출동시켜라! 말뚝을 뽑아낸다. 이런 곳에서 집중포화를 받으면 순식간에 당하고 만다!"

샹 론 소장이 날카롭게 지시하자,

"말도 안 되오!"

모블리지 주니어가 노성을 내뱉었다. 수중에 말뚝이 있다면 어뢰 공격으로 짧은 시간 안에 말뚝을 파괴해야 한다. 말뚝을 하나하나 뽑아내고 있다가는 그야말로 포화를 뒤집어씌울 기회를 적에게 주는 셈이다. 하지만 소장은 고개를 저었다.

"저게 안 보이십니까? 원수의 아드님."

샹 론 소장의 손가락이 강 수면 한곳을 가리켰다. 그것을 바라본 모블리지 주니어는 벼락을 맞은 듯 굳어버렸다. 샹 론 소장이 가리킨 곳에는 수면 일부에 검은 옷감이 펼쳐진 것처럼 보였다. 인화성이 강한 액체연료가 분명했다. 움직임을 봉쇄당한 채 화공을 받으면 승산은 없다. 모블리지 주니어는 절규하고 말았다.

"서둘러서 강가에 배를 대라! 수면에 연료가 퍼지기 전에 육지로 도망쳐야 해!"

공황은 빛의 속도로 전군을 감쌌다. '로스트 휴먼'으로 요리되길 바라는 사람은 한 명도 없었다. 뱃전과 뱃전을 비벼 가면서 필사적으로 뱃머리는 기슭으로 향했다.

강가로 쇄도하는 뉴 카멜롯 군의 함정들을 향해 아퀼로니아 군의 총구가 포효를 질렀다. 아스발의 호령에 맞춰 강둑 그늘에서 일제 사격을 개시한 것이다.

수면이 보이지 않을 정도로 밀집한 인간과 함정은 절호의 사격 목표가 되었다. 탄환 하나가 여러 병사의 몸을 뚫었고, 한 척의 폭발이 좌우에 있던 동료 함정을 말려들게 해 불길과 연기와 폭발음을 확대, 재생산했다. 불길에 휩싸이고 총탄에 꿰뚫린 병사가 머리부터 강 속으로 빨려 들어갔다.

그럼에도 뉴 카멜롯 군 병사 중에는 전의를 잃지 않은 자들이 있었다. 자포자기에 의해 촉발된 파괴 충동에 지나지 않았던 것일지도 모르지만, 뉴 카멜롯 병사들은 아군의 피와 강물로 심신을 흠뻑 적시면서도 시체와 파괴된 선체의 방패 사이를 통해 응사했다. 케블라 섬유 군복과 물의 장막이 소구경 총탄의 관통을 허락하지 않은 탓에 총격전은 의외로 오래 계속되었지만, 기동성과 속도를 봉쇄당한 뉴 카멜롯 군의 패배는 벌써 결정된 것이나 다름없었다. 전투 전 알마릭 아스발의 호언장담이 실현된 셈이다.

상류의 다리와 하류의 말뚝 사이의 강 수면은 살아 있는 유기물과 죽어가는 유기물, 이미 파괴된 무기물과 파괴를 기다리는 무기물로 부풀어 올라 피투성이의 거대한 스펀지로 변하고 있었다. 샹 론 소장이 이마와 왼쪽 팔에 피를 흘리면서 간신히 강가로 기어올라 아퀼로니아 군의 포로가 된 시각은 오전 6시 51분이었다.

거뭇한 머리카락과 적동색 얼굴을 가진 젊은 사령관은 정중하게 이 포로를 맞이했다. 그리고 더 이상의 유혈은 무익하니 항전하는 부하에게 항복하도록 명령해달라고 부탁했다. 샹 론은 그 제안을 수락했다.

"전원, 무기를 버리고 항복하라. 이미 싸울 의미도, 죽을 의미도 없다. 패전 책임은 본관이 진다. 반복한다. 무기를 버리고 항복하라."

샹 론 장군의 목소리는 스피커를 타고 수면에 울려 퍼졌고, 그 말에 호응하듯이 총성은 낮고 작아졌다. 고향 도시를 지키기 위해서라면 몰라도, 다른 도시의 야심가를 위해 타항에서 순직하는 일은 어리석은 짓이었다. 7시 09분, 총성은 완전히 끊겼다. 레나강 하구 전투처럼 적의 행동을 봉쇄하고 밀집한 곳에 효율적인 총격을 가한 쪽이 승리를 거뒀다.

아스발이 실의에 빠진 적장에게 인사했다.

"장군, 수고하셨습니다. 차라도 드리고 싶으니 소관의 사령부까지 왕림해 주시면 고맙겠습니다."

노장군은 끄덕였다. 이런 때는 순종만이 위엄을 지키는 유일한 길이었다. 하지만 혼란과 살육 중에도 그의 뇌리에서 사라지지 않았던 의문을 말하지 않을 수는 없었다. 그 정도의 화력이 집중되었음에도 수면에 뜬 액체연료가 인화되지 않은 까닭은 무엇인가.

대답은 명쾌했다.

"저건 단순한 맹물입니다. 물감으로 색을 입힌 거죠."

"…!"

"레나 대교를 무너뜨린 일만으로도 제가 아퀼로니아 시에 입힌 손해는 천문학적입니다. 거기에 더해 항구를 불에 휩싸이게 했다가는 엄청난 비난을 받으며 야반도주해야만 했겠죠."

"물감이라…그런가. 물감이란 말이지."

낙담하여 갑자기 늙어버린 듯한 소장이 병사의 안내를 받아 떠나자, 보스웰 중령이 나타나 속삭였다.

"실패했습니다. 모블리지 주니어는 어디에서도 발견되지 않았습니다."

"그런가? 뭐, 상관없어."

"철저하게 탐색하지 않아도 되겠습니까? 모블리지 주니어는 머지않아 재기할 겁니다. 다음에는 쿤론이나 부에노스 존데로 망명할지도 모릅니다."

"그럴지도 모르지. 집념이 강한 놈이니까 언젠가는 자신이 이긴다고 생각하고 있을 거야."

"그렇다면 어떻게든 찾아내서 재난의 근원을 끊어야 하지 않겠습니까?"

사령관은 보스웰 중령의 열의에 답하듯 중령이 예측하지 못한 반응을 보였다.

"자네는 니콜라스 블룸 원수를 믿나?"

"…예?"

되물은 부하를, 아스발은 기묘한 눈초리로 바라보며 낮게 웃었다.

"난 믿지 않아. 원수는 고결한 듯이 보이지만 타인의 공적을 질투하는 타입이다. 조금이라도 자신의 자리를 위협할 가능성이 있는 자는 무대 아래로 떨어뜨리려고 할걸. 뭐, 신사적인 방법을 쓰기는 하겠지만."

아스발은 검은 머리카락을 쓸어 올리며 적동색 얼굴에 뻔뻔스러운 표정을 지었다.

"모블리지 주니어가 재기하거나 그럴 가능성이 있는 이상, 원수 각하는 내 공적과 군사적 재능이 필요할 거다. 그동안은 나도 숙청되지 않겠지."

아스발은 입을 닫고 가늘게 뜬 양 눈으로 드넓은 레나강을 바라보았다. 보스웰 중령은 다섯 걸음 정도의 거리를 두고 상관의 모습을 바라보면서 등에 전율이 스치는 것을 느꼈다. 그는 물론 상관의 속마음을 투시하거나 미래를 예지할 수는 없었지만, 모블리지 부자만 보더라도 아퀼로니아 시의 최고 권좌가 세습이 아니라는 사실은 다양한 감개와 억측을 불러일으켰다.

물과 피와 진흙에 젖고 더러워진 포로의 줄이 그들 옆에서 묵묵하게 수용 시설로 발걸음을 옮겼다. 포로들의 해방에 관해서는 머지않아 아퀼로니아와 뉴 카멜롯 사이에 교섭이 이뤄질 것이다. 결국, 포로들은 살아 있는 도구로서 대우받는 것에 불과했다.

아퀼로니아의 독재자가 되지 못한 모블리지 주니어는 좌절에 상처 입은 마음을 껴안고 레나강 파도 위를 떠돌고 있었다. 마치 튜브가 아닌 마음의 빈 공간이 모블리지 주니어의 몸을 띄우고 있는 듯이 보였지만, 그의 양 눈은 빛을 잃지 않았다. 화려한 아퀼로니아 원수 공관의 현관으로 들어서는 일은 당분간 어려워졌다. 호언장담을 토해내던 뉴 카멜롯도 두 번이나 패잔병으로 전락한 그를 더는 받아 주지 않을 것이다. 수치심을 참고 돌아가더라도 아퀼로니아와의 거래에 사용되기 위해 신병이 구속될 게 뻔한 결말이었다. 어딘가 다른 도시에서 재기를 도모할 수밖에 없다.

그렇다. 재기. 살아 있는 한 반드시 아퀼로니아의 권력을 손에 쥐고 말겠다.

공허한 마음에 야심을 채운 청년은 완만한 물결 속에서 바다를 향해 흘러갔다.

XI

이리하여 북극해 주변 전역을 제패하려던 뉴 카멜롯의 의도는 일단 좌절될 수밖에 없었다. 뉴 카멜롯은 아퀼로니아의 보복을 무서워했지만, 승자 쪽도 레나강 하구의 수상전에서 외양 함대에 적지 않은 타격을 받은 데다 레나 대교의 재건에도 거액의 경비를 투자해야만 했기에, 겁에 질린 두더지처럼 웅크린 뉴 카멜롯의 뺨을 후려치고자 출정할 여유는 당분간 없었다.

아퀼로니아의 원수 블룸은 구국의 위인으로 명성을 얻었으며, 다음 선거에서 경쟁 후보 없는 무투표 재선이 확실해졌다.

알마릭 아스발 준장은 정규군 소장으로 승진해 시 방위

국 차장에 임명되었다. 그는 '알마릭 아스발 오브 아퀼로니아', 줄여서 'AAA'라고 불리며 그 용명을 세상에 떨치게 되었고, 머지않아 방위국 국장이 되리라 평가받았다.

뉴 카멜롯 군의 케네스 길포드는 레나강 하구에서 승리한 일로 훈장과 일정 기간 휴가를 보상으로 받았지만, 계급이나 지위에는 변화가 없었다.

류 웨이 의원은 조카 마린과 함께 타데메카 시로 이주했다. 지금은 오렌지 잎에서 신종 향료를 만들어내는 연구에 열중하고 있다고 소문이 났지만, 거주권을 얻은 3년 후에는 공직의 피선거권이 주어지므로 타데메카 정계 일부에서는 그를 입법의회의 의원 후보로 추인하려는 움직임이 있다고 한다. 다만 마린은 그것을 강하게 부정했다. 이는 취재를 강행한 결과, 그녀에게 물세례를 받은 타데메카 중앙통신 기자가 전한 사실이었다….

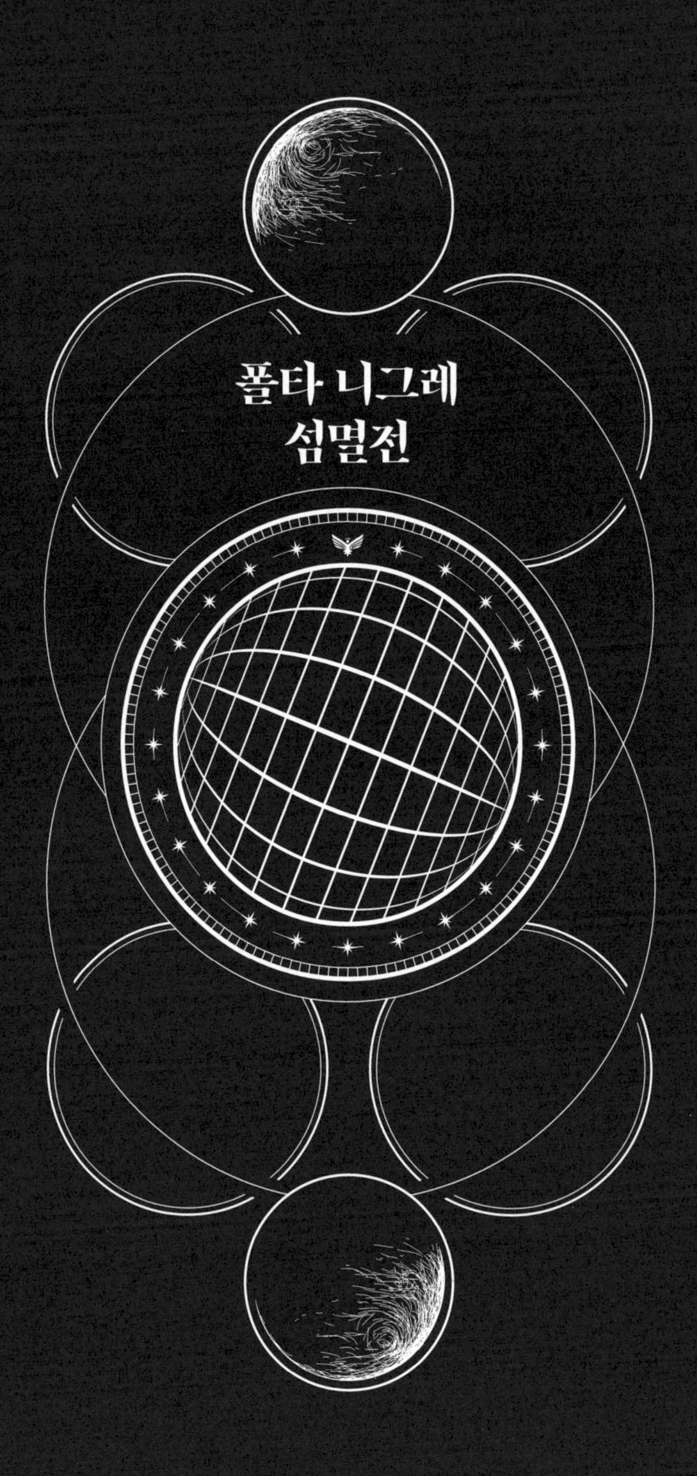
폴타 니그레
섬멸전

I

서기 2190년이라는 해에 역사적 의의를 부여하는 이유는 옛 북극과 옛 남극 쌍방에서 대규모 군사적 충돌이 일어나서만이 아니다. 그보다는 두 도시의 군사적 충돌 결과로 지구상에 존재하는 일곱 도시가 과거의 타성에서 벗어나 변화의 시대를 맞이한 점, 변화를 이끈 사람들이 각각의 도시에서 주력이 되었다는 점에 초점을 맞춰야 한다.

아마존해와 태평양을 연결하는 지협에 자리 잡은 일곱 도시 중 하나, 부에노스 존데 시는 2188년 이래 집정관 에곤 라우드루프가 통치하고 있었다.

라우드루프는 취임 당시 시 건설 이래 가장 젊은 집정

관이었으며, 2년이 지난 지금도 지위는 여전했다. 2190년 라우드루프는 서른세 살로 아퀼로니아의 원수 니콜라스 블룸과 같은 나이였고, 이 경쟁자보다는 훨씬 더 강력했다. 라우드루프는 군부를 거의 완전하게 장악하고 있었고, 그의 전임자는 니콜라스 블룸의 전임자 찰스 콜린 모블리지와 비교할 수 없을 정도로 약했다.

블룸이 아퀼로니아 입법의회에서 55퍼센트의 지지를 받고 있던 것에 비해, 부에노스 존데 입법의회의 84퍼센트는 라우드루프의 여당이 차지하고 있었다. 라우드루프는 블룸의 경쟁자라기보다는 사반세기의 시차를 거쳐 출현한 찰스 콜린 모블리지의 대립 후보라고 해야 할지도 모른다.

또한 라우드루프는 블룸보다 모든 점에서 대담하고 염치없었으며, 그의 행동력은 그의 수치심을 큰 폭으로 상회했다. 라우드루프는 태연하게 오얏나무 밑에서 갓끈을 고쳐 쓰며, 이를 비판하는 사람에게 오히려 그 좁은 도량을 비웃어 줄 정도였다. 라우드루프는 많은 지위와 권한을 오롯이 자신에게 집중시켰으며, 일족을 등용했고, 그로 인해 민중의 지지까지 얻었다.

하지만 단 한 명, 그것을 걱정하는 사람이 있었다. 라우드루프 가의 일족이자 에곤의 사촌 형인 안켈이었다. 사촌 동생과 달리 정치적 야심이 없었던 안켈은 혈연이란 이유로 시립법의회 의원 자리를 강요받았고, 역시 혈연이란 이유로 에곤의 취임식에서도 상석에 앉아야 했다. 성대한 연회가 끝나고 귀가한 남편이 낙담한 표정으로 거실 소파에 몸을 의지하는 모습을 보고 젊은 부인이 그 이유를 물었다. 안켈은 위스키를 잔에 따르면서 대답했다.

"오늘은 시민 수십만 명이 에곤의 취임을 축하해 주었지. 하지만 에곤이 죽을 때는 훨씬 많은 시민이 훨씬 더 열광적으로 축하할 거요. 장래를 생각하면 마음이 무거워진다오."

남편의 비관론을 들은 아내는 납득할 수 없었다.

"하지만 당신의 사촌 동생은 대단히 인기가 많잖아요. 수재인 데다가 잘생겼고, 지도력이나 결단력 모두 따졌을 때 부에노스 존데 시가 생겨난 이래 가장 영명한 위정자라는 평판인데…."

안켈은 반 의무적으로 끄덕였다.

"맞소. 에곤은 평판이 좋은 사내지. 그에 걸맞은 많은 장점이 있고. 내가 아는 한 에곤의 결점이라고는 하나밖에 없다오. 하지만 그 결점이 모든 장점을 지워버릴 만큼 심각하다오."

"도대체 그게 뭐죠?"

"독점욕이지."

안켈은 짧게 대답하고 위스키를 단숨에 들이켰다. 아내는 기침하는 남편의 등을 두드리며 더욱더 의아해했다.

"그렇지만 독점욕 정도는 당신 사촌 동생만이 아니라 누구에게나 있잖아요."

"분명 누구든 가지고 있지. 하지만 보통의 늪과 바닥이 없는 늪은 존재 의미가 다르다오. 그걸 구분할 수 있는 때는 운 나쁘게도 머리까지 잠겨버리고 난 다음에나 가능하지. 게다가 그걸 깨닫게 되는 건 그다지 먼일이 아닐 거요."

2년 사이에 에곤 라우드루프의 권세는 기하급수적인 팽창을 이루었다. 라우드루프는 판공비를 사용한 호화로운 취임 2주년 기념집회 석상에서 세력 확장을 위한 군사력 행사를 시사했다.

'선제적 자위권'이라는 조어를 공식 석상에서 발언한 때는 이 집회부터다. "시의 기본법은 군사력으로 외교 문제를 해결하는 일을 엄격히 금지하고 있지 않은가?"라는 반대파의 추궁에 대해 라우드루프 집정관은 오페라 가수를 연상케 하는 성량과 억양으로 대답했다.

"미래의 국가적 위기가 지근거리에 있고 특정 방향에서 오고 있으며, 그 존재가 명백한 이상, 선제적 자위권을 확립해 위기를 사전에 막는 일은 위정자의 중대한 책임이며 시민의 신성한 의무이다. 더 안전하며 행동의 자유가 확보된 미래, 그것이야말로 자손에게 전해야 할 최고의 유산이 아닌가."

"집정관이 말씀하시는 '지근거리에 있고 특정 방향에서

비롯된 국가적 위기'란 구체적으로 무엇입니까?"

"질문자의 상상력 부족에는 탄식할 수밖에 없군. 다른 여섯 도시가 더러운 욕망에 휩싸여 동맹을 맺고 부에노스 존데의 독립과 권익을 침해하려 한다면 어떻게 대처할 것인가? 오직 우리가 가진 필요 최소한의 군사력에 의지할 수밖에 없지 않은가."

논리의 곡예라고 해야 할 것이다. 이 논법을 발전시키면 부에노스 존데 외 다른 도시의 존재 자체가 부에노스 존데에 위해가 되고, 그 위험을 완전히 배제하려면 다른 도시를 전부 부에노스 존데의 지배하에 둘 수밖에 없다는 말이 된다.

물론 이는 평화적으로 이룰 수 없으며, 라우드루프의 언명대로 군사력에 의지할 수밖에 없다. 결국, 시민들은 라우드루프가 말한 '역사를 만드는 수단으로서의 군사력'을 칭송하게 될 것이다.

"역사를 만드는 수단으로서의 군사력이라…."

"집정관은 훌륭한 웅변가일세. 특히 젊은 시민의 정신을 고양시킨다는 점에서 이 이상은 없겠지."

"하지만 그런 종류의 웅변이란 결국에는 향정신성 마약과 같지. 효과는 오로지 착각과 망상뿐이고, 뒤에 남는 건 현저한 심신의 소모란 말이오. 과거의 역사를 보면 분명하지 않은가."

에곤 라우드루프의 의견에 반대하는 입법의회 의원들은 서로 그렇게 이야기했지만, 반대파 의원들의 수는 적었고 목소리는 낮았다. 많은 독재자의 집정 초기가 그렇듯이, 라우드루프도 민중의 압도적인 지지를 받고 있었다.

다른 한 도시를 병합해 한때의 강성함을 자랑한다 해도, 다른 다섯 도시의 불안감과 반감을 불러일으켜, 다섯 도시가 부에노스 존데 대항 동맹이라도 맺는다면 결국 부에노스 존데의 멸망이 앞당겨질 뿐이다.

일곱 도시 사이의 균형이 어긋나 도시들이 분열하고 어느 한 도시가 나머지 도시들을 통일한다고 해도, 이는 가까운 장래에 이뤄질 수 없다. 조건이 갖추어지지 않은 이 시기에 군사적 모험을 강행하는 일은 단거리 주법으로 마라톤에서 승리하기를 바라는 일과 같다.

"무력에 취한 에곤 라우드루프가 무력으로 멸망하는 일은 자업자득이지만, 우리가 거기에 말려들 필요는 어디에도 없어. 에곤의 위험한 야심을 막아야만 해."

라우드루프는 소수파의 불안을 뒷전으로 한 채 군사적 모험이라는 감미로운 유혹에 빠져들었다.

하지만 아무리 이론으로 무장한다 해도, 다른 시를 무력으로 침공하려면 그에 상응하는 대의명분을 띄어줄 투석기가 필요했다. 에곤 라우드루프는 막 소생한 흡혈귀처럼 대의명분이라는 미녀의 피를 찾는 나날을 보냈다.

에곤 라우드루프의 도를 넘는 독점욕이 겨냥한 사냥감은 남극 대륙이었다. 이 풍요로운 대륙은 다른 대륙과 달리 '대전도' 이후 처음으로 개발의 손이 닿은 곳이다. 다른 대륙의 경우 개발 앞에 '재'라는 한 글자를 넣어야만 했다. 현재 지구의 인구 규모와 비교하면 남극 대륙의 천연자원은 헤아릴 수 없을 정도다.

자원의 풍부함은 그것을 이용하는 경제활동의 규모를 규정한다. 적어도 일곱 도시의 시대는 그러하며, 현재는 도시들의 경제 규모 격차가 매우 작지만 머지않아 그 격차가 벌어지리라는 전망이었다.

주권국가와 주권국가의 사이에 완전한 평온은 있을 수 없다. 발화점에 이르지 않더라도 마찰은 항상 발생한다. 하물며 한쪽에서 처음부터 방화 의사를 가지고 있으면 얼음조차 불타고 만다.

이해 2월 북극해 방면에서 발생한 군사적 충돌은 라우드루프에게 개입의 여지를 주지 않은 채 종식되었고, 라우드루프는 남극 대륙을 지배하는 프린스 해럴드 공략에 전념했다. 5월, 부에노스 존데와 프린스 해럴드 두 도시의 세력권 경계인 드레이크 해협에서 어선끼리 충돌하는 사고가 생겨 부에노스 존데 시민 여섯 명이 익사했다.

개전의 대의명분이 생긴 셈이다.

5월 29일, 배상 요구에 즉답하지 않았던 부에노스 존데 시 정부는 프린스 해럴드 시 정부를 향해 선전포고를 한다.

II

무장도 하지 않은 채 군사적 모험에 뛰어드는 사람은 없다. 에곤 라우드루프에게는 프린스 해럴드를 힘으로 제압할 수 있다는 자신감의 원천인 대규모 저공 공격용 헬리콥터군단이 있었다.

부에노스 존데 시가 자랑하는 '공중장갑사단'이다.

'올림포스 시스템'에 따라 지상에서 500미터 이상 높아진 고도에서의 활동은 불가능해졌지만, 그보다 아래인 저공이나 초저공에서 군사적 가치를 추구하려는 시도는 라우드루프의 비범한 군사적 센스를 증명하는 것이었다. 이는 사실 애초부터 남극 대륙을 공략 대상으로 상정하고, 대륙 내부의 평원 지대에서 프린스 해럴드가 지닌 다수의 전차 부대에 대적할 방법을 오랫동안 고민한 결과이다. 전차를 파괴할 비율이 10대 1에 이르는, 압도적 우위를 차지하는 공격용 헬리콥터군단이 탄생했을 때 라우드루프의 야심은 자제의 껍데기를 뚫고 부화했다. 프린스 해럴드 군의 전차는 6천 량. 부에노스 존데 군의 공중장갑사단 헬리콥터는 2천 400기. '란체스터 법칙(한정된 자원을 효율적으로 쓰기 위한 전쟁 전략으로, 수적 우위가 결과적으로는 제곱의 격차가 된다는 의미)'에 따르면 $6000^2=(2400^2-X^2)\times10$의 수식이 성립해, 프린스 해럴드 군이 궤멸한 뒤에도 '공중장갑사단'은 대략 1천 470기가 남을 터였다. 물론 다른 요인을 배제한 채 단순하게 계산한 결과일 뿐이지만.

공중장갑사단 사령부는 국방위원회를 건너뛰고 집정관부에 직속되어 있어, 이른바 사병의 성격을 띠고 있었다.

"작전 지휘는 내가 직접 한다. 나는 우리 시의 미래를 여는 원시림의 나무꾼이며, 거친 바다의 조타수라는 더할 나위 없는 긍지를 지니고 있기 때문이다. 나의 생존 의의는 항상 선두에 서는 것에 있다."

그렇게 말하는 라우드루프의 본심은 군사적 영웅이란 명성을 독점하는 것이었다. 사촌 형인 안켈의 불안감은 가능성의 영역에서 현실로의 경계선을 넘고 말았다. 원래 라우드루프는 정치가로 전직하기 이전에 직업군인이었으며, 소수당이 난립하는 불안정한 정황 속에서 두 번이나 군부

급진파의 쿠데타를 저지해 명성을 얻은 덕에 오늘의 그가 있는 것이다. 라우드루프는 비합법을 막아낸 다음 합법적으로 권력을 장악하는 길을 선택해 성공했다. 한편 권력을 수중에 넣어 법률의 제정권과 해석권을 쥐고 나니, 에곤 라우드루프의 양손을 묶는 것은 존재하지 않았다. 지금 라우드루프는 스무 개가 넘는 군소 정당을 대동단결한 '국가민주당'의 당수이기도 했다.

물론 에곤 라우드루프를 부정하는 소수파도 존재했다.

"에곤 라우드루프는 나폴레옹이라도 될 셈인가?"

"나폴레옹이라고? 모스크바에서 참패한 1세 말인가, 아니면 스당에서 포로가 된 3세 말인가?"

이것은 안켈에 대한 비방이기도 했다. 나폴레옹 1세가 친족을 권력의 중추에 등용했을 뿐만 아니라, 그 친족이 권력을 남김없이 먹어 치운 흰개미 집단이었단 사실을 신랄하게 지적하는 것이다. 라우드루프 일족은 모든 정부 기관과 외곽단체에 등용되어 이권을 독점한 데 대한 자그마한 대가로 라우드루프의 연설에 박수를 치고 그가 내세운 법안에 찬성표를 던졌다.

"라우드루프는 고속 재생된 모블리지다."

그런 평도 있었다. 아퀼로니아의 전 원수 찰스 콜린 모블리지가 25년에 걸쳐 완성하다시피 한 '왕조'를, 라우드루프는 불과 2년 만에 실현해 버렸다. 시민들은 라우드루프가 자기 자신과 고향 도시를 동일하게 여기고 개인의 야심을 전 시민의 목표로 바꾸고, 언론 기관을 선전 기관으로 만드는 상황을 목격하면서도 젊은 독재자를 지지했다. 반대하는 사람, 비판하는 사람은 시민—유권자들—사이에서 점차 기반을 잃고 말았다.

독재자의 사촌 형이면서 라우드루프의 정책에 반대하는 안켈 라우드루프의 입장은 날이 갈수록 곤란해졌다. 안켈은 부에노스 존데 시의 장래를 위해서 에곤 라우드루프의 군사적 모험주의에 반대하는 사람이 반드시 필요하다고 보았다. 또한 그것은 라우드루프 일족에게도 필요했다.

안켈의 투쟁은 고독할 수밖에 없었다. 반 라우드루프파와의 협력은 독재자의 일족이라는 이유로 이뤄지지 않았고, 일족들 사이에서는 이단자 취급을 받으며 고립되었다. 라우드루프 일족에게 안켈은, 자신을 이끌어 준 사촌 동생의 은혜를 잊은 배은망덕한 자였다. 팔리지도 않는 미술책을 쓰는 일 외에는 아무런 능력도 없는 주제에 일족 최대의 영웅에게 반항하는 안켈의 어리석음을 친척들은 이해할 수 없었다.

결국 친척들은 안켈의 투쟁을 사촌 동생을 향한 질투심으로 결론짓고, 안켈을 일족 회의에 불러내어 입법의회 의원직을 사임하도록 협박했다. 안켈은 새파래진 안색으로 일족의 압력에 계속 저항했다.

"에곤은 자기 자신뿐만 아니라 라우드루프 일족, 그에 더해 부에노스 존데 시를 도박의 재료로 삼을 생각입니다. 의원으로서 거기에 반대하는 건 제 최소한의 의무입니다. 여러분들도 그만 깨닫는 게 어떻습니까? 이런 일이 언제까지나 계속될 리 없습니다."

안켈은 저항의 대가를 치렀다. 의회에서 제명되었을 뿐만 아니라 반역죄, 국가원수 모욕죄, 정보관리법 위반 등의 혐의로 수감되었다. 반 라우드루프파는 이를 라우드루프 일족 내의 다툼으로 보고 안켈에 대한 박해를 방관했고, 정부 선전 기관으로 전락한 방송국과 신문사는 안켈을 이렇게 평가했다.

'라우드루프 가의 망신'이라고.

III

부에노스 존데 시의 정신적 육식동물에게서 적당한 사냥감으로 평가받은 남극 대륙은 프린스 해럴드 시의 통치 아래에 있었다. 이는 월면 도시의 세계 지배가 실효를 가진 시대부터 제도와 현실 양면에서 그러했다. 대전도로 극이 이동하면서 방대한 얼음의 압력에서 해방된 처녀지는 무지갯빛 광채를 내뿜으며 자신의 이름을 인류의 망막에 각인시켰다.

일곱 도시 가운데 가장 풍부하고 훌륭한 미래가 프린스 해럴드를 위해 준비된 듯 보였다. 2150년의 세계 연감은 프린스 해럴드를 두고 이렇게 평가했다.

'일곱 도시 중 최대의 잠재력을 지녔다.'

그리고 2185년 세계 연감도 이렇게 평가했다.

'일곱 도시 중 최대의 잠재력을 지녔다!'

즉 내일의 세계는 변함없이 내일의 것으로, 오늘의 것이 되지는 않았던 셈이다.

프린스 해럴드에는 이웃 도시와 같은 독재자는 없었지만 그것은 성숙한 민주주의 덕이 아니라 독수리가 없는 마을에 박쥐가 무리를 지어 서로 싸우고 있었기 때문이다. 의회의 작은 보스와 기업의 작은 보스가 결탁해 작은 이익을 탐식했고, 공적인 인사는 모두 서열과 정치적 거래의 결과였다.

그러다 보니 부에노스 존데의 침공을 막고자 카렐 슈터밋을 총사령관으로 임명한 인사 명령은, 훗날 정치나 군사 차원이 아닌 기적에 가까운 공적으로 간주된다.

군 보도과는 인사에 관한 자세한 사정을 언급하지 않았지만, 전쟁이 끝난 뒤 처음으로 밝혀진 '6월 인사'의 경위는 믿기 어려울 정도로 어처구니없었다.

5월 31일 밤, 프린스 해럴드 국방군 총사령관 체자레 마렌초는 대장 승진 축하와 총사령부 막료 일동의 대면식을 겸해 자택에서 파티를 열었다. 장관 6명, 영관領官 15명, 위관尉官 9명, 총 30명의 막료 가운데 29명이 출석했다. 단 한 명의 결석자는 작전 참모반에 소속된 카렐 슈터밋 대령이었다.

아내의 첫 출산이 임박해 병원에 머물고 싶다는 카렐 슈터밋의 결석 사유는 상사와 동료에게 연약하다는 비난을 받았다. 그 결석 이유가 거짓은 아니었지만, 모든 사실을 망라하지도 않았다.

슈터밋은 마렌초 총사령관의 부인을 싫어했다. 총사령관 부인은 정계의 명문 출신으로 공사를 혼동하는 경향이 강했다. 슈터밋은 신임 소위 시절, 한여름에 마렌초 저택의 제초 작업을 하다 열사병에 걸린 다음부터 마렌초 부인을 싫어하게 되었다.

슈터밋이 아내의 출산을 기다리면서 병원 매점에서 산 커피와 감자튀김, 삶은 달걀로 허술한 야식을 먹고 있을 무렵, 테이블 다리가 부러지도록 산해진미를 쌓아둔 마렌초 저택에서는 소동이 일어났다. 마렌초 부인이 직접 만든 젤리 샐러드가 운명의 사자가 되어 살롱을 일주한 것이다.

결과는 총사령관 이하 출석자 전원이 식중독에 걸렸다. 그리하여 프린스 해럴드 국방군 총사령부가 마렌초 저택에서 시립중앙병원으로 모두 옮겨지는 웃지 못할 희극이 벌어지고 말았다.

이 사건은 완전한 우발적 사고였다. 그런 만큼 프린스 해럴드 시 정부와 군부의 상심은 컸다. 총사령관 부인의 요리 때문에 총사령부 전 사관이 식중독으로 입원하다니, 차라리 적의 음모나 공격에 당하는 편이 더 나았을 뻔했다.

정부와 군부는 시급하게 사태의 해결책을 찾아내야만 했다. 적의 조소와 아군의 낙담을 동시에 불러일으킬 일련의 사실은 정보 통제로 은폐한다. 병원에서 고열에 시달리며 신음하는 대식가들은 완전하게 격리한다. 하지만 무엇보다 중요한 일은 은폐할 수도, 격리할 수도 없었다. 부에노스 존데 군의 침공이 눈앞에 다가와 있었고, 그들을 요격할 군대에는 반드시 사령관이 필요했다.

현재 건강한 사관 중에 가장 계급이 높은 자는 누구인가? 사관들의 이름이 적힌 문서에서 가장 높은 곳에 남은 이름이 바로 카렐 슈터밋 대령이었다.

이런 이유로 5월 31일 심야, 정확하게는 6월 1일 새벽이 아직 요람에서 일어나지 않은 시각, 카렐 슈터밋 대령은 병원 대합실에서 국방장관의 내방을 받았다.

슈터밋은 국방장관을 보고 여섯 잔째 커피가 담긴 종이컵을 왼손에 든 채로 소파에서 일어나 경례했다. 쓸데없이 큰 키와 긴 손발을 가진 사관의 모습이 장관에게는 어딘가 모자라 보였지만, 슈터밋의 청각은 이미 임시 휴가에 돌입해 있었다. 방심하고 있던 슈터밋의 뇌리에서는 5분 전에 들었던 여의사의 목소리가 되풀이해서 울려 퍼지고 있었기 때문이다.

"축하합니다. 슈터밋 씨. 부인과 '세 명'의 자녀 모두 건강합니다."

이를 알 리 없는 장관은, 어쨌든 책임을 타인에게 강요하려는 열의를 내비치며 젊은 사관의 양손을 굳게 쥐고 외쳤다.

"축하하네. 슈터밋 대령. 앞으로 다가올 승리의 영광은 자네 것일세."

카렐 슈터밋은 서른한 살의 나이에 공적으로는 프린스 해럴드 국방군 총사령관 대리가 되었고, 사적으로는 세쌍둥이의 아버지가 되었다.

전임자가 선택한 막료들은 1개 분대가량이 식중독 환자로 변해버렸으므로, 슈터밋은 자신을 보좌해 줄 사관을 새로 선임해야만 했다. 마렌초 장군과 같이 양적으로 충실한 부하들을 선임하기에는 시간도 인적자원도 부족했다. 슈터밋은 작전 지휘관을 가능하면 적게 꾸리려 했지만, 그렇다 해도 최소한 다섯 명은 필요했다. 참모장, 작전 주임 참모, 정보 주임 참모, 후방 주임 참모, 거기에 부관이다.

슈터밋은 그 다섯 명을 선임하는 노력조차 아꼈다. 참모장과 부관만 직접 선정하고 다른 막료는 참모장의 인선에 맡기기로 했다. 이렇게 해서 총사령관 대리 카렐 슈터밋 대령은 참모장 자리에 유리 크루건 중령을 등용했다.

참모장에 선임된 유리 크루건은 '거미남작'이라는 별명을 지닌 총사령관 대리와 달리, 평균적인 체격과 평균 이상의 용모를 가진 스물아홉 살의 청년이었다. 레나강 전투에서 화려한 용명을 얻은 트리플 A, 알마릭 아스발 오브 아퀼로니아와 또래이다.

예리한 군사적 두뇌의 소유자로 알려진 탓에, 전군 사령관으로 슈터밋이 아닌 크루건을 추천하자는 의견도 적긴 하지만 존재했다. 하지만 그 의견이 극소수에 머문 까닭은 크루건의 계급이 슈터밋보다 낮은 중령이어서만은 아니다.

크루건은 상관에게도 동료에게도 인기가 전혀 없었다. 그런 점은 트리플 A와 우열을 가리기 어려웠지만, 레나강 전투의 영웅과 다른 점이 있다면 크루건은 부하에게도 미움받는다는 사실이다.

크루건은 모두에게 냉담하고 신랄했다. 어쩌면 자기 자신에 대해서도 그럴지 몰랐다. 항상 마뜩잖은 얼굴로 자신을 '불우한 천재'라고 믿어서 사람 보는 눈이 없는 상관들을 돼지나 원숭이로 여겼다.

크루건을 참모장으로 선임하겠다는 이야기를 들은 슈터밋의 지인들은 잠시 할 말을 잃은 듯하더니, 뜻을 바꾸도록 권했다. 하지만 슈터밋은 자기 의지를 관철했다.

게다가 카렐 슈터밋 사령관 대리는 유리 크루건 참모장이 입안한 작전에 OK 사인만 했다. 세쌍둥이의 젊은 아빠는 불우한 천재가 재능을 온전하게 발휘할 수 있는 환경을 만드는 일이 자신의 책임이라고 생각해서다.

크루건은 사령관 대리의 배려심을 알고 있었지만, 그렇

다고 해서 고마워하지도 않았다. 그게 가능한 성격이었다면 크루건은 이미 오래전에 적과 아군의 비율을 역전시켰을 것이다.

"옛날, 토머스 앨바 에디슨이라는 사람이 있었지…."라고 크루건이 지인에게 말했던 적이 있다.

"사형에 쓸 전기의자를 발명한 사람이지만, 그자가 말했어. 천재는 99퍼센트의 노력과 1퍼센트의 영감으로 이뤄진다고. 저능한 교육자들은 그래서 인간은 노력해야 한다고 학생에게 설교하지만, 그건 저능해서 생기는 오해야. 에디슨의 진심은 사실 이거지. '아무리 노력해도 영감이 없는 놈은 안 된다.'"

표현의 강렬함은 물론, 크루건의 주장 그 자체는 많은 사람의 허용 범위를 넘어섰고, 그 탓에 자칭 천재는 고립될 수밖에 없었다.

총사령관 대리 카렐 슈터밋은 그 기다란 손발로 이 비사회적인 재능의 소유자를 사회와 계속 연결해 주는 로프와 같았다. 크루건은 좀처럼 얻기 힘든 이 은인에게, 영감의 산물을 선생 같은 태도로 피력했다. 크루건이 제안한 전략은 단계별로 정확하게 실행되어야만 했다.

1단계. 부에노스 존데 군을 해안선에서 요격하지 않고 내륙으로 끌어들여 상대의 보급선을 최대한 길게 만든다.

2단계. 부에노스 존데 군의 무혈 전진이 한계점에 이르기 직전 혹은 직후, 정면 대결을 벌여 '고의'로 패배한다.

"고의로 패배한다고?"

놀란 슈터밋이 소리를 높이자 크루건은 치통을 참는 표정으로 고개를 끄덕인다. 크루건은 가볍게 뺨을 억누르며 기분이 안 좋은 듯 신음했다.

"이가 아프군. 왼쪽 세 번째 어금니다."

슈터밋은 흥미롭다는 시선을 보냈다.

"길조인가?"

"글쎄. 통증이 가시면 길조가 되겠지만, 때에 따라 아픔을 느끼고 싶어도 느껴지지 않는 상태인 경우도 있으니까 말이야."

슈터밋은 그게 어떤 상태냐는 질문은 하지 않고 다른 것을 물었다. 어쩌면 좀 더 심한 질문이었을지도 모른다.

"어때? 이길 수 있겠는가?"

"그건 모르지. 하지만 지면 지옥행, 이기면 다음 싸움에도 끌려 나갈 테니 어느 쪽이 행복한 건지 판단하기 어려운걸."

"그렇다면 이기는 편이 차라리 나아."

"어째서?"

"도착하는 목적지는 같아도 과정을 즐길 수 있으니까 말이야."

참모장은 별로 감탄한 느낌 없이 "흠."이라는 한 마디를 중얼거리고, 책상 위에 펼쳐진 군사용 지도의 한 점을 손가락 끝으로 두드렸다.

"여기야. 폴타 니그레. 여기에 함정을 파는 거지."

Ⅳ

폴타 니그레는 프린스 해럴드 시에서 북서쪽으로 340킬로미터 떨어진 지점에 있다. 빙하에 침식된 U자 골짜기가 이리저리 꺾이며 120킬로미터에 걸쳐 뻗어 있고, 골짜기 밑바닥의 고도도 300미터 정도 차이가 난다. 자연적으로 만들어진 거대한 검은 돌기둥들이 하늘을 향해 무수히 서 있어서 이런 명칭이 붙었다. 이 땅을 최초로 발견한 지리학자는 돌기둥 무리를 지나 골짜기로 달려가는 바람의 포효가 귀를 아프게 한다고 말했다. 지형과 기상 사이의 약간 무원칙적인 교우 관계가 협곡을 지나가는 강렬하고 폭력적인 기류를 낳는데, 이 기류가 때로는 풍속 70미터에 이른다.

"여기에 함정을 판다."

치통을 앓는 천재가 말했다.

"그것이 3단계인가?"

"함정을 파는 게 3단계, 분수도 모르는 독재자를 함정에 끌어들이는 게 4단계, 적을 소멸하는 게 5단계."

참모장은 약간 사이를 두고 호언장담했다.

"…이겨서 축배를 드는 게 6단계."

폴타 니그레 협곡에 부에노스 존데 군을 끌어들인다. 총사령관 대리에게서 기본 전략을 들은 막료들은 불신에 찬 얼굴을 마주했다.

"그러나 그 협곡은 아무런 전략적 가치도 없습니다. 적군이 무시하고 통과하면 그걸로 끝입니다."

"전략적 가치는 지금부터 만들면 돼."

슈터밋은 아무렇지도 않게 말했다. 극단적으로 표현한다면, 슈터밋은 이때 크루건의 살아 있는 마이크 역을 연기하고 있었다. 다만 유례없이 품질 좋은 마이크였다.

"맹수에게 독이 든 먹이를 먹이려면 우선 굶길 필요가 있지. 적의 보급선을 연장시키고 중계 거점을 파괴한다. 공복으로 눈이 돌면 썩어가는 고기에도 무심코 손을 뻗고 마는 거야."

폴타 니그레 협곡에 최대 규모의 보급 물자 집적 거점

을 건설한다. 동시에 크로젤 해안의 적 보급 기지에서 전선에 이르는 보급로를 파괴한다. 이 두 가지 명제를 함께 달성하지 않는 한, 프린스 해럴드 시는 부에노스 존데가 휘두르는 지배의 쇠사슬로 남미 대륙과 묶이고 만다. 영원하지는 않아도 상당히 오랫동안.

"공병대의 책임이 막중하다. 승리하고 나서 받게 될 보너스를 기대하고 노력해 주길 바라네."

총사령관 대리가 부하들에게 설명하며 격려하는 동안, 작전 입안자는 노이로제에 걸린 듯한 태도로 손수건을 꺾어 접거나 펼치기를 반복하고 있었다. 때때로 불쾌함과 약간의 공포가 섞인 시선을 받기도 했지만, 크루건은 전혀 개의치 않는 얼굴이었다. 크루건은 발언하는 일도 질문받는 일도 싫었다. 이렇게 하고 있으면 말을 거는 놈은 없을 것이다.

5월 30일, 드레이크 해협이란 이름으로 알려진 남미·남극 대륙 간의 해수면은 부에노스 존데 군의 상륙함과 수송용 호버크라프트Hovercraft의 금속질 반사광으로 뒤덮였다. 이런 신속한 행동은 이 전쟁이 부에노스 존데의 주도권 아래에서 일방적인 이유에 의해 결행되고 있다는 사실을 월면 도시에까지 과시하는 일이었다.

프린스 해럴드 군은 적의 상륙을 저지할 수 없었다. 사실상 처음부터 저지할 의사가 없었다. 슈터밋의 지령을 받은 기갑사단 일부가 어슬렁어슬렁 해안에 나가, 적이 교두보를 완성하는 걸 정찰하고는 전투도 하지 않고 고향 도시로 돌아왔다.

전략은 지구전. 누가 봐도 그렇게 보였다. 그리고 지구전이란 전쟁에서 쓰는 모든 전략 전술 중에서 가장 수수하고 인기가 없었다.

군사에 관한 한 무책임한 자와 '화려함'을 좋아하는 자는 거의 정비례한다. 목소리만 큰 의원들, 특히 군수 산업과 결탁한 사람들이 먼저 포문을 열었다.

"코틀랜드 대평원은 우리 프린스 해럴드 군이 자랑하는 기갑군단에게 절호의 전장이 아닌가. 왜 싸우지 않는가? 무엇을 위한 최신 병기인가."

슈터밋은 이자들이 총사령관 대리를 임명한 이유가 책임을 떠맡김과 동시에 불평을 토해낼 상대가 필요해서라는 걸 깨달았다.

충치로 고생하는 참모장은 의원들의 망언을 코끝으로 비웃어 버렸다.

"그럼 죽음의 상인들 요구대로 전차를 사용해 주지. 코틀랜드의 대평원에 6천 량의 전차를 버려주마."

치과의사를 싫어하는 참모장은 입가를 비틀어 악마 메피스토펠레스의 제자처럼 웃었다.

"어차피 적을 안심시키려는 미끼다. 사상 최고로 사치스러운 고철 처리를 해주면 되겠지. 예산은 전부 써버리라는 게 높은 분의 발상이니까 말이야. 나중에 히스테리를 일으키지나 않아 줬으면 좋겠는데…."

"6천 량의 전차와 그 전차에 탄 병사들인가…!"

카렐 슈터밋은 한숨을 내쉬었다. 전차와 탄약을 바로 고철로 바꾸겠다는 전략은 용병가로서의 식견이나 개인의 양심 혹은 그와 유사한 면에 있어서나 그다지 상처 입을 만한 일은 아니다. 하지만 6천 량의 전차에는 2만 4천 명의 병사들이 타고 있다. 부에노스 존데 군 앞에 파는 함정은 피로 물든 함정이 될 수밖에 없다. 슈터밋의 한숨에 크루건은 차갑게 답했다.

"전사자가 한 명도 없으면 아무리 나르시시스트 독재자라도 함정의 존재를 눈치채고 말걸."

"…역시 지구전만으로는 이길 수 없는 건가."

"이길 수 있을지도 모르지만, 나로서는 그 방법을 찾아낼 수 없어. 그 말은 바꾸어 말하면 다른 누구도 찾아낼 수 없다는 얘기지."

후반에 나눈 이야기는 농담이 아닐까 생각했지만, 결론이 나올 것 같지 않아 포기했다. 그런 부분에 얽매일 때가 아니었다.

부에노스 존데 군과 정면으로 맞붙어 승리할 수 있다면 고민할 필요도 없다. 사실은 병사가 부족하고, 장비가 열악한 탓에 전술상 힘든 선택을 강요받은 셈이다.

슈터밋은 군사비가 부족하다고는 생각하지 않았다. 군대 병참부에서 2년간 감사관으로 근무했을 때 얼마나 거액의 공금이 낭비되고 있는지 통감했기 때문이다.

“우리 시에 독재자가 ‘될 수 있는’ 놈은 한 놈도 없다. 작은 이익을 탐식하는 쥐새끼들만 있을 뿐이다.”

이런 역설적인 비판이 나올 정도로, 의원 대부분이 특정 기업이나 업계와 결탁해서 그 이익을 대변하는 일에 만족했다. 국방 관련 의원 중에는 자신이나 일족이 경영하는 회사의 물건을 군대에 대고 리베이트를 챙기는 사람까지 있는 탓에 숫자의 물타기, 품질의 열악함, 부실 공사 등이 적지 않았다. 프린스 해럴드 시의 정계는 ‘정치 업계’에 지나지 않았고, 지구전에 돌입하면 전혀 도움이 되지 않을 게 뻔했다.

그리고 두 도시 사이의 전쟁이 길어지면 다른 다섯 도시에서 친절한 미소를 띠며 조정이나 회담을 이야기할 것이다. 물론 그 미소 속에는 탐욕스러운 소화기관이 꿈틀거리고 있으며, 될 수 있는 한 많고 품질이 뛰어난 고기 토막을 배당받으려는 속셈이겠지만 말이다.

‘죽은 사람의 뼈까지 빨아먹을 놈들이다.’

이것은 일곱 도시 모두 자신의 도시를 제외한 다른 여섯 도시에 대해 가지고 있는 편견이며, 이 성악설적인 의

심은 완전에 가까울 정도로 옳았다. 유일한 결함이라고 하면 자기 자신 또한 다른 사람에게 그렇게 보이지 않을까 하는 자성심自省心이 빠져 있다는 점이다.

시기심과 피해 의식은 지구상에 존재하는 일곱 도시를 서로 연결하는 독성 짙은 유대 관계의 기반이었다. 일곱 도시 모두 다른 여섯 도시에 협공당할 수 있다는 '이상동몽異床同夢'을 두려워한 나머지, 피해자가 되고 싶지 않다는 마음을 넘어서 성공한 가해자가 될 기회만 바라보는 셈이다.

부에노스 존데와 프린스 해럴드 두 도시가 벌이는 무가치한 전쟁에 승차하고자 적극적인 의지를 보인 사람은 산다라 시 국방부 장관인 요크 골드윈 중장이었다. 요크 골드윈이 이상할 정도로 두 도시의 대결에 흥미를 보인 건 승리의 여신이 자신의 도시에 윙크를 보내고 있다고 생각해서겠지만, 개인적으로 명예욕이라는 양념이 충분히 더해진 탓이었다. 하지만 요크 골드윈의 상관은 그의 정열에 응해주지 않았다.

"그다지 탐탁지 않군. 고향 도시를 지키는 싸움이 아니라면 아이들에게 설명하기 힘들어."

산다라 시장 원 슈는 시립대학 교육학부의 교수 겸 부속유치원 원장 지위를 갖고 정계로 진출한 인물로, 아군들은 호의를 담아, 정적들은 악의를 담아 원 슈를 '원장 선생님'이라고 불렀다.

"그런 백해무익한 일은 할 수 없네. 생각해 보게. 설령 이 전쟁에서 부에노스 존데 군에 가담한다 해도 승리하면 사냥감을 독점하지 못한 부에노스 존데 군의 불쾌감을 살 뿐이고, 패배하면 물론 이보다 더한 추태는 없지. 그만두는 게 좋겠네."

"그럼 프린스 해럴드 군에 가담하는 건 어떻습니까?"

"패배하면 부에노스 존데 군에 좋은 구실을 줘서 다음 사냥감으로 낙점될 테고, 승리했을 때는 뭔가 대가를 받지 않으면 우리 시민들이 불만을 품지 않겠나. 대가를 줘야 한다면 프린스 해럴드도 탐탁지 않아 할 테지. 땅에 떨어진 걸 주워 먹다 식중독을 일으키는 어린애 같은 짓은 안 하는 게 좋겠네."

중장은 물러났다. 의지를 봉쇄당해서가 아니라 시장의 동문서답 탓에 의욕을 잃어서다.

6월 20일, 타데메카 시 정부 당국은 성명을 발표했다. 만약 프린스 해럴드 시에서 난민이나 망명 희망자가 타데메카의 출입문을 두드릴 경우, 타데메카는 인도적 견지에서 그들을 수용하겠다는 내용이었다. 이 발표는 프린스 해럴드 쪽에서도 안도하고 받아들였으며, 부에노스 존데의 심기를 거스르는 부분도 없었다. 이 발표는 '신질서' 확립 후 남극 대륙에 대한 부에노스 존데의 지배권을 인정하는 것으로도 해석되었기 때문이다.

덧붙여 이 발표에 대해 자그마한 소문이 돌았다. 이 교묘한 외교적 조치는 타데메카 시 정부 외측에 있는 한 이민자의 머리에서 나왔다는 설이다. 그 인물은 최근에 아퀼로니아 시에서 이주해 온 원예가라고도 했다.

이해 전반기에 북극해 연안의 패권을 두고 싸웠으나 최종 결판을 내지 못했던 아퀼로니아와 뉴 카멜롯 두 도시는, 야심이나 욕망이 있다고 해도 체력이 따르지 못하는 상태였다. 무력간섭 같은 건 거론할 가치도 없었다. 하지만 그것이 불가능하다고 공언하면 외교상 약점을 다른 도시에 드러내는 일이었으므로 '필요하다고 인정될 때는 군사적으로 필요한 행동을 취한다.'는 의사를 언명해 둬야만 했다.

아퀼로니아의 방위국 차장 알마릭 아스발은 만약 세계의 반을 정복할 만한 무력을 지니고 있다 해도 지금 단계에서 경거망동할 생각은 없었다.

"부에노스 존데가 자랑하는 공중장갑사단이 어느 정도 실전 능력을 갖췄는지 신중히 관찰하자. 그런 다음 대응책을 마련하면 돼."

차장의 발언을 들은 고급 부관 보스웰 중령이 소극적인 질문을 던졌다. 공중장갑사단의 대지 전투 능력으로 볼 때 승패의 귀결은 분명할 테고, 프린스 해럴드의 운명은 이미 결정 난 것이 아닌가 하고.

"나는 꼭 그렇다고 생각하지 않아. 광대한 남극 대륙에 비해 헬리콥터의 이동 능력은 그 한계가 명확하지. 부에노스 존데 군은 이겨서 전진하는 만큼 보급선을 더 길게 확보해야 한다. 정복 전쟁에 따르는 이 모순을 과연 해결할 수 있을 것 같나?"

"그렇다면 프린스 해럴드 군은 내륙으로 적을 끌어들여 지구전에 임할 테고, 전쟁은 자연히 끝나는 겁니까?"

AAA는 차장실 책상 위에 올려놓은 양다리의 안쪽을 두 세 번 가볍게 부딪혔다.

"아니, 한두 막은 더 있을 거야. 라우드루프가 처음부터 바보짓을 한다면 몰라도. 라우드루프는 세 번째 코너를 돌 때까지는 영리하다는 평을 듣고 있으니까 말이야."

AAA는 보스웰 중령을 내보낸 다음 책상 구석에 놓인 책 한 권을 집어 들었다. 라우드루프가 쓴 자서전이었다.

"라우드루프 씨, 라우드루프 씨, 당신은 왜 최선을 다해도 안 될까…."

한편 '환북극해 제국'의 야망이 좌절된 뉴 카멜롯 시에서는, 대패 중에도 전투에서 승리를 거두고 부대와 함께 귀환한 유일한 사관인 케네스 길포드 준장이 군사령관 대리에 올라 있었다. 임명하는 쪽은 마지못해 하는 분위기였지만, 임명받는 쪽도 냉담할 정도로 무감동했다. 군부 한 구석에서는 '그 인사에 대해 기뻐하는 놈은 아무도 없는 게 아닌가.'라는 소리마저 들렸다. 다만 일반적으로 냉혹하다고 불리는 케네스 길포드도 남극 대륙 전쟁의 승패에는 약간 관심이 있는 듯했다. 어떤 사관이 견해를 물었을 때, 모른다고 잘라 답하지 않았다.

"라우드루프는 사려가 깊다기보다 야심이 앞서는 타입 같지만, 완전히 무능하지만도 않을 거다. 보급선이 한계에 이를 즈음에 뭔가 트릭을 사용하겠지."

"어떤 트릭입니까?"

케네스 길포드는 사파이어 빛깔을 띤 눈동자에 조명이 반사되며 약간 환상적인 표정을 지었다.

"트릭이란 항상 적이 기대하는 모습으로 위장해서 거는 거다. 다만 그 점에서는 프린스 해럴드 군 역시 같은 입장이지. 어느 쪽이 더 대담하고 철저하게 상대에게 단꿈을 꾸게 하는가에 따라 승패가 결정될 거다…."

이리하여 전 세계가 — 좋았던 옛 시절에 비해 훨씬 좁아졌다고는 해도 — 에곤 라우드루프의 패업에 주목하게 되었다. 전 인류에게서 받는 각광은, 일단 라우드루프 혼자만이 화려하게 독점하고 있었다.

V

6월 22일, 상륙한 지 약 3주일 뒤이자 내륙으로 진격한 지 2주일이 지난 시점에, 에곤 라우드루프는 코틀랜드 평원에서 원정군 최고 간부 회의를 열었다. 벌써 부에노스존데 군의 답파 거리는 2천 500킬로미터에 이르렀다. 라우드루프는 공격 헬리콥터 속 이동 기지에서 열린 회의 중 아주 적긴 하지만 불안과 권태의 기운을 느꼈다.

"프린스 해럴드 군은 오늘까지 싸우지 않은 채 후퇴를 거듭하고 있는데, 그 의도는 명백하다. 우리 군의 보급선을 한계까지 늘여서 우리 군이 전진을 단념하고 회군할 때 후방에서 추격전을 펼치려는 생각이다."

독재자는 웃음을 보였고, 0.5초의 시차를 두고 막료들도 웃었다.

"뻔한 작전이긴 하지만 잘못된 전략은 아니군. 프린스 해럴드의 무사안일주의자들로서는 훌륭한 결론이라고 해야겠지. 다만 그 고심과 노력에 우리가 보답해 줘야 할 의무는 없다."

"반대로 함정을 파실 겁니까, 집정관 각하?"

막료 중 한 사람이 뱉은 의견은 질문의 껍데기를 뒤집어쓴 아부였다. 그 이외의 것, 예를 들어 충고나 의구심은 적어도 에곤 라우드루프에게는 필요 없었다. 라우드루프는 의젓하게 고개를 끄덕이고는 앞에 늘어선 귀여운 허수아비들에게 작전을 설명했다.

집정관이 막료들에게 요구한 사항은 그의 작전을 넘치거나 모자람 없이 실시하는 능력뿐이었다. 라우드루프는 그다운 연설로 작전 설명을 마무리했다.

"올림포스 시스템의 부당한 지배도 한 세기 반 후면 끝난다. 그날이 왔을 때 지상을 지배할 자는 누구인가. 지상의 통일을 우주로 넓혀갈 자는 누구인가. 그들은 바로 우리의 자손이다. 부에노스 존데의 미래 시민이다. 우리의 자손들이야말로 새로운, 그리고 영원한 신들이 될 것이다."

거의 같은 시각, 카렐 슈터밋은 마이크를 통해 부하들에게 담담하게 말하고 있었다.

"우리는 하늘을 아군으로 삼는다. 오만불손한 올림포스

의 신들을 인간의 도구로 이용하자. 우리의 앞날은 그리 비관할 정도는 아니다."

조금 추상적인 발언이었지만, 시종 초연한 슈터밋의 표정은 병사들에게 정신안정제 효과를 충분히 주었다. 인격적으로 통솔하는 능력은 슈터밋이 크루건을 훨씬 능가한다는 점에는 의문의 여지가 없었다. 슈터밋은 장수로서의 책략은 부족했지만, 어쩌면 바로 그런 점이 장수로서의 그릇에 걸맞았다.

"각하, 프린스 해럴드 군이 추격을 개시했습니다. 우리 군의 최후방과 약 150킬로미터의 거리를 두고 접근하고 있습니다."

고의로 후퇴하기 시작한 부에노스 존데 군에 그 소식이 전해지자 에곤 라우드루프는 만족했다. 그렇게 되도록 유도당했다는 생각은 이 남자에게 없었다. 무엇보다 라우드루프는 자신 이외의 인간이 주체적으로 행동하리라고는 전혀 생각하지 않았다.

달력의 날짜가 바뀐 6월 25일 오전 0시 30분. 부에노스 존데 군 최후방 부대와 프린스 해럴드 군 선두 부대와의 거리는 30킬로미터까지 좁혀져 있었다. 표면적으로만 보면, 집으로 돌아가는 양 떼 무리를 교활한 육식동물이 쫓아가는 광경처럼 보였다.

레이더는 교란되고 있었고, 지난 2세기와 같이 정찰 위성을 사용할 수도 없다. 매우 불만족스럽긴 하지만 집음 마이크와 적외선 암시 시스템이 주된 탐색 수단이다. 군사적 진지함이란 항상 약간의 우스꽝스러움을 동반하기 마련이다.

AAA 같은 사람들이 반쯤 야유를 섞어 평가했듯이, 에곤 라우드루프는 무능한 사람은 아니었다. 라우드루프는 공예가와 같이 정밀 계산을 바탕으로, 추적해 오는 프린스 해럴드 군을 코틀랜드 평원 한쪽으로 유도하여 반 포위 진형을 구축했다. 그리고 같은 날 오전 5시 45분, 프린스 해럴드 군의 한 부사관이 새벽 직전의 어둠 속에서 적의 전차를 찾아냈다.

"적?"

주어만을 내뱉은 한 마디가 그의 생애 마지막으로 남긴 말이 되었다. 무포탑 전차의 차체에 부서진 루비와 같은 진홍의 화선이 튀며 고속탄의 채찍이 부사관의 머리를 날려버렸다. 코틀랜드 전투 첫 전사자의 탄생이었다.

부에노스 존데 군이 무적이라고 호언하는 공중장갑사단은 수천 개의 회전익으로 대기를 찢어발기며 적병들의 시야 상반부를 순식간에 점거했다.

프린스 해럴드 군의 지휘관 휘트니 중령은 반은 미화된 의무감, 나머지 반은 공명심에서 자발적으로 이 임무를 맡았다. 6천 량의 전차는 전략의 수준을 따지면 사치스러운 미끼에 불과하지만, 전술의 수준으로 따져보면 강대한 전투 집단이었다. 하지만 그건 성능만 따졌을 때 그렇다는 거다. 게다가 이 전투에서 프린스 해럴드 군은 계속하여 선수를 빼앗겼다.

반 포위 태세에서 배면 전개로 프린스 해럴드 군을 완벽하게 포위한 부에노스 존데 군은 전 포문을 열어 프린스 해럴드 군을 굉음과 맹염 속으로 몰아넣었다. 토사와 바람이 여명 직전의 하늘과 대지를 검은색으로 감쌌고, 그 검은색 커튼을 다시 오렌지색 포화가 찢어냈다.

폭발음과 함께 프린스 해럴드 군의 전차가 튀어 오르고, 날아오르고, 불타올랐다. 장갑판에 몇 밀리미터 두께를 더하는 데 쓰였어야 할 비용이 정치업자나 군수 산업가의 배속으로 흘러 들어간 탓에, 설계상으로는 관통할 수 없는 적탄이 차체를 관통하여 탑승한 병사들의 육체를 산산조각 냈다.

프린스 해럴드 군도 반격을 시도했다. 하지만 일격 이탈 전법(적에게 빠르게 접근하여 공격한 다음, 그대로 전장을 이탈하여 귀환하는 전법)으로 공격을 반복하는 공중장갑사단에 날린 프린스 해럴드 군의 포격은 허무하게 대기를 가를 뿐이었다. 대공 유탄이 그럭저럭 효과를 발휘했으나, 열세를 뒤집을 정도는 아니었다. 에곤 라우드루프는 주도권이 손안에 있는 한 대담한 전술가였다. 라우드루프는 고의로 아군 전차를 파괴해 적의 움직임을 봉쇄한 다음 머리 위와 좌우에 화력을 집중했다.

6월 25일 오전 6시 40분, 새벽빛을 무력화한 검은 연기 밑에서 프린스 해럴드 군의 기갑사단은 추악한 폐기물의 대군으로 변했다.

VI

'머지않아 자기 자신에 대한 감격의 눈물바다에서 익사할 것'이라는 평을 듣는 라우드루프는, 그날 바로 전승 기념식을 개최했다. 라우드루프의 비서관이 실각한 시점은 그때였다. 비서관은 독재자의 연설에 앞서 새삼스럽게 그 직함을 소개해야만 했다.

"부에노스 존데의 제일 시민, 시정평의회 의장, 국방위원장, 공안위원장, 국방군 최고 사령관, 국가 민주당 당수인 에곤 라우드루프 원수 각하."

독재자의 악의와 모멸을 담은 미소를 본 비서관의 표정은 얼어붙었다. 주인의 직함을 여러 개나 빠뜨렸다는 사실을 깨달았기 때문이다.

"시립대학 명예 철학박사, 일등십자훈장 수상자, 코틀랜드의 승리자."

비서관은 이 한 줄을 그대로 빠뜨린 채 읽어버렸고, 이것은 비서관의 마지막 실책이 되었다. 그날 그는 바로 비서관직에서 해임되어 부에노스 존데로 귀환하라고 명 받았다. 사소한 일이나, 하나의 미래가 사라진 셈이다.

라우드루프는 무능한 자를 두 부류로 나누었다. 자신에게 유익한 사람과 그렇지 않은 사람으로. 원수는 전자의 경우 사랑을 쏟고 관대하게 대했지만, 일단 후자의 대열에 들어서면 해충을 대하듯 했다.

코틀랜드 평원 전투에서 프린스 해럴드 군이 입은 손실은 전사자 1만 5천 707명, 파괴된 전차는 5천 119량이었다. 이에 비해 부에노스 존데 군의 손실은 전사자 1천 840명, 파괴된 공격 헬리콥터 156기, 전차 518량이었다. 게다가 파괴된 전차 중 절반은 전술상의 필요로 아군의 손으로 부순 것이다.

"전쟁사에 남을 압승입니다. 집정관 각하."

부에노스 존데 군의 막료들은 들뜬 목소리로 흥분했지만, 그것은 완전한 사실이었기 때문에 에곤 라우드루프는 겸손해하지 않았다. 집정관은 연기자로서의 실력을 발휘해, 이미 적습의 위험이 사라진 평원에서 병사들을 앞에 두고 장중한 연설을 했다.

"우리의 병사, 우리의 영웅들이여. 자네들은 역사의 창조자임과 동시에 우리가 만든 위업의 증인이 되었다. 자네들은 고향 도시에 귀환해서 경력을 말할 때 그저 코틀랜드라는 이름만 꺼내면 된다. 그러면 말하는 사람이 영웅이라는 사실을 어린아이들조차 이해하고 제군에게 숭배의 눈길을 보낼 것이다."

라우드루프의 연설은 선인의 것을 표절했지만, 그렇다 한들 아무도 그 사실을 입 밖으로 내지는 않았다.

하지만 완승의 기쁨은 영속적이지 않았다. 해안 교두보와 코틀랜드의 전선 사령부는 2천 킬로미터가 넘는 가느다란 보급 루트로 연결되었는데, 그 사이의 다섯 장소에 구축된 보급 기지 중 두 곳이 프린스 해럴드 군의 게릴라 부대에 공격당하고 말았다. 파괴된 두 곳이 전선과 가까운 곳이라는 사실은 라우드루프의 생각보다 훨씬 더 중요했다. 전선과 보급 기지의 최단 거리가 400킬로미터에서 1천 200킬로미터로 늘어났기 때문이다.

"고루한 전법을 쓰고 있군. 비록 보급 기지를 파괴했어도 전투에 패배해서야 아무런 의미가 없지."

라우드루프는 프린스 해럴드 군의 전략을 어리석은 짓으로 판단하고 호쾌하게 웃어버렸다. 그 웃음소리가 들릴 리도 없었지만, 이를 들었다면 슈터밋도 마음속으로 웃었을지 모른다. 젊은 영웅과 자신의 전략 사상이 점대칭의 위치에 있는 것이 분명했기 때문이다.

그러나 사실 슈터밋은 웃지 않았다. 그의 귀에 들어온 이야기는 코틀랜드 대패 소식뿐이었고, 그것이 어디까지나 계산된 결과라고 해도, 1만 5천 명이 넘는 전사자 수는 슈터밋에게 웃어넘길 수 없는 충격을 주었다.

하지만 유리 크루건은 눈썹 하나 까딱하지 않았다. 철저한 무저항주의를 내세우지 않는 한 전사자가 나오는 일은 당연했다. 하다못해 스스로 미끼 부대의 진두지휘만이라도 맡겠다고 말한 슈터밋에게 크루건은 "위선이군."이라고 잘라 말했다. 슈터밋은 반론하지 않았다. 감상적인 태도일 뿐이라는 걸 자각하고 있었기 때문이다.

무엇보다 계속 감상에 잠겨 있을 틈도 없었다. 슈터밋은 6천 량의 전차를 코틀랜드의 광대한 쓰레기처리장에 폐기한 일로 정치업자와 군수 산업가 연합군에게 비난의 이중창을 뒤집어썼다.

가장 목소리를 높인 사람은 의원이자 국방산업연맹의 이사이기도 한 말콤 윌셔라는 남자였다. 윌셔는 일부러 슈터밋의 사령부까지 들이닥쳐 아퀼로니아 시의 알마릭 아스발과 비교하며 슈터밋의 무능함을 비판했다.

"그렇습니까? 그렇다면 소관도 AAA의 업적을 따르기로 하죠."

비난을 뒤집어쓰다 못해 욕으로 샤워한 슈터밋은 반격

을 가했다.

"맥퍼슨 대위!"

슈터밋은 부관을 불러 명령했다.

"윌셔 '의용병'을 즉시 이등병으로 현역 등록하고 최전선으로 보내게. 적 앞에서 도망치려 할 때는 군율에 따라 사살해도 좋다."

분명 이것은 AAA의 방식이었다. 의원과 이사라는 이중의 입장을 이용해 전차의 장갑판 겉과 안 양쪽을 갉아먹은 해충은 훌륭하게 그 발목을 잡혔다.

"상인이라면 자신이 판매한 상품의 안정성을 증명할 의무가 있다. 당신이 지금까지 전차 생산과 관련해 받아왔던 리베이트가 타당했다는 걸 직접 증명해 주시지."

맥퍼슨은 상관의 명령을 따르긴 했지만, 뒷일이 걱정되는 듯했다.

"나중에 문제가 되지 않겠습니까? 시 정부의 거물들을 적으로 돌리게 되면…."

"아니, 걱정할 필요 없네."

슈터밋은 심술궂게 웃었다. 만약 작전이 성공하여 프린스 해럴드 시가 외적의 흉악한 턱에서 살아남는다면 슈터밋은 찬란한 군사적 영웅으로 칭송받게 되고, 모든 언동은 승리의 요인으로 정당화될 테니 말이다. 시 정부의 유력자이며 병기 산업의 중진重鎭인 말콤 윌셔를 억지로 군복 대열에 던져 넣은 사건은 폭거가 아닌 용기와 정의를 표현한 결과로 간주될 것이다.

만약 패배한다면 슈터밋은 전장에서 죽고 프린스 해럴드 시는 불꽃 아래 한 줌의 재로 변하게 될 테니 자신의 자그마한 폭거쯤은 더 거대한 사건의 그림자에 묻히고 말 것이다. 대패라는 개기일식 속에서 월셔의 처우 문제라는 흑점의 존재 정도야 문제 될 리 없었다. 그런 부분의 판단력이라면 슈터밋도 만만찮았다. 월셔는 일개 병졸로서 최전선에 보내져 폴타 니그레 전장에서 우왕좌왕하게 되었다.

VII

코틀랜드 평원 전투는 당연히 승자에게도 어느 정도 전쟁의 결과에 상응하는 소모를 강요했다. 극단적으로 말하면, 적군을 격멸한다고 해서 부에노스 존데 군의 보급고에 가솔린 한 방울이 더해지지는 않는다. 보급에 대한 배려 따위 생각하지도 않는 라우드루프에게 어떤 보고가 전해진 때는 전승한 다음 날이었다.

“폴타 니그레 협곡에 프린스 해럴드 군의 보급 물자 집적 기지가 있습니다. 이제 막 건설된 대규모 기지입니다.”

정찰 사관이 계속해서 보고했지만, 라우드루프는 뇌리에 번득인 명안의 광채에 정신을 빼앗겼다. 라우드루프는 어떠한 때라도 항상 자기 자신에게 먼저 관심이 있었다.

"…우리 군은 프린스 해럴드 시를 직접 공격하는 척하면서, 밤을 틈타 폴타 니그레에 있는 적 보급 기지를 공격하여 점거한다. 그리고 적의 연료와 탄약을 이용하여 놈들의 고향 도시를 점령한다."

명안임에는 분명했다. 다만 용병가로서의 명안이 아닌, 약탈자로서의 명안이라고 평가받을 만했다.

본래대로라면 이처럼 조잡하고 무모한 계획은 군사 전문 관계자들에 의해 시정·보완되었겠지만, 코틀랜드에서 대승리를 거둔 덕에 부에노스 존데 군은 자신들의 독재자가 완벽하다고 착각하고 말았다.

프린스 해럴드 군은 보급하는 데 한계에 이르러 철수하는 침략군의 후방을 공격한다는 도박에 실패하여 추정 병력의 7할을 단 하루 만에 잃었다. 프린스 해럴드 군에게 더는 저항할 여력이 없을 것이며, 지리적 여건을 고려하면 폴타 니그레의 보급 기지는 풍부하다고는 말하기 어려운 부에노스 존데 군의 연료로도 충분히 도달할 수 있는 거리에 있었다.

6월 29일, 위대한 승리자 에곤 라우드루프는 전군을 앞에 두고 다시 연설을 시작했다.

"성공의 조건은 적절한 시기와 지리적 이점, 인적자원의 조화, 이 세 가지이다. 시기로 말하자면 뉴 카멜롯, 아퀼로니아 두 도시는 전후 처리에 쫓기고 있고, 다른 도시는 소극적이어서 진취욕이 없다. 지리적 이점을 말하자면, 다른 모든 도시는 남극 대륙에서 멀어 간섭할 수 없다. 인적 자원의 조화를 말하자면, 우리 시의 사람들은 고향 도시에 봉사하는 고귀함과 자기희생의 아름다움을 알고 있다. 마지막 승리가 누구의 손에 들어갈지는 명백하다."

후일, 이 연설은 '무의미한 승리의 그림을 장식하는 독재자의 액자'라는 신랄한 평가를 받았다.

"부에노스 존데 군이 침공 경로를 변경해 폴타 니그레 방면으로 이동하고 있습니다."

정찰 부대에서 그 보고가 들어왔을 때, 카렐 슈터밋은 닥쳐온 결전을 뒷전으로 미룬 채 세쌍둥이의 이름을 생각하고 있었다. 물론 이는 풍문으로, 그것이 단순한 소문인지, 만약 사실이라면 진심이었는지, 부하들을 안정시키고자 태연하게 보이려 가장한 일이었는지는 알 수 없다.

유리 크루건은 무표정하게 어떤 통지서를 읽고 있었다. 그는 스스로 정확하게 독해했는지 확인하듯이 문서를 한 번 더 읽은 다음, 시선을 사령관에게 돌려 질문했다.

"드디어 산적들이 행차하는 건가?"

"그래. 일단은 우리가 기대한 대로군. 미안하지만 내가 귀관보다 즐기고 있는 것 같네."

"별로 상관없어, 내게는 남이 흉내 낼 수 없는 즐거움이 있으니까."

"그게 뭐지?"

"다른 사람이 기대감을 품게 한 다음 그 기대를 배신하는 거지."

"즐기고 나서 찾아오는 후유증이 문제겠군."

슈터밋은 쓴웃음을 지었지만, 크루건은 여전히 무표정인 채로 폴타 니그레 지형도에 시선을 고정했다. 슈터밋의 부관 맥퍼슨은 독기 어린 시선으로 참모장을 노려보았다. 맥퍼슨은 크루건을 싫어했지만, 특별히 맥퍼슨만 그런 것이 아니었다. 맥퍼슨은 '같은 괴짜라 해도 슈터밋 대령은 무해하지만, 크루건 중령은 유해하다.'라는 판단을 내렸다.

슈터밋은 몇 가지 지령을 내리다가 문득 참모장을 돌아보았다.

"그런데 뭔가 중요한 통지가 온 게 아닌가?"

"별일 아니야. 개인적인 일이지. 이겨서 살아남으면 가정법원에 출두해야겠군."

"그건 또 왜?"

"이혼 조정 때문일세."

맥퍼슨의 시야가 휘청, 하고 기울었다. 크루건이 기혼이라는 사실은 믿기 어려웠다. 세상에는 별난 취향을 지닌 여자가 다 있다. 게다가 그런 여자일수록 의외로 상당한 미인일 경우가 많았다. 세계는 항상 경이와 부조리로 가득 차 있으니까.

슈터밋이 소리를 낮추었다.

"도대체 부인에게 어떤 불만이 있는가?"

"아내에게는 특별히 불만이 없네. 결혼에 불만이 있을 뿐이지."

슈터밋이 눈을 깜빡이자, 크루건은 통지서를 접어 군복 주머니에 집어넣으며 자기 분석을 피력했다.

"생각해 봤는데, 내 정신에는 사회적인 질서와 어딘가 맞지 않는 점이 있는 것 같네. 직소 퍼즐의 불량품 조각이라 다른 어떤 조각과도 들어맞지 않아…."

슈터밋의 시선을 느낀 자칭 천재 참모장은 갑자기 불쾌감에 휩싸인 듯 입을 닫았다. 자신이 말을 걸고 있는 상대가 무기물이 아닌 인간이란 사실을 이제 와서 깨달은 모양이었다.

바로 그때 긴급한 연락이 두 사람의 거북한 침묵을 날려버렸다.

"부에노스 존데 군, 30킬로미터 거리로 접근! 공중장갑사단은 10분 뒤에 레드존에 도달합니다."

그것은 예상을 상회하는 속도였다.

VIII

움직이는 활화산이 과장된 표현일지 몰라도, 하늘과 땅을 뒤덮으며 육박해 오는 검은 금속 물체의 대군을 보면 누구라도 평정심을 유지하기 힘들다.

부에노스 존데 군은 코틀랜드 평원에서 완승했다는 자부심도 더해 목적지까지 곧바로 돌진해 왔는데, 사실 거기에는 심각한 속사정도 있었다. 우회로를 택할 만큼 연료 여유분이 없었던 까닭이다. 가진 연료는 프린스 해럴드 시를 직격하기에 터무니없이 부족했다. 후퇴한 다음 군을 재편하고 보급 작업을 하는 일은 지휘관의 성격과 다른 도시의 간섭에 대한 불안감이 허락하지 않았다.

젊은 독재자는 양손을 군용 코트 주머니에 찔러 넣은 채 지휘 전차에서 의연하게 상반신을 드러냈다. 그 머리 위로는 새로운 풍압과 그림자를 늘어뜨리며 공중장갑사단의 검은 회전익이 굉음으로 가득 찬 하늘을 가로질렀다.

이미 프린스 해럴드 군에 전력이 남아 있지 않다는 사실을 알면서도 — 정확하게는 그렇게 믿고 있으면서도 — 에곤 라우드루프가 공중장갑사단의 전 병력을 몰타 니그레 협곡에 투입한 건 단순히 어리석은 허영심 때문만은 아니었다. 전력의 강대함을 과시하여 보급 기지를 무혈점령하려는 목적도 있었다. 그 전략은 적지에서 전력을 분산시키지 않는다는 용병학상의 기본 원칙과도 합치했다.

프린스 해럴드 군의 미약한 저항을 격파하고 협곡 안으로 30킬로미터 이상 진입한 부에노스 존데 군의 병사들은 산더미처럼 쌓인 군수 물자를 보고 환호성을 질렀다. 전차에서 뛰어내려 군수 물자를 향해 달려드는 병사가 셀 수 없이 많았다.

"그렇게나 군수 물자를 갖고 싶나? 이 부에노스 존데의 도적놈들, 갖고 싶으면 가져가라! 다만 그에 상응하는 대가는 치러야 할 거다!"

쌓인 군수 물자의 그늘에서 큰 목소리와 함께 수많은 총구가 불꽃을 내뿜었다. 대구경 고속탄이 방탄용 케블라 섬유 군복을 뚫고 부에노스 존데 군 병사 몇 사람을 쓰러뜨렸다. 남은 병사의 반은 응사했고, 나머지 반은 아군의 전차 쪽으로 돌아왔다.

라우드루프의 명령은 명쾌하기 그지없는, "쓸어버려!"라는 한마디뿐이었다. 이때 라우드루프는 격렬함과 신속함을 중시하는 맹장을 연기하고 있었다.

"에곤 라우드루프라는 인물의 본질은 관객의 취향에 맞춰 다양한 역할을 연기하는 배우라고 생각한다. 그리고 이 배우에게 가장 중요한 관객은 자기 자신이다. 라우드루프는 거울 나라의 명배우인 셈이다."

이 말은 훗날 카렐 슈터밋이 술회한 것이지만, 안전하리라 확신하고 전차에서 상반신을 드러낸 채 돌진 명령을 내리는 라우드루프의 모습은 분명히 한 번은 봐둘 가치가 있었다. 옆에서 달리던 장갑차에서는 사령관의 전속 카메라맨이 VTR 카메라로 그 모습을 열심히 촬영하고 있었다.

공격 헬리콥터가 초원에서 사냥감을 찾아낸 맹금猛禽처럼 강하했고, 무포탑 전차가 동료를 차체에 매단 채로 돌진해 쌓인 자루 더미를 무너뜨렸다. 하지만 그곳에 적병의 모습은 없었다. 자동 발사 장치와 스피커가 캐터필러에 말려들어 부스러졌다.

가루처럼 부서진 장벽 위를 전차가 용맹스럽게 넘어갔다. 내뿜은 연기에 라우드루프의 얼굴이 휩싸이자, 독재자의 전속 카메라맨은 낭패하여 아군을 꾸짖었다. 중요한 장면에서 독재자의 얼굴이 가려지기라도 하면 카메라맨이 책임져야 했기 때문이다.

라우드루프는 초조하게 얼굴을 팔로 감쌌지만, 군복이 이상한 검은 얼룩으로 더러워진 상황을 눈치채고 눈썹을 찡그렸다. 전차에 짓눌려 찢어진 자루에서 검은 가루가 다량으로 뿜어져 나와 병사들이 기침하고 있었다.

"탄진…?"

그렇게 중얼거린 라우드루프는 곧바로 자기 말의 의미를 이해하고 얼굴이 창백해졌다.

"돌아와! 차를 되돌려!"

더는 연기할 여유조차 없어진 절규였다. 하지만 좁은 외길인지라 쉽게 차를 되돌릴 수는 없었다. 게다가 후속 부대는 계속해서 협곡으로 밀려들고 있었다.

독재자의 얼굴이 진홍빛으로 물들었다. 고막을 찢어발기는 폭발음은 조금 뒤에 찾아왔다.

폭발하는 빛과 폭발음은 계속해서 이어졌다. 파묻혀 있던 도화선과 가연물이 일제히 폭발한 것이다. 병사들의 비명이 울려 퍼졌다.

불은 바람을 낳고 바람은 불을 옮겨, 폴타 니그레 협곡은 소용돌이치는 장대한 화염의 터널로 변했다. 한순간의 일이었다. 협곡으로 진입하던 부에노스 존데 군의 지상 부대는 거대한 화룡의 배 속으로 들어가 고열에 의해 소화되었다.

에곤 라우드루프는 전차 위에서 입을 벌린 채로 굳어 있었다. 비교할 데 없는 명배우인 그조차도 시나리오에 없는 사태가 일어나자 성대와 신경이 얼어버린 듯했다.

인간의 형태를 한 불꽃 덩어리가 비명을 지르면서 지상을 구르고 있었다. 불타오르는 전차에서 반쯤 탄화된 팔뚝만이 모습을 드러냈다가 1초 후에 다시 사라졌다. 전차만 한 불덩어리가 맹렬히 달려가다 절벽과 격돌하여 붉은 파편을 뿌려댔다. 불길과 연기가 교대로 그런 풍경을 감쌌고, 붉은색과 검은색의 줄무늬가 시야 안에서 난무했다.

이미 독재자의 제지도 효과를 잃고 있었다. 후방에 있던 부에노스 존데 군의 병사들은 불길과 연기와 열풍에 쫓기면서 협곡의 입구를 향해 달렸다. 병사들은 전차를 버리고 전우를 밀쳐내고 신처럼 숭배하던 독재자를 무시하며 삶의 나라의 출입문으로 쇄도했다.

협곡 입구에 적병의 모습은 없었다. 일전을 각오한 병사들은 군복에 붙은 불길을 손으로 두드려 끄면서 환성과 함께 협곡 밖으로 몰려 나갔다. 그때, 협곡 밖에 숨어 있던 프린스 해럴드 군의 중기관총과 대인 로켓포가 포효를 내질렀다.

부에노스 존데 군의 병사들은 등이나 뒤통수에서 피를 내뿜으며 쓰러져 갔다. 적이 앞을 막고 있다면 싸울 수라도 있다. 하지만 도망치는 와중에 등 뒤에서 총격을 당하면 어떻게 될까? 일부러 뒤돌아서서 싸우는 사람은 없다. 패닉 상태에 빠진 채 오로지 앞만 보고 계속 달릴 뿐이다. 그 모습은 전투가 아니라 살육의 모범 사례라 해도 무방할 정도였다.

한편, 헬리콥터 대군은 솟아오르는 불길과 상승기류에 희롱당하고 있었다.

"바보 자식! 상승하지 마! 상승하면 안 돼!"

그 외침은 필사적인 명령이라기보다 비명 그 자체였다. 밑에서 솟아오르는 지옥의 업화業火를 피하려고 하다가는 천계에서 휘두르는 신의 지팡이에 얻어맞고 만다. 실로 교활하기 그지없었다. 프린스 해럴드 군은 지형뿐만이 아니라 하늘까지 아군으로 삼아 위아래에서 부에노스 존데 군을 협공했다.

불길과 기류에 밀려 어쩔 수 없이 상승하게 된 부에노스 존데 군의 헬리콥터 한 대가 벼락불과도 같은 섬광을 맞고 공중에서 폭발했다.

올림포스 시스템이 발동한 것이다.

그러한 결과는 고도 500미터의 보이지 않는 경계선을 돌파한 비행 물체의 숙명이었다.

그 한 대가 맞이한 운명은 즉시 다른 헬리콥터에까지 영향을 미쳤다. 하늘에서 빛의 창이 쏟아져 내려 공중에는 폭발하는 빛과 검은 연기 덩어리가 점점이 피어났다. 그것을 피하려고 하강하면 끝없이 이어진 불길의 혓바닥에 사로잡히게 되고, 수평으로 이동하려 하면 난기류에 휘말려 절벽에 부딪히고 만다. 간신히 협곡 밖으로 나가도 대공포화의 그물망에 걸린다. 이토록 용의주도하고 악의로 가득 찬 함정에서 벗어나는 일은 거의 불가능했다.

거기에다 지휘 계통은 완전히 붕괴하고 말았다. 명배우에곤 라우드루프는 가장 바라지 않던 역할을 가장 진지하게 연기해야만 했다. 부하들을 내버리고 도망치는 사령관 역할이었다. 라우드루프가 충실한 측근들을 다스 단위로 희생해 가며 간신히 안전지대에 도착했을 때, 라우드루프의 뒤쪽에서 까마득하게 뻗어 오른 연기 아래에서는 훨씬 더 많은 병사가 화장되고 있었다.

서기 2190년 7월 1일. '폴타 니그레 협곡 섬멸전'은 태양이 중천에 올라가기 전에 종결되었다. 부에노스 존데 군이 무적이라 믿어 의심치 않던 공중장갑사단은 단 한 대도 고향 도시로 귀환하지 못했다. 맹렬한 불길과 포격을 간신히 피한 헬리콥터가 104기에 달했지만, 연료를 다 소모하는 바람에 전장 주변에 불시착할 수밖에 없었고, 유기에서 노획이라는 결코 벗어날 수 없는 코스에 다다랐다.

타고 있던 병사 대부분은 포로가 되었으며, 극히 일부만이 걸어서 탈출했지만, 그 역시 개인 수준의 용기와 내구력을 역사의 페이지 한구석에 기록하는 일에 머물렀다. 그리고 그것은 동시에, 최고 지휘관의 책무를 방기한 채 패배한 아군 병사들을 내버려 두고 도망친 독재자의 연약함을 후세에 증언하는 일이었다.

IX

불길 속에서의 전투는 끝났다. 하지만 여열餘熱에 화장당하는 사람들이 나오는 일은 지금부터였다. 폴타 니그레의 패전 소식은 부에노스 존데 정계에 만연하던 우상숭배의 공기에 균열을 일으켰다. 이미 공복公僕 의식을 잊고 독재자의 가신으로 탈피했던 정치 장사꾼들은 낭패감에 빠져 앞으로의 거취를 고심했다. 에곤 라우드루프의 사촌 형 안켈은 자그마한 혼란을 틈타 정치범 교정 학교라는 감옥에서 아내와 면회했다. 부부 사이에 놓인 3센티미터 두께의 방탄유리 너머로 아내는 남편에게 말했다.

에곤이 귀국하면 자신의 잘못을 인정하고 당신을 석방해줄 거라고, 조금만 더 참으면 된다고.

하지만 남편은 조용히 웃으며 낙관론을 부정했다.

"아니, 난 죽게 될 거요."

안켈은 놀라는 아내에게 설명했다.

"에곤이 승리를 거뒀다면 자신의 관대함을 증명할 만한 여유도 생기겠지. 하지만 결과는 에곤의 뜻과 달랐소. 에곤은 귀국하면 곧바로 반대파를 숙청할 거요. 패배자가 권력을 유지하려면 폭력과 공포를 도구로 삼아 시민을 옭매는 수밖에 없으니까. 에곤은 독점욕이 강하다고 내가 말했던 걸 당신도 기억하고 있을 거요."

"하지만 그건 권력의 말기적 증상이잖아요. 그게 오래 갈 리가 없어요."

"당신 말이 맞소, 텔레지아. 라우드루프 독재 정권은 황혼을 맞이하고 있소. 하지만 새벽을 맞이하려면 밤을 통과해야만 하고, 그것은 암흑과 냉기를 동반하지. 에곤이 실권한다 해도, 그 전에 얼마나 많은 사람이 희생될지 모른다오. 난 그저 그 첫 줄에 설 뿐이오."

"여보…."

"울 필요는 없소. 난 에곤의 전횡을 막지 못했고, 이 도시의 미래를 책임지고자 과감하게 다른 도시로 망명하지도 못했소. 용기도 지모知謀도 부족했던 거지. 이제 와서 목숨을 아끼기에는 부족한 사람이오."

7월 4일. 추락한 우상 에곤 라우드루프는 고향 도시에 귀환한 당일 입법의회를 해산하고 계엄령을 선포했다. 다음 날인 5일, '시의 안정과 단결을 저해하는 위험 분자'로서 1천 200명의 의원, 저널리스트, 시민 운동가가 체포, 투옥되었다. 6일, 계엄 사령관 에곤 라우드루프는 이전부터 투옥된 정치범과 사상범 중 60명의 처형을 명했다. 사형수 명단 속에서 계엄 사령관의 사촌인 안켈의 이름을 발견하고 망설이는 부관에게 라우드루프는 엄숙하게 말했다.

"안켈이 내 일족이라고 해서 편애할 수는 없네. 나의 엄정함을 온 도시에 주지시켜야만 해."

7일 오전 0시 30분, 안켈 라우드루프 등 12명의 처형이 최초로 집행되었다. 안켈은 서른여섯 살이었고, 독방을 나와 처형당하는 순간까지 16분 동안 완전한 침묵을 지켰다.

침략군을 격퇴한 프린스 해럴드 시는 들뜬 열광에 휩싸였다. 코틀랜드 평원 전투 이후 슈터밋에게 쏟아진 비난들을 기억하는 사람은 아무도 없었다. 전사자의 유족은 뒤쪽으로 밀려나고, 자칭·타칭의 명사들이 손이 두 개밖에 없는 슈터밋의 곤란해하는 표정을 무시하며 전후좌우에서 악수를 요구했다.

"우리 시에도 아퀼로니아의 AAA에 손색없는 명장이 탄생했군. 이제 어떤 도시라도 무섭지 않아."

"세쌍둥이의 이름을 내가 정하게 해주지 않겠나? 명예를 나누고 싶네."

어리석은 인터뷰어가 어리석은 질문을 크루건 참모장에게 던졌다.

"적군에게 이겨서 지금 어떤 기분이십니까?"

참모장은 자신의 어깨에 들러붙어서 히죽히죽 웃으며 마이크를 들이대는, 가히 인간의 모양을 한 충치균과 같은 그 무엇에게 호의라고는 한 점도 찾아볼 수 없는 시선을 던졌다.

"그렇군. 차라리 지는 편이 나았어. 그렇다면 이런 바보 같은 질문에 대답할 필요도 없었을 테니까."

크루건은 창백해진 인터뷰어의 질문을 묵살하고 걷기 시작했다. 크루건은 독창적인 전술을 고안하지 않았다. 보급이 끊어진 원정군이 승리를 거둔 사례는 역사상 한 번도 없었다. 대부대가 좁은 협곡으로 유도되고 승리한 사례 역시 없었다. 무지한 놈들만이 떠들 뿐이다.

크루건은 그런 놈들에게 신경 쓸 틈이 없었다. 그는 바빴다. 이혼 조정을 받으러 가정법원에 출두해야 했고, 충치도 치료해야 했기 때문이다.

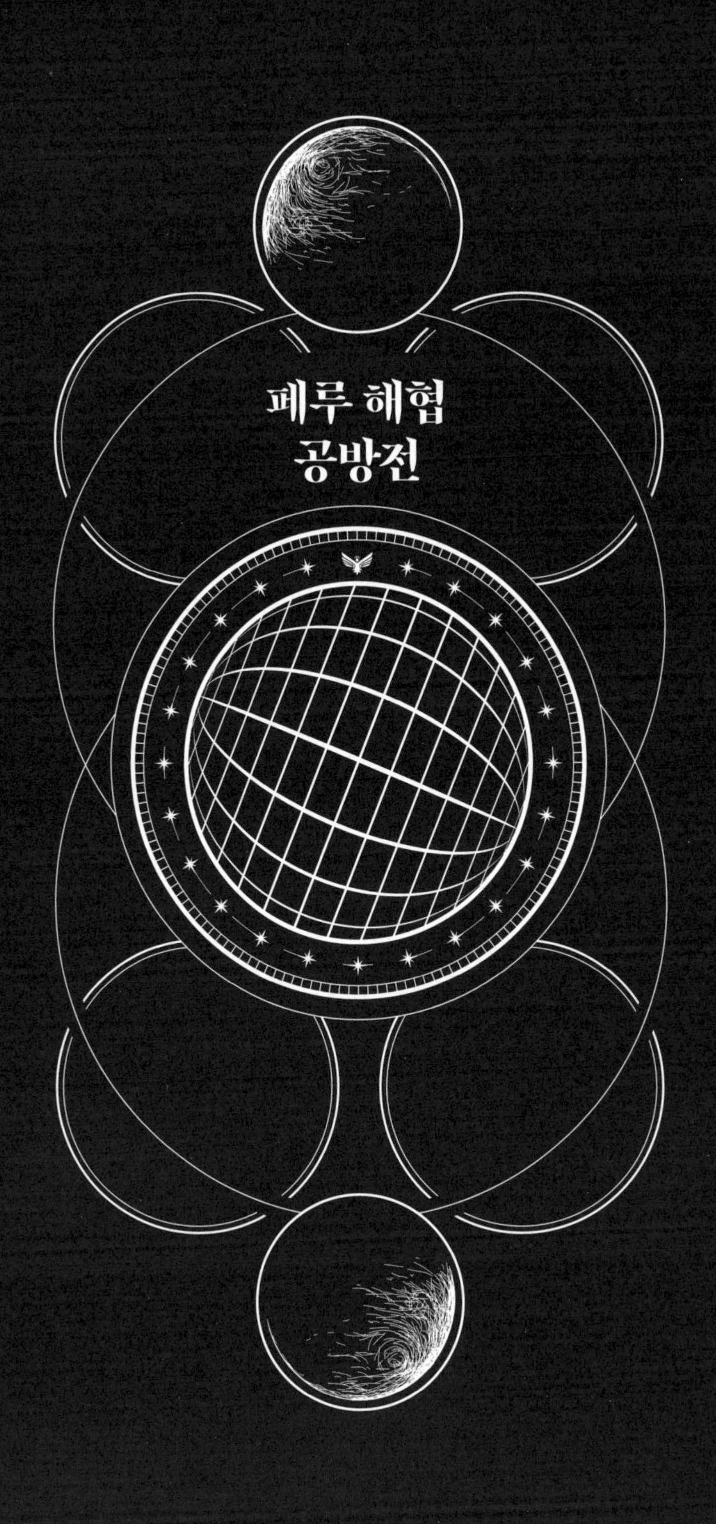
페루 해협
공방전

I

뉴 카멜롯 시 수륙양용 부대 사령관 케네스 길포드 중장을 보며 다른 두 명은 이렇게 판단했다. 좋아할 수 없을 것 같다. 이런 녀석과 공동 작전을 수행하는 일은 근래에 드문 불운이다.

아퀼로니아 시 방위국 차장 겸 장갑야전군 사령관 알마릭 아스발 중장을 만난 다른 두 명은 이렇게 생각했다. 이 녀석과 같은 도시에서 태어나지 않아 다행이다. 이 녀석을 구하고자 자신과 부하의 생명을 던질 생각은 도저히 들지 않는다.

프린스 해럴드 시 정규군 총사령관 대리 유리 크루건과 대면하고 난 다른 두 명은 이렇게 느꼈다. 조물주는 무능하다. 이 남자를 지상에 보냈다는 사실 하나만으로도 다른 공적들은 전부 사라질 것이 틀림없다.

청년 사령관 세 명은 호의나 친애하는 마음 따위는 전혀 담기지 않은 시선을 주고받은 뒤, 가까운 미래에 대해 실망하면서 각자 자기 앞에 놓인 커피를 홀짝거렸다. 그리고 우연히 공통된 감개에 젖었다.

"이 커피, 더럽게 맛없군!"

다른 세 명, 타데메카 시 제2혼성군단 사령관 기이 레이니엘 중장, 쿤론 시 기계화 저격 부대 사령관 세사르 라울 콘트레라스 중장, 산다라 시 군부 사령관 바하즐 샤스트리 중장도 회의실에 모습을 드러냈다. 이로써 여섯 도시 대동맹군의 수뇌 전원이 모였고, 모두 테이블에 착석할 때까지 실내 온도가 계속 낮아지는 듯했다고, 훗날 수행원 중 하나가 고백했다.

서기 2192년은 이후 국제 관계학에서 매우 중요한 의미를 지닌 해가 되었다. 지구에 존재하는 일곱 도시 중 여섯 도시가 군사 동맹을 맺고 남은 한 도시, 부에노스 존데를 상대로 전쟁을 개시했기 때문이다. '부에노스 존데 대항 대동맹'의 성립은 정치적 연금술의 극치라고 해야 할 사건이며, 바로 최근까지 누구도 상상할 수 없었던 결과였다.

몇 년 전부터 부에노스 존데는 '제일 시민', 즉 독재자 에곤 라우드루프가 지배하고 있었다. 라우드루프가 남극 대륙의 제압을 꿈꾸고 감행한 일대 침공 작전은 폴타 니그레 섬멸전에서 대패하며 꿈의 차원에 억류되고 말았다. 무적을 자랑하던 공중장갑사단과 전차 부대는 전위 예술가의 손에 의해 금속 조형물 무리로 변한 채 지금도 남극 대륙 황야에 그 모습 그대로 남아 있다. 그것들과 함께 라우드루프도 천재적 군인으로서의 명성을 남극 대륙에 내버린 채 부에노스 존데라는 자신만의 성에 틀어박혀, 좁은 왕국에서 사치와 전횡을 일삼고 있었다.

그의 사촌인 안켈 라우드루프를 시작으로 1만여 명을 처형한 공포 정치는 일단락되었지만, 극단적인 독재는 대의제 민주주의를 공통 이념으로 삼아온 일곱 도시 공존의 기반을 위협했다. 이리하여, 시기와 대의명분, 이익 추구가 뒤섞인, 미묘한 화학적 변화가 서기 2192년, 이해 한꺼번에 표면화되었다.

그러나 정치적 수준에서 연금술이 완성되었다고 해도, 군사적 차원에서 우정과 희생정신이 함께 따르지는 않았다. 여섯 도시는 각각 군 조직에서 2인자 혹은 3인자를 지휘관으로 삼아 부에노스 존데 파견군을 편성했다.

총 장병 수는 25만 6천 400명으로 부에노스 존데 전 병력의 두 배 반에 이르러, 적보다 많은 병력을 갖춘다는 첫 번째 전략적 조건은 충족되었다. 하지만 두 번째 이하 조건은 그 수준을 아득히 밑돌았다.

보급선이 너무 길다. 지휘권이 통일되지 않았다. 각 부대 사이에 협력이나 연동의 의사가 극히 부족하다. 지리나 기상 조건에 관한 지식이 상대보다 뒤떨어진다. 일단 이런 조건만 헤아리는 데에 양손의 손가락만으로는 충분하지 않았다.

여섯 도시에서 파견된 사령관 가운데 레이니엘, 콘트레라스, 샤스트리 등 세 명은 의욕이 높다고 하기는 어려운 상태였다. 길포드, 아스발, 크루건 이 세 명은 의욕이 제로는커녕 마이너스 수준이었다. 특히 이 세 명은 모두 자신이 리얼리스트라는 걸 알고 있었고, 자신을 제외한 다른 두 사람이 에고이스트라는 점도 확신하고 있었다. 다른 두 사람의 무공을 세워주고자 자기 도시 병사를 한 명이라도 더 희생할 생각은 없었다.

무엇보다, 이번에는 같은 편이지만, 다음번에는 어찌 될지 알 수가 없지 않나. 이번 싸움으로 전력을 소모했다가 갑자기 침략의 화살을 맞는 사태만은 피하고 싶었다.

여섯 도시 대동맹의 성립. 그것은 완성된 직후부터 각 시의 위정자와 군 수뇌부에게는 악몽의 온상으로 변했다. 바로 최근까지 그 누구도 예상할 수 없었던 사태가 현실이 되어버린 셈이다.

부에노스 존데라는 공통의 적 혹은 사냥감이 사라지고 일곱 도시가 여섯 도시가 되고 나면, 이번에는 그중 다섯 도시가 결탁해 남은 한 도시를 큰 접시에 올려놓고 욕망의 나이프로 유린하지 않으리라 누가 보증한단 말인가.

압도적으로 수가 많은 편에 일원으로 참전한 일을 순진하게 기뻐할 수는 없었다. 그렇다고 이 대동맹에서 이탈하면 부에노스 존데라는 맛 좋은 사냥감의 배당을 받을 수 없게 된다. 그뿐만 아니라 다음 사냥감으로 낙점될 구실을 스스로 만들어 내는 일이나 다름없다.

이렇게 해서 여섯 도시의 야심과 욕망은 그들 자신의 육체와 행동을 옭아맨 뜨거운 쇠사슬이 되었다. 각 시 정부는 멀리 남미 대륙까지 파견한 전선 사령관들에게 이렇게 명령했다.

"최소한의 노력으로 최대의 성과를 올려라!"

이리하여 여섯 명의 사령관에게는 다른 도시의 군대를 위한 희생을 회피하는 일이 최우선 과제가 되었다.

아무리 정신적·물질적 부담이 크더라도 일단 결정한 파병을 중지할 수는 없었다. 그랬다가는 부에노스 존데에 좋은 일만 시켜주는 꼴이 된다. 독재자의 위신을 높여주는 일이기 때문이다.

부에노스 존데 시가지는 태평양과 대서양이 만나는 페루 해협에 접해 있다. 북쪽으로는 안데스산맥, 남쪽으로는 아마존해를 두고 길이는 85킬로미터, 폭은 1.9킬로미터에서 8.7킬로미터에 달한다. 해협 안에는 14개의 작은 섬이 존재하며, 섬마다 부에노스 존데 군의 포대가 구축되어 있다. 물론 양 해안은 군사 시설의 전시장으로 변해 있었기에 독재자 라우드루프가 난공불락을 장담하는 것도 어찌 보면 당연했다.

"남북 양쪽에서 페루 해협으로 돌입하여 상륙 작전을 감행한다."

그것이 여섯 도시 대동맹군의 기본 전략이었다. 이는 여섯 명의 전선 사령관이 현지에서 결정한 사항은 아니고, 대동맹 성립을 전후하여 타데메카의 회의장에서 예복 차림의 사람들이 결정한 작전이었다. 전략적으로 잘못되지는 않은, 당연하다고 할 만한 작전이었다. 다만 실행이 쉽지 않다는 이유는 고의든 아니든 간에 당시에는 고려되지 않은 듯했다.

우선 해상 병력만으로 위력 정찰을 한다. 어느 정도 손해를 각오하고 페루 해협에 함대를 돌입해 해협 기슭에 있는 부에노스 존데 군사 시설에 화포와 미사일 공격을 가한다. 이렇게 적의 화력 분포를 확인한 다음 육상에서 본격적인 공격을 개시한다.

해협 일대의 대병력이 상륙 가능한 지점들로 단번에 쇄도한다. 부에노스 존데 군이 펼쳐놓은 육상 진지를 공략하면서 해협을 관망할 수 있는 고지를 확보해 장거리포와 미사일 발사대를 설치한다. 이렇게 해협에 있는 부에노스 존데 군의 군사 시설을 파괴하거나 점거해 해협을 완전히 제압한다. 그리고 대동맹군 함대가 해협을 통과하면 부에노스 존데 시가지에 함포 사격을 가해 독재자 라우드루프를 굴복시킨다.

이 단계에 이르면 독재에 반대하는 시민들의 봉기가 일어날 가능성도 있다. 그리고 나머지는 시의 요처를 점거해 대동맹군의 보호 아래 민주적인 신정부를 수립하기만 하면 된다.

"고지의 한 곳을 점령하는 일이 부에노스 존데 시의 항복으로 이어지는 셈이다. 이것이 가장 합리적인 작전이라고 생각하는데, 자네들 의견은 어떤가?"

최고령인 오십 대의 레이니엘 중장이 소극적으로나마 작전안을 정리했다. 반대 의견은 나오지 않았지만, 그 뒤의 토의는 병든 달팽이처럼 꾸물거리며 나아가질 못했다.

"그럼 어느 시의 군대가 상륙을 감행할 계획인지 묻고 싶습니다."

"그것은 귀군이 해줬으면 합니다."

"아뇨, 저희 군의 능력으로는 불가능합니다. 귀군의 경험과 실력을 기대하고 싶습니다."

뜨거운 감자를 제일 먼저 집어 들 생각은 여섯 명의 사령관 중 그 누구에게도 없었다. 다들 노골적으로 혹은 완곡하게 책임을 떠넘겼다.

여섯 명 모두 계급은 중장이었다. 다른 사람의 아랫자리에 설 생각은 물론 없었고, 전국戰局의 주도권을 쥐고 싶은 의욕이 없진 않았지만, 책임을 피하려는 마음이 의욕을 상회했다. 길포드는 완벽한 예절과 겸양의 갑옷으로 몸을 감쌌고, 아스발은 냉소와 빈정거림으로, 크루건은 기분이 안 좋은 듯 오로지 침묵으로 일관했다.

누구 한 사람이 완전하게 다른 사람들의 위에 서서 동맹군 전체를 통합 지휘해야 했지만, 한 도시의 사령관이 총지휘권을 쥐면 다른 도시의 부대는 위험한 지대에 보내고 자신의 군대는 온존할지 모른다는 시기와 의심이 복잡하게 얽힌 끝에 여섯 도시는 같은 계급 사령관들의 합의제를 채택했다.

그 순간 '이 싸움은 패배한다.'라고 느낀 사람이 여섯 명 중 적어도 절반이었다. 사령관들은 최소한의 손해만 입고 철수할 방법을 골똘히 궁리하고 있었다.

여섯 명은 성과가 적은 회의를 끝내고 태평양과 안데스 산맥 사이의 좁은 평지에 설치된 특설 텐트 밖으로 나와, 순수하게 의례적인 인사를 주고받은 다음 각자의 차에 올라탔다. 그때, 텐트를 경비하고 있던 병사 중 한 명이 이런 혼잣말을 들었다.

"아무리 형편없는 작전이라도 실행하기 전부터 실패하는 법은 없는데 말이야."

누가 발언했는지는 분명하지 않았다. 하지만 그 말을 들은 병사 근처에는 길포드, 아스발, 크루건, 이 세 명의 사령관이, 아마 본의는 아니었겠지만, 함께 차를 기다리고 있었다.

II

서른 살 생일이 되기까지 550일을 남긴 귄터 노르트가 부에노스 존데 시 북부관구 사령관으로 발탁된 까닭은 제일 시민 에곤 라우드루프의 대량 숙청으로 군 수뇌부가 공직을 내놓음과 동시에 무덤으로 직행해 버려서다. 귄터 노르트는 사령관 지위에 오르기 전까지 다섯 명의 관할구역 사령관을 보좌했는데, 이 다섯 명은 모두 고인이 되었다. 처음 한 명은 뇌경색으로 사망했지만 다른 네 명은 라우드루프의 장대한 숙청 행진곡을 구성하는 음표 중 하나로 변해버렸다. 한 명은 산다라 시와의 공모 혐의, 한 명은 쿠데타 미수 공범, 한 명은 물증도 없는 공금 횡령을 죄목으로, 한 명은 동성애 스캔들에 연루되어 모두 다 항변할 기회조차 없이 군사 재판에서 유죄 판결을 받아 당일 처형되었다.

훗날 '라우드루프는 성인군자가 아니었지만, 부하에게는 성인군자가 되라고 요구했다.'라는 서툰 비난이 쏟아질 만도 했다.

귄터 노르트는 관구 사령관의 지위에 올랐을 때 중령에 지나지 않았지만, 라우드루프는 이 계급으로는 도저히 위엄이 서지 않는다는 생각에 전장 경험도 부족한 청년 사관에게 갑자기 소장이라는 계급을 안겨줬다. 대령과 준장을 건너뛴 3계급 특진이었다.

라우드루프가 무능한 독재자였다는 의견에 찬동하는 사람은 적다. 정치가로서도 군인으로서도 라우드루프는 수준 이상의 재능을 가지고 있었다. 그러나 '그렇게 보이도록 연기력만 뛰어났을 뿐이다.'라는 신랄한 증언도 있었다. 어쨌든 확실한 건 재능을 조절하는 정신적 기능에 결함이 있었다는 사실이다. 라우드루프의 심리 상태는 적당한 온도가 존재하지 않는, 온수와 냉수를 교대로 분출해 대는 고장 난 샤워기를 닮았는지도 모른다.

그런 경향이 급격히 강해진 때는 물론 남극 대륙 제압 작전에 실패한 다음부터였다. 라우드루프는 이제 자신의 권위를 강조하려면 자신이 뭔가를 성공하기보다 다른 사람을 처벌할 수밖에 없었다.

귄터 노르트는 외모만 보면 라우드루프가 경쟁의식을

품을 정도는 아니었다. 못생긴 건 아니고 섬세한 '예술가풍' 용모를 하고 있었지만, 다리를 절기에 목발을 짚고 있었다. 훈련 중 급후진한 장갑차 바퀴에 치여서 왼쪽 발목을 다친 까닭이다. 당연히 퇴역해야 했지만, 사무직을 보는 데는 아무런 지장이 없었고 사격 기량도 우수해 군에 잔류할 수 있었다.

그 밖에는 특별히 다른 능력도 없고 라우드루프 같은 인물의 지배 아래에서 직업도 없이 장애를 가지고 생활하는 일은 곤란했기 때문에 이 경우는 행운이라고 봐야 한다. 무엇보다 귄터 노르트가 그해 사격대회에서 금메달을 획득해 다소 지명도가 있었다는 점, 독재자들의 대다수가 그렇듯이 라우드루프가 미담을 좋아한 점도 유리하게 작용한 것이 틀림없었다. 노르트의 아내 콜네리아는 독재자에게 직접 편지를 보내 남편의 일자리를 확보했다.

이번에 노르트가 단번에 소장으로 승진할 수 있었던 까닭도 그런 기억이 제일 시민에게 남아 있어서일지도 모른다. 어쨌든 라우드루프가 인사권의 효용을 알고 있거나 믿고 있었던 점은 확실하다. 지령을 받고 관사로 돌아간 귄터 노르트는 거실에 들어서자 아내 사진 앞으로 직행했다.

"콜네리아, 나 왔어."

노르트는 사진을 향해 말을 건넸다. 그는 자유롭게 움직이지 못하는 왼발을 반쯤 질질 끌면서 가구도 별로 없는 넓은 방 안을 잠깐 걸으며 돌아다녔다. 낡은 카펫에는 질질 끈 발자국이 남았다. 노르트는 스스로 커피를 끓이고는 잔을 손에 들고 자수가 놓인 소파에 앉았다. 아내의 사진이 정면으로 보였다.

"이번에 소장이 되었어, 장군 각하가 된 거지. 그나저나 숙청이 인재를 마르게 하는군. 내가 관구 사령관이라니. 정말 웃기는 소리지. 제일 시민 각하도 분명히 본의는 아닐 거야."

1년 전에 죽은 아내는 사진 속에서 온화하게 미소 짓고 있었다. 노르트의 두 눈에 추억의 '안개'가 끼었다. 그는 시간이 의미를 갖지 않는 경지에 들어선 듯했다.

"어쩌면 자포자기한 건지도 모르지. 설마 다른 여섯 도시가 전부 협력해서 공격해 오리라고는 생각 못 했을 거야. 하지만 난 별로 두려워할 필요는 없다고 생각해. 숫자는 충분하겠지만 그들이 그걸 제대로 쓸 수 있을지 어떨지는 아직 알 수 없으니까."

노르트는 자리에서 일어나 찬장에서 위스키를 꺼내 커피를 다 마신 컵에 대충 따르고는 다시 원래 자리로 돌아왔다.

"적이 안데스를 종주해 올 수는 없겠지. 페루 해협으로 침입해 바다에서 공격해 올 거야. 당신도 알고 있겠지만 해협에는 우리 군의 포대가 깔려 있어. 적들은 상당한 피해를 입을 테고, 시간을 끌면 명색뿐인 적들의 협력은 무너지겠지. 싸울 때는 손해를 입고 싶지 않고, 이긴 다음에는 이익을 독점하고 싶어 할 테니까."

노르트의 통찰은 정확했다. 여섯 명의 전선 사령관이 자기 군대의 피해를 줄일 방법만을 생각하고 있을 때, 후방의 정치가들은 낡은 자료에 의거하여 부에노스 존데의 지도에 선을 그으며 어디를 점거할지, 어디를 조치할지, 어디를 무관세 지구로 지정할지 같은 이기적인 꿈을 소화하는 데 바빴다. 통일이나 단결 같은 말은 모두 사전 속의 명사로 변한 채, 전장에서는 어떤 실체도 갖지 못했다.

"어찌 되었든 다른 도시 놈들에게 이곳을 넘겨주진 않을 거야. 안심해, 콜네리아."

이윽고 신입 사령관은 컵을 마루에 두고 모포를 휘감은 채 소파에서 잠에 빠져버렸다.

부에노스 존데 시의 도청 센터에서는 공안 경찰국원이 수만 개의 도청기를 제어하며 제일 시민의 적을 24시간 체제로 적발하고 있었다. 주임이 부하에게 말을 걸었다.

"노르트 소장의 도청 결과는 어때?"

"여기에 모두 기록되어 있습니다."

카세트테이프에서는 신임 북부관구 사령관의 목소리가 재생되었다. 그들은 두 번 반복해서 타인의 사생활을 청각적으로 침해했다.

“다소 비판적인 발언도 있지만 유해하다고 할 정도는 아니군. 고발할 필요는 없겠어.”

“죽은 아내의 사진에 말을 건네다니 감상적인 사내입니다. 아직 젊으니까 어서 재혼이라도 하면 될 텐데.”

“어쨌든 제일 시민 각하가 임명하신 관구 사령관님이자 소장 각하다. 무공을 세우면 더욱더 출세하겠지. 아무쪼록 그때는 우리가 명령을 받아 이런 일을 하고 있었다는 사실을 이해해 줬으면 좋겠군.”

부하는 말없이 어깨를 으쓱거렸다.

9월 11일, 여섯 도시 동맹군의 대규모 수송 선단이 태평양 방면에 모습을 나타냈다. 그 모습을 레이더로 발견한 부에노스 존데의 초계정은 긴급 연락을 발신한 직후 영원히 소식이 끊겼다. 도화선에 불이 붙은 까닭이다.

북부관구 사령관 귄터 노르트 소장은 장갑사륜구동차를 타고 시찰에 나섰다. 장갑차 두 대만 호위 병력으로 거느리고 시가지에서 북쪽으로 나와 해협과 태평양의 접점에 도착했다.

대전도 이후 이 지방은 9월 초순이 본격적인 가을의 시작이다. 안데스의 산봉우리는 만년설 아래쪽으로 황금빛 수목들을 늘어뜨리고 있었고, 해협은 가을의 햇빛을 반사하며 황금의 띠가 되어 남쪽으로 85킬로미터에 걸쳐 뻗어 있었다.

태평양의 물결은 이름과는 달리 그날의 강풍을 받아 흰 물마루를 수없이 만들어내며 거칠게 해안으로 달려 오르고 달려 내려갔다. 아직 지상에서는 적 함대의 모습이 보이지 않았다.

"사령관님, 적군은 곧바로 상륙할까요?"

노르트는 부하의 질문에 가볍게 고개를 갸웃거렸다. 그 표정이 미덥지 않아 보여 부하의 불안감을 돋웠다.

"아니, 그렇게는 생각하지 않네. 우선은 해상 병력만으로 위력 정찰을 시도하겠지. 그런 다음 전략 거점을 선택해 상륙할 거야. 해협을 제압할 수 있는 장소 말이지."

"구체적으로 가르쳐주시겠습니까?"

부하의 목소리에는 야유의 미립자가 섞여 있었지만 노르트는 개의치 않았다.

"당연히 높은 장소일 테지."

노르트는 그렇게 말하고 장갑차에서 내렸다. 목발을 짚으며 걷기 시작했다. 참모나 부관이 서둘러 따르려는 걸 제지하고, 수통을 지닌 당번 소년병만을 데리고 천천히 해안 쪽으로 걸어갔다.

노르트가 지휘를 맡은 군대에는 4개 보병사단과 2개 포병연대가 소속되어 있었다. 병력은 3만 8천 840명이었다. 전원에게 자동소총이 고루 지급되었고 대전차화기가 충실하다는 사실이 그나마 다행이었지만, 적군과 비교할 때 화력의 열세는 명백했다. 쌍안경으로 해안 일대를 바라보던 노르트가 소년병에게 물었다.

"적 지휘관들은 저능한 놈들뿐인가?"

"그렇지 않습니다. AAA나 케네스 길포드, 유리 크루건 등은 저도 이름을 알고 있을 정도니까요."

"명장들이 지휘하는 대군이라…. 지상 최강의 군대겠군. 지휘관들이 서로 협조한다면."

노르트는 쌍안경으로 열심히 지형을 조사했다. 바위와 관목에 둘러싸인 구릉의 면면은 불쾌한 듯 굽이치는 겨울의 파도를 연상시켰다. 소년병이 끈기 있게 기다리자, 쌍안경을 내린 사령관은 목발을 짚은 채 다시 걷기 시작했다. 소년병은 예의상 한 걸음 늦게 그 뒤를 따랐다.

"대군을 절개할 수 있는 곳은 이 근처다."

사령관의 혼잣말이 바람을 타고 소년병의 귓속으로 들어왔다.

"그러면 노리는 곳은 저 언덕인가."

사령관은 군용 지도를 주머니에서 꺼내 펼치고 지명을 확인했다.

"저 언덕의 이름을 알고 있나? 아무래도 군용 지도에는 안 실린 듯하네."

소년병은 고개를 끄덕이고 주머니에서 직접 만든 지도를 꺼냈다.

이 부근의 작은 위성 도시 출신이라는 이유로 당번병 겸 안내자 역할을 맡았다.

"카르데나스 언덕이라고 합니다."

고개를 끄덕인 노르트는 소년병에게 웃어 보였다.

"좋은 이름인지 어떤지 모르겠지만, 사령부는 저기에 세워야겠군."

"좋은 이름입니다."

소년병이 보증했다.

"어째서인가?"

"카르데나스는 제 증조부의 이름입니다."

"과연, 그럼 반드시 이길 수 있겠군."

서른 살도 채 되지 않은 젊은 사령관은 걷기 어려운 해안에서 목발에 의지한 채 장갑차 쪽으로 발걸음을 옮겼다.

III

9월 15일.

페루 해협 공방전 최초의 포성이 가을 해면을 때렸다. 현지 시각 08시 25분이었다.

동해안의 카르데나스 언덕에 구축한 지하 벙커 속에서, 목발의 사령관 귄터 노르트는 진동과 굉음에 둘러싸인 채 생각하고 있었다.

"케네스 길포드, 알마릭 아스발, 거기에 유리 크루건인가. 그들과 일대일로 용병술을 겨룬다면 내가 승리할 여지는 종이 한 장만큼도 없겠지. 하지만 1대 3이라면 오히려 틈이 생길지도 모른다."

귄터 노르트에게는 그것이 최소한의 희망이었다. 하지

만 노르트의 희망은 너무나 소박했다. 젊은 용병가로 명성 높은 세 사람 사이에는 틈 정도가 아니라 코끼리가 옆으로 걸어도 통과할 만큼의 균열이 있었고, 다른 세 명과의 사이에는 위성 궤도에 닿을 정도의 두꺼운 벽이 있었다.

레이더를 무력화하기 위한 알루미늄 조각을 채운 로켓탄이 공중에서 작렬했다. 연기 속에서 춤추며 떨어지는 무수한 은빛의 작은 파편이 젊은 병사의 눈길을 끌었다. 강습양륙함의 함상에 있는 알마릭 아스발 옆에서 막료인 보스웰 대령이 쌍안경을 들여다보고 있었다.

"적의 중전차가 이쪽을 노리고 있습니다. 120밀리미터 라이플 캐논 2연장, 전천후 조준 장치, 거기에 25밀리미터 기관포… 그리고 뭔가가 잔뜩 붙어 있습니다만 잘 모르겠군요."

"나라면 그 중전차 하나 만드는 비용으로 애인을 열 다스 정도 만들 것 같은데."

"부서지기 위해 만들어졌다고 생각하면 낭비의 극치로군요. 어린애의 장난감보다 어리석은데요."

"어린애는 스스로 굶어서 장난감을 사지만, 군인은 타인을 굶겨 병기를 사게 한다. 어린애는 마르고 군수 기업은 살찌는 거야."

노래가 될 수 없는 악의의 억양이 AAA의 목소리에 배어 있었다.

"세상은 그런 것이야. 권력이라는 녀석은 타인을 합법적으로 희생시키는 힘이지. 따라서 모두가 갖고 싶어 하는 거고."

보스웰 대령은 상관의 노골적인 정치론에 동조하는 일을 조심스럽게 피하고, 다시 한 번 더 쌍안경을 들여다보았다. 보스웰의 시야에 적의 중전차가 불꽃과 연기의 거대한 원에 휩싸이는 모습이 들어왔다. 몇 초의 공백이 지나고 고막을 울리는 굉음이 뒤따랐다. 보스웰 대령은 한 손으로 한쪽 귀를 두드리며 한숨을 쉬었다. 전차는 태연하게 능선 위로 이동하고 있었다.

포함의 함상에서 승무원 한 명이 절망스러운 몸짓과 함께 포술장에게 보고했다.

"200밀리미터 라이플포를 지근거리에서 타격했습니다만 금도 하나 가지 않습니다. 장갑이 상당히 두꺼운 것 같습니다."

"두껍다고 해봤자 우리 마누라 화장만큼은 아닐 거다. 마누라의 화장은 중성자선도 반사할 정도거든."

포술장은 웃었지만, 부하들은 그 억지스러운 웃음소리에 동조하지 않았다. 같은 농담을 열 번 넘게 들은 탓에 하품이 나올 정도였다.

전후 네 시간에 걸친, 포격전이라기보다는 일방적인 포격 후 상륙이 개시되었다. 상륙용 소형 함정이 해안으로 몰려들고 무장한 병사들이 발목 높이의 바닷물을 걷어차면서 모래밭에 첫 발자국을 찍었다. 상륙용 소형 함정의 격렬한 요동 탓에 멀미하거나 혀를 깨문 병사도 있었지만, 상륙 자체는 무혈 종료되어 길포드, 아스발, 크루건도 각자 공략 담당 지구에 첫걸음을 디뎠다.

침입자들은 해안에서 포격 세례를 받지 않아 혹시 내륙으로 끌어들이려는 함정인가 하고 걱정했지만 그것은 이른 판단이었다. 상륙 개시 두 시간 후, 첫 포성이 해협 양기슭에서 울려 퍼졌고, 침입자들의 행렬에 작렬해 피와 연기를 뿜어 올렸다. 건터 노르트가 해협 서쪽 해안의 절벽 위에 기관포를 설치해 놓았던 것이다. 이 때문에 동쪽 해안에 상륙해 경사면을 오르던 타데메카 군은 무방비 상태에서 등 쪽에 집중사격을 받았다.

장병들은 비명을 지르며 넘어졌고, 사상자의 피가 기류를 타고 붉은 안개를 경사면에 흩뿌렸다. 동시에 언덕 위에서 일제히 포화가 내리쏟아졌다. 우라늄 238탄의 직격을 받은 장갑차가 화염과 연기를 내뿜었고, 인간의 형태를 한 불덩어리가 절규를 내지르며 문에서 굴러 나왔다. 그것도 되풀이되는 총성 속에 지워지며 경사면은 죽음과 파괴로 뒤덮였다.

"우리도 서쪽 해안에 대포를 설치한 다음 해협 너머로 포격해 아군을 엄호해야 했었는데 말이야."

유리 크루건은 냉정하게 논평했지만 그렇다고 자신의 판단을 실행하지는 않았다. 지금 서쪽 해안에 대포를 설치하려면 절벽 위에 있는 부에노스 존데 군을 실력으로 물리쳐야 하고 그러는 동안 동쪽 해안의 언덕 위에서는 집중사격을 퍼부을 것이다. 피해가 막대할 게 뻔했다.

'그렇게까지 해서 타데메카 군을 도울 의무는 없지.'

크루건은 그렇게 생각했지만, 사실 그에게는 우방군을 구할 의무가 있었다. 여섯 도시의 대동맹이 성립되었을 당시, 조약 안에는 군대 간의 상호 협조 의무가 명기되어 있었다. 그렇다고 해서 미안해할 크루건이 아니다. 그런 비현실적인 조약이 성립되는데 자신이 가담한 기억은 전혀 없었다.

따라서 크루건은 서쪽 해안에서 날아오는 총탄의 사각지대에 자군을 집결시키고 적군에 총격을 가해 타데메카 군을 엄호했다. 아니 엄호하는 것처럼 연기했다. 그 위치에서는 언덕 위의 부에노스 존데 군까지 사정거리가 닿을까 말까 했기 때문이다.

그래도 백병전으로 이행하는 일만은 저지하여, 프린스 해럴드 군은 저녁때까지 총격전을 견뎌냈다.

이날, 여섯 도시 대동맹군은 방어군 대비 세 배의 병력으로 상륙했으나 해협 동쪽 해안에 발목이 묶인 채 전진하지 못했다.

대동맹군은 극단적으로 말하면, A시의 부대가 격전을 전개하면 B시의 부대는 휴식했고, B시의 부대가 사투를 벌이면 C시의 부대가 잠깐 쉬는 식의 형국으로, 상호 협력은커녕 연락 전달조차 만족스럽지 않았다.

귄터 노르트에게는 각개 격파할 절호의 기회가 주어진 셈이다. 아니 그것 외에는 승리할 길이 없었다. 귄터 노르트는 다음 날도 자주포를 중심으로 한 기계화 포병 부대를 좌우에 배치해 공격, 침공군의 전진을 계속 저지했다.

'사람들의 피로 인해 모든 산이 마치 단풍으로 물든 듯했다.'

조금은 과장된 말이기 했지만, 여섯 도시 대동맹군의 공식 기록은 그렇게 전하고 있다. 특히 타데메카 군이나 쿤론 군에 관한 한, 유혈의 참상에는 거의 과장이 없었다.

쿤론 군은 정면에서 날아오는 적의 포화로 인한 피해를 견디지 못하고, 인접 구역에서 작전 기동 중인 – 그보다는 그런 척하고 있던 – 프린스 해럴드 군에 원조를 청했지만 차갑게 거절당하고 말았다.

프린스 해럴드 군의 사령관이 유리 크루건이 아니라 카렐 슈터밋이었다면 아마 출전을 거부하지는 않았을 것이다. 그리고 1천 명의 쿤론 장병을 구출하고자 3천 명의 부하를 잃는 결과를 냈을지도 모른다. 슈터밋의 인격은 결과가 눈에 보이더라도 그렇게 하지 않고서는 견딜 수 없으니 말이다. 슈터밋은 스스로 그 점을 알았기 때문에 프린스 해럴드 파견군 사령관에 크루건을 추천했다. 자기보다 냉철한 크루건이 결국에는 더 많은 자국의 병사를 고향 도시로 살려서 돌려보낼 게 분명하다고 생각했기 때문이다.

크루건은 슈터밋의 재능을 존경하지는 않았다. 이 행성의 지표 위에 크루건이 존경할 만한 재능을 가진 자는 서식하지 않았기 때문이다. 하지만 이 남자는 타인에게 빚지기를 싫어했기에 신임에 대해서는 실적으로 답해야 한다고 생각한 듯, 슈터밋이 맡긴 책임을 완수하지 않은 적은 한 번도 없었다. 설령 그것이 아무리 무미건조한 임무라 해도 말이다.

이리하여 이날부터 일주일 동안 프린스 해럴드 군은 탄약을 소비하면서 시간을 버는 전법으로 나왔다. 그 때문에 다른 도시의 군이 고생했지만, 그것은 크루건의 책임 밖의 일이었다.

IV

AAA가 지휘하는 아퀼로니아 군도 프린스 해럴드 군보다는 약간 더 세심하게 전투를 회피하려 노력했다. 그러나 피해를 막을 수 없어, 전사자가 벌써 500명을 넘어섰다.

"쳇, 우리가 피를 흘린 토지가 전후에는 조계租界가 될 테고, 정치가나 정상 놈들이 이권을 챙겨 먹겠지. 왜 우리가 그놈들의 비과세소득을 위해서 이런 땅끝에서 죽어야 하지?"

전우들에게 그렇게 말한 병사가 헌병에게 체포되었다. 조직적인 반전 활동의 일환이 아닌, 개인적으로 불안감과 불만을 털어놓은 일에 지나지 않았다. 보고를 받은 AAA는 신랄한 웃음을 입술에 지어 보였다.

"그 병사는 사실을 말했을 뿐이다. 초등학교에서는 거짓말하지 말라고 가르치잖나. 도덕 교육의 성과야. 그 병사를 처벌하면 그야말로 교육의 성과라는 걸 부정하는 거지."

"…그러나 듣기에 너무 반항적이고 천한 말투가 아닙니까, 장군?"

"그 녀석이 천한 게 아니야. 진실이 천하기 때문에 그걸 지적하려면 천해지는 게 당연한 거지."

아스발은 불문에 부치도록 지시하고 종이컵에 위스키를 채웠다. 불쾌한 사건에도 장점은 있다. 술을 마실 구실이 생기니까.

"옛 기억이 떠오르는군. 류 웨이 의원이 아퀼로니아에 있었을 무렵 '전쟁 개시 결의에 찬성한 정치가가 최초로 전선에 나올 의무를 진다.'라는 법률안을 의회에 제출했던 적이 있지. 웃음거리가 되어버렸지만 말이야."

"그야 자신이 피해자가 아니라면, 전쟁만큼 재미있는 일은 없으니까요."

보스웰 대령이 대답하고 자연스럽게 자신의 종이컵을 내밀었다. 아스발은 거기에 위스키 병을 기울였다. 그리고 대령의 입가에 미소가 지어질 때쯤 병을 세웠다. 순간 유감스러운 표정을 띠었던 보스웰 대령이 헛기침했다.

"그러고 보니 류 웨이 의원은 지금 타데메카에 계시지요. 잘 지내신답니까?"

그 질문은 개전 전 회의 석상에서 아스발 자신이 비공식적으로 질문한 내용이었다.

"그런데 류 웨이 의원은 안녕하십니까?"

"응? 아, 그런 사람이 있었지. 아무리 권해도 의원 선거에 입후보하지 않고 농원에만 틀어박힌 괴짜야."

타데메카 군의 사령관 기이 레이니엘 장군은 그렇게 답했다.

그건 너희 같은 무신경한 놈들과 어울리는 게 싫어서 그렇겠지. 아스발은 속으로 냉소했다.

사령부 텐트 밖에서는 밤의 강풍이 거칠게 몰아쳤다. AAA는 알코올과 함께 위구심, 그리고 불쾌감까지 한꺼번에 들이마시고 종이컵을 구겼다.

9월 24일, 샤스트리 장군 지휘 아래 산다라 군은 철저한 물량 작전으로 부에노스 존데 군의 방어진 한쪽을 돌파했다. 산다라 군은 전투 개시 이래 가장 높은 위치에 도달하여 능선조차 넘을 듯 보였다.

그러나 운명의 장난인지 산다라 군의 포화에 언덕 위쪽 흙이 붕괴했고, 토사류와 낙석 때문에 공격이 중단되었다. 게다가 언덕의 경사면을 내려오는 기류에 의해 대량의 흙먼지가 산다라 군에게 닥쳤다.

권터 노르트는 산다라 군의 후퇴를 확인하고서 병력 일부를 나눠 움직임이 둔한 프린스 해럴드 군의 정면에 포화를 가하는 한편, 병력 대부분을 산다라 군의 측면으로 우회시켰다.

유리 크루건은 적의 행동이 양동 작전이란 사실을 간파했지만, 결코 적극적으로 대처하지 않았다.

만약 이때 크루건에게 전군의 지휘권이 있었다면 병력 대부분을 한꺼번에 주전장에 투입해 언덕을 점령하여 전면 퇴각하게끔 부에노스 존데 군을 몰아넣었을 것이다. 하지만 크루건에게는 그런 권한이 없었다. 권한이 없다는 말은 책임이 없다는 말이다.

그래도 크루건은 일단 산다라 군의 사령관 샤스트리 중장에게 무전으로 자신의 견해를 알리려고 했지만, 방해 전파 때문에 통신이 불가능하다는 걸 알자 더는 무익한 노력을 시도하지 않았다. 어쨌든 양동 작전에 적당히 대응하고 있으면 프린스 해럴드 군의 소모는 회피할 수 있었다.

크루건의 인간적 본질은 차치하고라도, 이 공방전에서 크루건은 철저하게 에고이즘의 화신으로 행동했다. 눈앞의 전투가 일단락되자 텐트에 틀어박히려고 하는 크루건에게 부관이 질문했다.

"사령관님, 지시는?"

"적당히 해둬."

"적당히라고 하셔도, 뭔가 구체적으로 지시를 해주셔야 하는데요."

부관 포르네 대위가 익숙함과 곤혹함을 반씩 섞은 목소리로 물었다. 크루건은 귀찮다는 듯이 대답했다.

"탄약을 낭비하지 말라. 그리고 사령관의 요양을 방해하지 말라."

"요양입니까."

"사령관은 불면증 요양 중이다."

크루건은 모포를 뒤집어쓰고 드러누웠다. 크루건에게는 실제로 불면증 증상이 있었으므로 순전히 꾀병이라고 비난할 수도 없었다.

거의 같은 시각, 케네스 길포드 휘하의 뉴 카멜롯 군도 세 시간에 걸친 총격전 끝에 언덕 아래쪽의 한 지구를 제압·확보하고, 특수 합금제 방벽과 호를 늘어세워 총탄 아래에서 야전진지를 급조했다.

여기서 조금 믿기 어려운 일이 일어났다. 길포드에게 도착한 고향 도시의 통신은, 전후 처리에서 뉴 카멜롯 시가 유리한 입장에 서야 하니 한시라도 빨리 부에노스 존데 시내로 진군해 중심부를 점거하라는 요구였다. 길포드는 아연할 뿐이었다.

"길포드 장군, 이것은 명령이네. 다소 희생을 치르더라도 꼭 산 마틴 광장을 점거하게. 부에노스 존데 시가지에서 가장 경제적인 가치를 지닌 지역일세."

"다소의 희생이란 어느 정도입니까? 시 정부는 미망인

과 고아를 1만 명 정도 양산하면 만족하십니까? 그렇지 않으면 아직 부족합니까?"

"전과에 어울리는 손해라는 뜻이네."

"어느 쪽이든 무리한 작전 행동으로 병사들을 개죽음 당하게 할 생각은 없습니다."

"개죽음이 아닌 명예로운 전사다. 우리는 그렇게 말하면서 시민들의 무책임한 반전론을 막고 있는데, 전선에 있는 자네가 병사들을 고무하지 않으면 어쩌나?"

"시 정부의 높은 분이 최전선에 나와 명예롭게 전사하시면, 병사들의 사기를 끓는점까지 올려드리죠."

길포드의 귀마개를 뚫고 들어온 폭발음이 지근거리에서 울리고 유탄 파편이 그의 머리카락을 휘날렸다. 길포드는 마이크를 한 손에 쥔 채 부하에게 몇 가지 지시를 내렸지만, 그런 행동은 마이크 건너편에 있는 인물에게 별로 감명을 주지 못한 듯했다.

"어쨌든 이것은 명령이다, 장군."

"그럼 부에노스 존데 군에 명령해 주시죠. 무익한 저항을 단념하고 도시를 넘겨달라고."

길포드의 목소리는 빙점보다 아득히 낮은 온도였다.

"이것은 악랄한 독재자 라우드루프를 타도하기 위한 성전聖戰이다. 이 정도로 의의 있는 싸움이 또 어디 있다고 생각하나."

"그들의 독재자겠죠. 우리 독재자가 아닙니다. 라우드루프에게 권력을 준 부에노스 존데의 시민들이 스스로 실수를 만회하고자 자신들의 피를 흘리는 일은 당연합니다만, 우리가 그런 의무를 지리라고는 생각하지도 못했습니다."

"길게 논의할 틈이 없네. 실행만이 있을 뿐이야."

"완전히 동감합니다."

대답함과 동시에 길포드는 오른손에 힘을 줘서 마이크의 코드를 당겨 뜯고는 옆에서 숨을 죽이는 막료에게 가볍게 던졌다.

"납품 업자를 바꾸는 편이 좋겠어. 이렇게 글러 먹은 명령만 내뱉는 통신기는 전혀 도움이 안 되니까."

V

9월 29일.

전투는 격렬했지만 어떤 성과도 없이 끝났다.

타데메카 군은 일시적으로 언덕 정상 근처에 간신히 도달했지만 금세 반격을 받았다. 하지만 그들은 십자포화를 뒤집어쓰면서도 물러나려고 하지 않았다. 레이니엘 장군은 일단 점거한 지점을 포기할 생각이 없어 보였다.

그 보고를 받았을 때 알마릭 아스발은 코웃음을 쳤다.

"흥, 언제까지 전술적 승리에 집착할 셈이지? 살아서 돌아갈 수 있는지가 훨씬 중요할 텐데 말이야. 높은 곳에서 죽는 편이 천국에 가까워지리라 생각하는 건가."

이 비평은 너무나도 비정하다. 사실 타데메카 군은 후퇴

할 의사가 있었지만, 퇴각 루트가 부에노스 존데 군의 유탄포대에 완전히 노출되어 있어서 움직이고 싶어도 움직일 수 없었다.

권터 노르트 휘하의 부에노스 존데 군은 여섯 도시 대동맹군의 추측이나 기대보다 훨씬 사기가 높았고, AAA의 표현을 빌린다면 '성실한 일꾼'이었다. 독재자를 위해서가 아니라 고향 도시를 위해서 싸운다는 신념 혹은 착각 아래 강대한 적의 공격을 견뎌내고 있었다.

타데메카 군의 전사자는 이날 하루만 2천 400명을 돌파했고, 전차 65량과 자주포 40문을 잃었다. 실로 심각한 손해였다.

사령관 레이니엘 장군도 지휘차 가까이에 떨어진 포탄 파편에 왼팔을 다쳤다. "전치 3주, 다만 지휘하는 데에는 지장이 없습니다."라는 보고에 가슴을 쓸어내린 사람도 있었고, 혀를 찬 사람도 있었을 것이다.

알마릭 아스발의 부대도 본의 아닌 손해를 입었다. 타데메카 군의 패주에 부대의 우측면이 열려, 후퇴하기 직전에 적의 공격을 뒤집어썼다. AAA에게 200명의 전사자는 계산 밖의 일이었다.

"이 전투에서 두 번째로 재수 없는 날이군."

아스발이 후퇴 판단이 늦었음을 후회하면서 투덜대자 부하인 보스웰 대령이 물었다.

“그렇다면 사령관 각하에게 가장 재수 없는 날은 언제였습니까?”

“과거형이 아니라 미래형으로 말해주게. 앞으로 지금보다 상황이 좋아질 가능성은 원주율이 딱 나눠떨어질 가능성보다 적다고 생각하거든.”

이 시점에서, 아스발의 견해는 현지에서 소수파의 입장을 벗어나고 있었다.

대동맹군은 부에노스 존데 시가지에 진입하기는커녕, 해협 북쪽 해안을 제압하는 일조차 못 하고 있었다. 만인의 예상이 뒤엎어진 셈이다.

“현지 사령관은 뭘 하고 있나? 예정대로라면 이미 부에노스 존데 시는 모든 방위 거점을 잃고 항복 직전에 몰려 있어야 하지 않나?”

뉴 카멜롯에서 다시 들어온 통신은 전선 사령관을 무조건 질책했다.

“최선을 다하고 있습니다.”

케네스 길포드는 통신기가 한 대만이 아니었던 걸 유감으로 생각하면서 짧게 대답했지만, 목적어를 의도적으로 생략한 점에 이 대답의 신랄함이 있다. 길포드는 처음부터 이 원정을 전면 부정했기 때문에, 부에노스 존데에 승리를 거두고자 최선을 다한다는 생각은 사고의 지평선 아득한 너머에 있었다.

겨울이 오면 방한 장비를 소지하지 않은 원정군은 전쟁을 단념하고 퇴각해야만 한다. 그때까지 무익한 전투를 있는 힘껏 회피하여 손해를 최소한으로 줄여야 한다. 길포드는 그것만을 위해서 최선을 다하고 있었다.

"다른 도시의 병사들에게는 미안한 일이지만, 손해는 그들이 입도록 하자."

다만, 노골적으로 공공연하게 실행할 순 없었다. 그로서도 이적 행위를 했다고 비난받는 일은 바람직하지 않았다. 사실 길포드가 보기에는, 침략 행위를 통해 부에노스 존데의 군대와 시민을 단결시킨다는 이율배반적 망상에 빠진 여섯 도시 대동맹의 지도자들이야말로 이적 행위라는 말에 어울렸다.

이때 길포드와 같은 생각을 하는 동료 장수가 적어도 두 명은 있었다. 그들은 그들대로 자신의 부하들을 살려서 고향 도시로 돌려보내고자 교묘한 사보타주를 실행하고 있는 듯했다. 이 말은 '대동맹군'이라든가 '대원정군'이라고 추켜세워지는 이 거대한 부대에서 실제로는 절반만이 활약하고 있다는 이야기이다. 이런 상태에서 승리해 버린다면, 오히려 용병학상의 법칙에 대한 실례가 아닐까.

10월 6일.

육상 부대의 해협 동쪽 해안 제압 작전이 전혀 효과가 없었기 때문에, 후방에 있던 대동맹 통합작전위원회는 마침내 별로 길지도 않은 인내의 끈을 놓았다. 해상 전력만으로 해협을 돌파해 부에노스 존데 시를 직격하는 작전을 결정했다.

원래 대동맹 측의 해상 전력은 부에노스 존데의 군보다 압도적으로 우세했고, 10월 1일에는 아마존 해상에서 수송선단을 공격해 온 부에노스 존데 함대에 반격을 가해 프리깃함 3척, 미사일 초계정 6척을 포세이돈에게 진상했다.

그 사실에 자신만만해져 해협 돌파를 결정했는데, 쌍방의 해상 전력만을 비교해 고려하면 이 작전이 완전히 무모한 것만은 아니었다. 원래 어떠한 작전이라도 테이블 위에서는 반드시 성공하지만 말이다.

부에노스 존데의 육상 전력을 무시한 채 강행한 페루 해협 돌파 작전은 10월 22일, 완전한 실패로 끝났다. 부에노스 존데 군의 방해 때문에 해협 북부의 육상 부대와 연락할 수 없었고 해협에 돌입한 20척의 함정은 양 해안에서 미사일 공격과 고속 초계정의 어뢰 공격, 또 자기 흡착식 기계수뢰에 의해 차례차례 폭침했다.

게다가 가라앉은 아군 함정들 때문에 항로를 방해받아 우회하다가 미사일에 맞아버리는 악운까지 더해져 처참한 결과를 빚었다.

해상 전력만으로 해협 돌파를 강행하다 실패한 대동맹군은 역시 육상 전력으로 연안을 제압하는 방법 외에는 승리할 길이 없다는 결론을 내릴 수밖에 없었다. 겨울이 도래할 상황을 고려해서인지, 10월 중에 전면 공세를 재개하라는 후방의 지령은 어디까지나 졸속에 지나지 않았다. 작전 재개 시점까지 동계전에 대비한 보급이 이뤄질 리도 없었다.

"아직도 포기하지 않았단 말인가. 욕심 많은 놈들은 이래서…."

아스발은 혀를 찼다. 아스발이 해상 전력의 해협 돌입 작전에 함께 움직이지 않았던 까닭은 육상 전력에도 여력이 없다는 사실을 알리기 위해서였지만 별 효과는 없었던 듯했다.

10월 24일.

겨울의 차가운 비가 여섯 도시 대동맹군의 머리 위로 떨어졌다. 머리 위에 암갈색의 뚜껑이 낮게 깔리고, 습기 찬 냉기의 커튼이 물결치며 장병들의 뺨을 때렸다.

"겨울의 여왕이 첫 피리를 불었나 보군."

알마릭 아스발은 매우 산문적인 정신의 소유자이지만 이때는 시적인 표현을 사용했다. 보스웰 대령은 아스발이 직접 창작한 게 아니라 누군가의 잠언을 인용했을 거라고 생각했다.

"이제부터는 온도가 1도 내려갈 때마다 병사의 사기가 1할씩 줄어들 거다."

"이제 어떻게 합니까?"

"봄을 일찍 끌어오고 싶지만, 그렇게는 안 되겠지."

알마릭 아스발은 자신이 나서서 물러나자고 말할 수는 없었다.

여섯 도시 동맹군이 패배하는 일은 아무 상관도 없지만 AAA, 즉 알마릭 아스발이 졌다고 회자되는 일은 유쾌하지 않았다. 거기에 고향 도시로 돌아가면 아스발 자신의 입장과 행위를 정당화할 이유도 필요하다.

따뜻하고 안전한 장소에서 궁사 예산의 숫자를 가지고 노는 패거리는 싸워서 지는 일보다 싸우지 않고 물러나는 일을 혐오하기 때문이다.

"탄약과 병기는 다 써줘야지. 시 정부와 결탁한 병기 산업체 분들에게 원망받고 싶지는 않거든. 그렇다고 병사들의 가족에게 원한을 사는 일도 재미없군."

그렇다고 해도, AAA는 이 정도로 승리의 조건과 거리가 먼 싸움도 드물다고 쓴웃음을 지었다. 고전적인 군사학에서의 성공 조건인 '적절한 시기와 지리적 이점과 인적자원의 조화'가 남김없이 결여되어 있었다.

세 번째 조건의 결여에 대해서는 아스발 자신에게도 적지 않은 책임이 있었지만, '주어진 과제에 대해 의문을 갖지 않고 전력을 다하라.'라는 노예의 도덕률 따위, 아스발은 전혀 신경 쓰지 않았다.

어찌 되었든 부담과 기대는 또다시 육상 전력에 쏠렸다. 10월 25일, 카르데나스 언덕이 멀리 보이는 매몰 캡슐 안 합동 사령부에, 여섯 도시 각 군의 전선 사령관들이 불쾌하고 피로에 찌든 얼굴로 모였다. 무엇보다 여섯 명 중 절반은 실제 이상으로 지친 표정을 짓고 있었을지도 모른다. 길포드는 정면의 벽을 응시했고, 아스발은 천장에 시선을 고정한 채 눈으로 당초무늬를 그렸으며, 크루건은 마루에 기어다니는 개미의 궤적을 관찰했다.

크루건, 아스발, 길포드 등 세 명은 나름대로 이유가 있어 불쾌했지만, 사실 그들보다 다른 세 명은 한층 더 불쾌했고, 게다가 불행했다. 예를 들어 크루건은 아스발과 길포드 두 사람만 참으면 되지만, 쿤론 군의 사령관 콘트레라스 장군은 크루건, 아스발, 길포드 등 세 사람을 참아내야 했기 때문이다.

의견을 요구받은 크루건은 개미 관찰을 중단하고 대답했다.

"무엇보다 계절이 나쁩니다. 성공할 리가 없는 작전이었습니다."

크루건의 목소리에 정열은 분자 하나조차 포함되지 않았다. 사태를 과거형으로 말해서인지 영혼 없는 비평가 같은 인상이 더욱 두드러졌다.

"10월도 후반이 되어, 신북극에서 몰려온 차가운 기단이 해협을 따라 흘러들고 있습니다. 개전하려면 봄이나 초여름에 해야 했습니다. 그렇다 해도 긴 보급선의 문제는 어쩔 수 없겠지만요.”

“이제 와서 무슨!”

콘트레라스 중장이 노성을 내던졌다. 콘트레라스는 실로 성실하게 물러서지 않는 전투 지휘를 계속했고, 그 결과 죽은 부하의 숫자는 길포드, 아스발, 크루건 세 명이 잃은 부하들의 수를 합친 것보다 훨씬 많았다. 그러므로 자신에게는 이 세 명을 합친 것보다 많은 발언권이 있다고 믿었다.

“30만 명이 넘는 대군을 동원해서 무엇 하나 얻지 못하고 퇴각한다면 완전한 웃음거리가 되네. 분명 겨울이 가까워졌지만, 그전까지 부에노스 존데를 굴복시키는 일은 불가능하지 않아. 여섯 도시의 군 모두가 고집을 버리고 공통의 목적을 향해 단결하고 협력하면 전술적 우위가 확립될 게 틀림없어.”

콘트레라스의 주장은 단순하지만, 설득력이 없진 않았다. 적어도 두 명의 장군은 콘트레라스 사령관의 의견에 동의해 고개를 끄덕였지만, 다른 세 명은 멸망한 민족의 종교가가 토해내는 연설이라도 듣는 듯 성의 없는 표정을 보이며 각각 다른 방향으로 시선을 돌렸다.

‘여섯 도시의 대동맹군은 전력 면에서 충분히 승리할

조건을 갖추고 있다. 하지만 사령관의 수는 너무 많고 협조심은 너무 적다. 이 불균형 때문에 대동맹군은 불리해질 것이다.'

권터 노르트는 개전 직후, 독재자가 지배하는 시 정부에 그렇게 보고했다. 전황의 추이는 한쪽 다리가 자연스럽지 못한 청년 사령관의 통찰이 옳았다는 사실을 증명했다. 그렇다고는 해도 병력 비율이 1대 3이었고 대동맹군의 사령관들은 무능하지 않았으므로 얼마든지 위험한 국면으로 접어들 여지는 있었다.

다음 날인 10월 26일의 전투에서 케네스 길포드는 교묘하기 그지없는 지휘로 부에노스 존데 군 한 부대를 돌출시켰고, 그 행동의 한계점에 이르자 가열한 반격을 가했다. 화력을 국소 집중시켜 전선의 한 곳이 열리자 그곳으로 뉴카멜롯 군이 파고들었고, 반나절 사이에 지난 한 달보다 더 많은 거리를 진격했다.

만약 권터 노르트가 도착해 직접 지휘하기까지 두 시간만 늦었다면 케네스 길포드는 카르데나스 언덕을 완전하게 점거했을지도 모른다. 그렇게 되면 여섯 도시 대동맹군은 언덕 위에 미사일 발사대와 장거리포를 설치해 페루 해협 해상의 주도권을 장악함과 동시에 부에노스 존데 시가지에 포격을 가해 며칠 안에 강화조약을 맺었을 것이다.

하지만 일곱 도시의 분립 체제가 여섯 도시 분립으로

바뀔 기회는 당분간 찾아오기 어려워 보였다. 카르데나스 언덕의 정상에 가까운 경사면은 급경사인 데다 지반이 약해서 전차나 자주포는커녕, 때로는 장갑사륜구동차마저도 타이어가 진흙에 파묻혔다. 그 탓에 진격 속도가 급속히 떨어져 불과 80미터 거리를 전진하는 데 한 시간이나 걸렸다.

엄폐물도 없이 적의 포화에 노출된 경사면에서 보병들은 전차나 그 잔해의 그늘에 몸을 숨기고 있을 수밖에 없었다. 응사하는 일조차 힘들었다.

VI

도중까지 성공한 전술 따위는 처음부터 실패한 전술만도 못하다. 길포드는 자조할 틈도 없이 포화를 거스르며 자신의 지휘차를 전진시켰지만, 진흙탕에서 차가 움직이지 못하게 되자 지휘차에서 뛰어내려 도보로 전진하기 시작했다.

등 뒤에서 굉음과 빛과 열이 솟아올랐다. 길포드는 어깨 너머를 돌아보며 지휘차가 피탄하여 폭발한 광경을 확인했다. 길포드는 입을 다문 채 총탄을 굳이 피하려는 동작도 없이 포연과 차가운 비가 만들어낸 불쾌한 수프 속을 헤엄쳐 큰 바위의 왼쪽으로 돌아갔다.

케네스 길포드의 사파이어 빛깔을 띤 눈동자에 권총을

든 권터 노르트의 모습이 비쳤다.

좁은 전장과 전선의 혼란을 증명하는 해프닝이었다. 쌍방 모두 진흙과 연기로 더러워진 데다 너무나 젊었기 때문에 설마 상대가 사령관일 거라고는 생각하지 않았다. 먼저 깨달은 사람은 노르트였다. 노르트는 길포드의 명성을 알고 있었다. 길포드가 자신의 허리에 찬 총에 손을 대기 전에 그보다 빠르게 노르트의 총탄이 길포드의 가슴을 꿰뚫을 참이었다.

하지만 길포드는 자세를 바꾸지 않고 표정을 짓는 근육조차 미동하지 않은 채, 격류 속에서 의연하게 서 있는 바위처럼 육박하는 죽음 앞에서도 총구를 바라보았다. 생사를 주관하는 초월자 앞에서조차 무릎 꿇길 거부하는 강직함이었다.

권터 노르트는 발포를 망설였다. 여기에는 시적인 이유와 산문적인 이치가 있었다. 시적인 이유란 적의 강직함에 대한 외경심이었고, 산문적인 이치란 그 강직함이 어디에서 초래한 것인가, 자신이야말로 저격의 위험에 처하진 않았나 하는 의혹이었다.

어쨌든 노르트가 망설인 시간은 모래시계에서 낙하하는 모래알로 계산할 수 있을 정도의 짧은 시간에 불과했지만, 상황이 변화하기에는 충분했다. 권터 노르트 주위에 그를 겨냥한, 한 다스의 절반 정도에 달하는 총탄이 쏟아지며 진흙을 튕겨 올렸고, 노르트와 길포드는 서로 물러났다. 때마침 굵은 빗방울이 다시 떨어져 내려 물의 커튼이 두 사람 사이를 갈라놓았다. 길포드와 노르트의 개인사는 다음 페이지로 넘어간 셈이다.

결국, 이날도 고지에 선 방어군의 우세는 변치 않았고, 공격군은 후퇴해야만 했다.

비참한 처지에 처한 쪽은 레이니엘 장군 휘하의 타데메카 군이었다.

타데메카 군의 퇴로에는 거대한 수렁이 수없이 기다리고 있었다. 전날 자신들이 포격하면서 땅이 파인 곳에 빗물이 흘러들었기 때문이다. 장병들은 수렁에 뛰어들어 반쯤 헤엄치다시피 도망쳐야 했다. 수렁에 다리가 빠져 넘어진 병사 위를 장갑차의 차체가 덮쳤고, 장갑차는 비명을 지르는 병사를 짓눌러 버렸다. 피와 내장이 흙탕물에 섞여 다른 병사들의 얼굴로 튀었다. 심신이 피로에 찌든 병사들은 이미 비명을 내지를 신경의 탄성조차 잃은 상태였다. 그럼에도 지금 자신들을 이런 상황에 처하게 한 범인에 대한 증오는 억누를 수 없었다.

"빌어먹을. 살아서 돌아가면 이 파병에 찬성표를 던진 의원들을 몰살해 버리겠어. 놈들은 지금도 난로 앞에 놓인 소파에 드러누워 캐비어를 집어 먹고 있을 게 뻔해!"

…그렇게 외친 병사에게 1만 킬로미터 저편을 투시할

만한 능력은 없었지만, 그 병사는 편견과 증오를 통해 사실을 정확하게 파악했다.

거의 같은 시각—물론 시차를 무시했지만—여섯 도시 대동맹의 후방 본부가 있는 뉴 카멜롯에서는 각 도시의 대표단 360명이 부인을 동반해 성대한 축하연을 벌이고 있었다. 부에노스 존데를 점령하고 나서 점령지를 어떻게 나눌지 그 담합이 드디어 성립해서다.

“그나저나 정말 쓸모없는 놈들입니다. 적보다 세 배 많은 병력으로도 시가지 진입조차 못 하고 있다니, 정말 망신이군요.”

그들이 자기 도시의 군대를 매도하는 데에는 훌륭한 이유가 있었다. 이긴 다음의 일은 이미 모두 정해졌으니까 이제 군대가 빨리 승리하기만 하면 되기 때문이다.

“맞아요. 쓸모없는 놈들입니다. 그 주제에 물자 보급만 요구하지요.”

“어린애나 병사들의 응석을 받아주면 변변한 놈이 못 됩니다. 인간은 고생을 해봐야죠. 피와 진흙투성이가 되어 전우와 서로 도와가며 사선死線을 넘는 경험이 병사들을 인간적으로 성장시킬 겁니다.”

“그렇습니다. 인간을 단련시키는 데 전장만큼 좋은 장소는 없지요. 굶거나 더러워지는 일 모두 귀중한 경험이 될 겁니다.”

언론의 자유를 구가하는 그들 앞의 테이블에는 손도 대지 않은 캐비어와 랍스터가 작은 언덕과 넓은 평야를 이루고 있었다. 전쟁을 시키는 사람이 전쟁을 수행하는 사람보다 궁핍하게 생활하는 예는 역사상 단 한 번도 없었다. 그것은 인류가 전쟁이라는 편리한 해결 수단을 발명한 이래 결코 변치 않았던 만고불변의 진리였다.

일곱 도시 사이의 전쟁에는 항상 보급 문제가 따라다녔다. 30만 명의 장병을 1만 킬로미터 이동시키면 30만 명 분량의 식량과 연료도 그만큼 운반해야 한다. 20세기 후반 대량 공수 시대에도 이 정도의 물류를 확보하는 일은 쉽지 않았다. 하물며 지금은 모든 것을 육로와 해로에 의지할 수밖에 없었고, 거기에 수송 기관 자체 연료비도 무시할 수 없었다. 경제적 효율이라는 용어를 갖다 대는 일조차 부끄러워지는 현실이다.

최전선의 병사들은 전장에 유기된 적과 아군 병사들의 시체에서 휴대 식량을 탈취해 먹고 있었다. 피와 진흙으로 양념한 호밀빵을 씹고, 냉동 스튜를 해동하지도 않고 – 혹은 할 수가 없어서 – 그대로 갉아 먹었다.

겨울이 오기 전에 작전을 완료한다는 전제로 보급 계획을 세웠기 때문에 병사들은 단열 섬유로 만든 방한복조차 장비하지 않았다. 추위와 피로와 불평불만으로 움직이려고 하지 않는 병사들에게 중사 한 명이 호통쳤다.

"너희들이 난민이냐! 그 꼴이 뭔가! 용기를 내서 일어나라! 일어서서 싸워라!"

그러자 병사 중 한 사람이 '용기'라고 쓴 종이 조각을 연료가 떨어진 전차의 차체에 붙이고 중사를 비웃었다.

"그럼 이제 이 전차는 연료가 없어도 움직이겠군요."

중사는 안색을 바꾸고, 병사들의 적의 가득한 조소의 오케스트라를 뒤로한 채 자리를 떴다. 물론 중사는 그 병사를 때려눕히고 싶었지만, 다른 병사들의 총구가 그에게 집중되는 기색을 느껴 한발 물러섰다.

오후가 되자 비는 기세를 한층 더했다. 거기다가 기온마저 떨어졌고, 시야는 더욱 어두워졌으며, 병사들의 사기는 음울한 겨울로 이어지는 경사면 아래로 한없이 굴러떨어졌다.

VII

부에노스 존데 군사령부에서는 권터 노르트 장군이 허술한 코트로 몸을 감싼 채 비를 바라보고 있었다. 그 차림새는 수만의 군단을 지휘하는 장군이라기보다 졸업 시험을 맞이한 학생을 연상시켰다.

10월 20일, 노르트는 관구 사령관에서 부에노스 존데 전군 총사령관직에 올랐다. 개전 전에는 일개 무명 사관에 지나지 않았지만, 지금 노르트 장군은 고향 도시 방위전의 영웅이며 용기와 애국심의 상징이었다. 숙청을 계속한 끝에 무명의 사관에게 대임을 맡긴 제일 시민 라우드루프는 결국 성공했다고 말할 수 있었다. 대규모 숙청이 기존의 인적자원을 일소하는 한편 미지의 인재에게 기회를 주는 경우가 간혹 역사에 존재하듯, '페루 해협 공방전'도 그런 경우였다. 귄터 노르트는 죽은 아내의 사진에 홀로 말을 거는, 밝다고는 말할 수 없는 성격을 가진 청년으로서 본래라면 사관으로 끝날 인물이었다. 그러나 영관으로서의 그보다는 아무래도 장군으로서의 그가 훨씬 유능한 듯했다. 그 사실은 노르트를 우연히 등용한 인물에게는 만족할 만한 결과였다.

이렇게 해서 귄터 노르트는 부에노스 존데 방위 총사령관이라는 칭호를 받고 중장으로 특진했다. 독재자는 언제나 인사권을 먹이로 자신과 같은 가치관을 가진 인간들을 낚는 법이다. 그리고 자신과 다른 가치관을 지닌 인간의 존재에 대해서는 상상도 하지 않는다. 제일 시민 라우드루프는 전쟁 이외에 아무 능력도 없는 무명의 청년에게 아까울 만큼의 은총을 주었다고 진심으로 믿고 있었다.

여섯 도시 대동맹군의 합동 현지 사령부를 이루는 여섯 명의 사령관 중에서, 국가의 군위와 군인으로서의 책무에 가장 충실한 모범적 인물은 쿤론 군의 지휘관 세사르 라울 콘트레라스 중장이었다. 콘트레라스 중장 역시 본래는 이 원정에 호의적이지 않았지만, 병사들의 생명보다는 상사의 명령과 자신의 무공이 훨씬 중요하고 긴급했다.

승리와 영광의 지름길이 콘트레라스 장군의 눈앞에서 보이지 않는 손을 뻗은 듯한 건 10월 28일의 일이었다.

이날, 쿤론 군의 전진에 대한 부에노스 존데 군의 저항은 미약했다. 탄약이 바닥난 것처럼 보였다. 정오가 조금 지나고 나서는 전진하는 쿤론 군에게 무려 돌멩이까지 날아왔기 때문이다. 콘트레라스는 휘하의 전 부대에 전속 전진을 명령하고 자신도 장갑차를 타고 진두에 섰다.

"쿤론 군이 전진합니다. 아스발 장군."

"좋을 대로 하게 놔둬, 언덕 위에 놈들의 출근표라도 파묻혀 있는 건가? 뭘 저리 서두르는 거야?"

보고를 받은 AAA는 냉소를 내뿜었다.

"전두엽을 갖지 못한 지휘관은 오래 살아서 노령 연금이나 군인 연금을 받을 자격이 없어."

아스발은 알고 있었다. 함정은 적이 기대하고 소망하는 방향으로 유도하는 것이다. 부에노스 존데 군의 탄약이 감소하고 있지만, 여섯 도시 대동맹군 쪽도 탄약을 무한정 보유하지는 않았다. 지형과 지리를 파악하고 있는 부에노스 존데 군과 달리, 대동맹군은 그렇지 못했고, 명중률이 낮아 적보다 세 배나 많은 탄약을 소모하고 있었다.

겨울의 거친 날씨로 인해 태평양 방면의 해상 운송이 끊겨버린 현실도 결국은 보급 계획의 안일함을 증명하고 있었다. 아스발은 부족한 탄약을 전부 써버릴 수는 없었다. 양쪽 모두 탄약이 떨어져 백병전이라도 하게 되면 언덕 아래에 자리 잡은 측이 불리해지는 사실은 자명했다. 최악의 사태에 대비해 조금이라도 탄약을 남겨둬야 했다.

“쿤론 군은 적군보다는 자신들이 따르는 상관 때문에 고생하겠군.”

아스발은 예언했다. 적은 쿤론 군을 돌출시키고 그 배후에 포격을 가해 퇴로를 끊은 다음, 밀집한 쿤론 군에 화력을 집중해 격멸할 계획이다. 그리고 그 예언은 완벽하게 적중했다.

“콘트레라스 장군, 전사.”

그 보고를 받았을 때, 아스발은 자신의 텐트에서 맥주를 마시고 있었다. 이번 주 배급에서 받은 맥주 중 마지막 남은 하나였다.

“장군의 영혼에 안식이 있기를. 뭐, 그에게 영혼이란 게 있을 때의 이야기지만.”

콘트레라스 장군은 철갑탄의 직격을 받아 상반신은 어딘가로 날아가 버린 채 하반신만이 피와 진흙 속에서 뒹굴고 있었다고 한다. 지휘관을 잃은 병사들은 무질서하게 도망쳤고, 무질서하게 살해당했다.

“퇴각이라고? 겁쟁이들. 언덕 위에 전우의 시체와 자신들의 자존심을 버려둔 채 굴러떨어진다는 게 맞는 표현이겠지.”

아스발은 무정한 대사를 무정한 어조로 내뱉으면서 빈 맥주병을 납빛 하늘에 내던졌다. 그리고 보스웰 대령을 불러서 적군이 추격해 오면 총격을 가해 아군의 패주를 엄호하도록 명령했다. 아스발로서는 이 정도가 우군에게 협력함과 동시에 공동 작전안에 기초한 최대한의 행동이다. 어찌 됐든 그 지령 덕에 쿤론 군의 손실이 줄어들었다.

그러나 아스발은 그날 밤, 자신이 내린 지시를 후회했다. 완승이란 게 있을 수 없는 이 싸움에서, 손실이 줄었다는 말은 싸움이 더 길어짐을 의미하기 때문이다.

아스발은 고향 도시에 보내는 전황 보고를 쓸 때, 우선 쿤론 군의 참담한 상황을 비정하게 묘사한 다음 자군에 대해서는 이렇게 적었다.

'한편, 우리 군의 경우 사령부는 물론 일개 병사에 이르기까지 모두 한 걸음도 퇴각하지 않고 점거지를 확보하고 있으며….'

알마릭 아스발은 거짓말을 쓰지는 않았다. 다만 한 걸음도 전진하고 있지 않다는 사실을 적지 않았을 뿐이다. 그러나 제대로 된 독해력을 가진 사람이 읽으면 전황이 불리하다는 사실을 알 수 있다. 아스발은 이해 못 하는 놈이 저능하다고 생각했다. 무엇보다 이 어리석은 원정 자체가 시 정부 수뇌들의 저능함을 이미 증명하는 셈이었지만 말이다.

이때 유리 크루건은 인접한 쿤론 군이 진지를 포기하고 패주하는 바람에 한순간 자군이 붕괴할 위기에 처했다.

여기에서 당황했다면 이 남자에게도 귀여운 면이 있다고 했겠지만, 크루건은 처음부터 아군 부대에 아무런 기대도 하지 않았기 때문에 태연하게 후퇴를 지시했고, 낙오자조차 내지 않았다.

유리 크루건의 사고 능력은 굉장했다. 크루건은 이때 쿤론 군에게 사령관의 복수전을 부추겨 그 희생을 토대로 자군을 상처 없이 후퇴시키려는 계산까지 하고 있었다. 거기에 더해, 최종적으로는 자군의 후퇴로 적의 돌출을 유도한 다음, 부에노스 존데 군이 언덕 밑에 자리하면 언덕 위쪽에 포격을 가해 인공적인 산사태를 일으켜 적군을 토사 아래에 생매장할 생각까지 하고 있었다.

하지만 이것은 부에노스 존데 군이 권터 노르트의 엄명에 따라 공세를 자제한 탓에 실현되지 않았다. 이처럼 한기와 진흙 속에서 유혈 충돌을 계속한 '페루 해협 공방전'이라는 명칭 자체가, 실로 200일간에 걸친 처참한 전투의 귀결을 이야기해 주고 있었다. 전쟁의 여파는 결국 부에노스 존데 시가지에 미치지 않았다.

10월 31일. 차가운 비가 내리던 날.

케네스 길포드와 알마릭 아스발 두 장군이 합동 사령부에서 대면했다. 현재 커피가 있는 곳이 여기뿐이라 맛없다는 사실을 알면서도 두 사람은 커피를 마시러 왔다. 커피를 기다리는 동안 아스발이 입을 열었다.

"슬슬 한계로군."

"그 말에 동의하네. 더 싸우는 건 무익하고 불가능해."

두 사람은 동시에 시선을 마주친 다음, 차가운 빗줄기에 싸인 해협을 창 너머로 바라보았다. 자신과 같은 의견을 지닌 사람의 존재를 확인한 사실에 안도하면서도, 쓸쓸한 기분이 해류가 되어 마음속을 휘몰아치는 걸 피하기 어려웠다. 클라이맥스가 없는 집요한 전투를 계속하는 건 '무익한 수고'다. 이 무거운 짐이 두 사람의 마음과 어깨에 얹어졌다.

"우리는 지구를 반 바퀴 돌아 페루 해협 서해안의 지형을 약간 바꾸었지. 지리학적으로 의의 깊은 훌륭한 싸움 아닌가?"

아스발이 웃음소리와 닮은 파동에 독소를 실었다. 그것은 창을 통과해 차가운 비에 녹아들어 대지로 스며들었다. 길포드는 이제야 나온 커피의 김을 턱에 쐬며 아무 말도 하지 않았다. 아스발도 커피가 담긴 컵을 들고 갑자기 짜증 난다는 듯이 중얼거렸다.

"하지만 이제 라우드루프가 우쭐거릴 걸 생각하면 그다지 기분이 좋진 않군. 그 녀석은 정말 달콤한 축배를 즐길 테지."

케네스 길포드는 사파이어를 닮은 눈동자로 아스발을 바라보고, 몇 초 침묵하더니 자신의 의견을 보탰다.

"…난 그렇게 생각하지 않네."

AAA가 흥미롭다는 듯 길포드를 마주 보았다.

"그건 어째서지?"

"우리를 쫓아내고 고향 도시를 지켜낸 사람은 관저에 있는 라우드루프가 아니기 때문이지."

길포드가 말한 내용은 그뿐이었지만, 아스발의 뇌세포를 활성화하는 데에는 충분했다.

"그렇군. 한 무대에 두 명의 주연배우는 필요 없다는 말이군."

여섯 도시 대동맹군은 상호 비협력과 전쟁에 대한 염증, 무엇보다도 사령관 절반의 사보타주에 의해 와해된 상태지만, 어쨌든 부에노스 존데 군이 압도적으로 많은 적군을 계속해서 격퇴한 바도 사실이다.

라우드루프 자신이 지휘한 남극 대륙 침공 실패가 사람들의 기억 속에서 완전히 잊히지 않은 만큼, 노르트 사령관의 명성은 더더욱 광휘光輝로 가득할 것이다.

"이류 독재자는 질투가 심해. 이제 라우드루프는 새로운 영웅에 대한 질투심에 몸서리치게 될 걸세. 자신의 체면을 지키면서 노르트를 제거할 방법을 생각하며, 한편으로는 노르트의 군사적 재능을 고려해 천칭의 눈금을 읽고 있을 게 분명해."

"그럼 어디 한번 등을 떠밀어 줄까?"

알마릭 아스발의 뺨에 엷은 웃음의 잔물결이 떠올랐다가 순식간에 사라졌다. 케네스 길포드는 사파이어 빛깔을 띤 눈동자 끄트머리로 그 웃음을 알아차렸지만 아무 말도 하지 않았다.

아스발은 그 자리에서 적에게 보내는 통신문 문안을 써 내려갔다.

'부에노스 존데 군 장병들의 용전 감투는 우리 도시의 장병들에게 깊은 감명을 주었으며, 특히 사령관 권터 노르트 장군의 뛰어난 재능과 커다란 그릇에는 외경심을 금할 수가 없습니다. 부디 장군에게 어울리는 영광이 있기를 기원합니다….'

길포드에게 서명을 요구하고 자신도 서명한 다음, 아스발은 다시 독기를 담아 웃었다.

"최근 몇 년 동안, 일곱 도시 사이의 싸움에서는 침공한 쪽이 반드시 패배하고 있군. 머리 나쁜 원숭이라 해도 같은 미로를 가면 세 번째에는 출구를 찾아 제대로 나온다는데, 공직에 있는 인간들은 그 수준조차 안 되는 듯하니, 이거 원."

길포드가 중얼거렸다.

"이번에는 여섯 도시가 한 도시를 침공하겠다고 연합했음에도 불구하고 비참하게 패배했으니 그들도 조금은 깨달았겠지."

"여섯 도시라서 진 거야."

아스발은 길포드가 굳이 언급하지 않으려 한 사실을 신랄한 어조로 새삼스럽게 지적했다.

"머리가 여섯 개 있는 드래곤이 머리가 하나인 뱀보다 못하다는 걸 깨달았어."

"만약 귀관이 전군을 총지휘했다면 이길 수 있었다고 생각하나?"

"설마. 난 그 정도로 자만하진 않아."

아스발은 어깨를 으쓱거렸다.

"무엇보다 병사의 생명을 소비재로밖에 생각하지 않는 정치가들의 망상을 실현하려고 내가 고생해야 할 이유가 없지. 내가 총지휘를 했다면, 지는 싸움에 출진하기보다는 도중에 주저앉아 정치가들이 포기할 때까지 움직이지 않았을 걸세."

"군인이면서 정치를 비판하는 건가?"

"나는 정치를 비판하는 게 아닐세. 다만 범죄를 규탄하는 거지."

아스발의 목소리는 고산에서 끓는 물과 같았다. 낮은 온도임에도 끓어오르고 있었다. 그것을 눈치챈 길포드는 사파이어를 닮은 두 눈을 가늘게 뜨며 잠깐이지만 친밀감을 느낀 아스발을 바라보았다. 성질 나쁜 들개가 강아지를 감싸는 모습을 목격한 듯한 표정이었을지 모른다.

어찌 되었든 여섯 도시 대동맹 성립이라는 정치적 마술이 군사적 마술로 이어지지는 못했다고 길포드는 생각했다. 그게 나은 일일지도 모른다. 일곱 도시가 여섯 도시가 되면 다시 그중 한 도시가 새로운 다섯 도시로부터 분명히 공격당할 테니까. 앞으로 당분간은 일곱 도시의 일곱 가지 생존 게임이 계속될 듯했다.

두 사람이 자리를 뜨고 나서, 유리 크루건이 합동 사령부에 나타났다가 곧바로 떠났다. 크루건은 남은 커피를 포트째 자신의 텐트로 가지고 돌아갔다.

VIII

11월 15일.

여섯 도시 대동맹군은 무엇 하나 얻지 못한 채로 페루 해협에서 퇴각했다. 여기에 이르기까지 2주일이나 걸린 까닭은 후방 사령부를 납득시키는 데에 시간이 필요해서다. 그러는 사이 무익한 전투의 희생자는 더욱 늘어났다.

정확히 딱 하나, 얻은 수확이 있었다. 해협을 방비하던 부에노스 존데 군 장병들의 승리의 환호였다. 대동맹군의 전사자는 8만 4천 명. 부상자는 12만 9천 200명. 그중 2할은 11월에 들어서고 나서 생겼는데, 병사들이 추위와 영양 실조로 체력이 떨어지고 의약품이 부족해 자그마한 부상도 이겨내지 못해서다.

다음 날인 16일, 부에노스 존데 시의 제일 시민 라우드루프는 시가지에서 나와 카르데나스 언덕의 격전지를 방문했다. 500명의 호위 대원이 우쭐거리는 독재자의 신변을 지키고 있었다.

언덕 정상부 구석에서는 목발을 짚은 사령관이 홀로 멈춰 서서 해협을 내려다보고 있었다. 노르트의 머리 위에는 승자보다 패자에게 어울릴 어두운 납빛 하늘이 펼쳐지며, 눈雪의 첨병이 춤추기 시작했다.

라우드루프는 호위대를 그 자리에서 기다리게 한 다음, 홀로 목발을 짚은 영웅을 향해 걸음을 옮겼다. 라우드루프는 노르트에게 친근하게 말을 걸었다.

"무엇을 보고 있나, 장군."

"해협 너머에 아내의 무덤이 있습니다."

"아…. 그건 참 안되었군…."

노르트의 말에 독재자조차 혓바닥의 경쾌함을 잃었다. 한쪽 다리가 부자연스러운 사령관은 감정을 드러내지 않은 목소리로 이야기를 이었다.

"제 아내는 구급차로 병원에 옮기는 도중에 죽었습니다. 급성 뇌출혈 발작이 일어나서요."

"그것 참 딱하군."

"원래대로라면 살 수 있었습니다. 그런데 정치가 한 명이 퍼레이드를 하고 있어서 부근 도로가 봉쇄되었고, 구급

차조차 통행이 금지되어 버렸습니다. 경찰관에게 아무리 부탁해도 소용없었습니다. 그들 자신이 벌을 받을 테니 어쩔 수 없었겠죠."

"그것은…."

"그때 저는 결심했습니다. 경애해야 할 제일 시민, 그자가, 그 정치가가 영광의 정점에 선 바로 그 순간 내 손으로 사살해 버리겠다고."

권터 노르트의 두 눈이 정확하게 라우드루프의 얼굴을 바라보았다.

라우드루프는 웃지 않았다. 웃을 수 없었다. 청년 사령관의 그다지 독창적이지도 않은 이야기가 진행되면서 노르트의 두 눈에 적의 가득한 싸늘한 빛이 차올랐고, 독재자의 신경망은 곳곳에 설치된 신호등에 붉은 램프를 점멸시켰다.

노르트는 독재자의 심장을 향해 천으로 감싼 총구를 들이밀었다. 라우드루프는 노력한 끝에 겨우 지리멸렬한 속삭임을 내뱉었다.

"자네 부인은… 하지만… 자넬 중장으로 삼은 건… 자네는…."

"당신 때문이다. 제일 시민. 당신은 재능에 어울리는 영화를 이미 경험했다. 다음은 인격에 어울리는 처벌을 감수해야 할 차례지."

총성은 두 발. 소음 장치와 몸에 밀착한 총구 때문에 강한 숨소리 정도밖에 나지 않았다. 그것조차 라우드루프의 신음과 함께 강한 바람에 날아가 버렸다.

가해자는 다른 한 손으로 목발을 겨드랑이에 끼면서 피해자의 몸을 떠받쳤다.

"이러면 안 되지, 제일 시민. 나를 실망시키지 말게. 적어도 내 아내, 콜네리아가 괴로워한 만큼은 버텨야지…."

하지만 라우드루프의 빛을 잃은 두 눈에 노르트의 모습이 비춰지며 제일 시민은 어이없이 무너지고 말았다. 암살자의 희망 따위는 들어줄 수 없다고 결심한 듯했다. 상황을 눈치채고 숨죽인 호위 대원들에게 노르트는 쓸쓸한 웃음을 지으며 말했다.

"자네들이 보는 대로일세. 나를 반역죄로 죽이게. 그것이 귀관들의 의무이다."

분명히 그것은 호위 대원의 의무였다. 그들은 도중까지는 의무를 다했다. 권총에 손을 뻗었지만, 그뿐이었다. 권터 노르트가 내던진 제식 권총을 한 대원이 공손하게 주워들었다. 대원은 목발을 짚은 채로 우두커니 서 있는 노르트에게 총을 건네며 오히려 정연한 태도로 말했다.

"당신은 영웅입니다. 우리 고향 도시를, 십자군을 자처하던 침략자와 악랄한 독재자의 두 마수로부터 지켜주셨습니다."

"…."

"당신은 우리의 미래를 구해주셨습니다. 고향 도시의 재건에 당신의 수완을 보여주시길 바랍니다."

노르트는 눈을 깜빡였다. 그는 어두운 정열의 격류에 몸을 던졌는데 그 앞에 있는 것은 폭포가 아니라 완만한, 아니 미지근한 침전물의 웅덩이 같았다. 노르트는 고개를 젓고는 목발로 땅을 찌르며 고함쳤다.

"부에노스 존데가 어떻게 되든 내가 알 바 아냐! 악랄한 독재자라고? 라우드루프에게 권력을 준 사람이 누구인가? 이자가 키가 크고 핸섬하고 달변가라는 이유로 압도적인 지지를 보낸 사람은 누구냐고!"

호위 대원들은 곤혹스러운 미소를 지으며 사령관의 격앙에 대답했다. 노르트의 분노는 헛돌아 찬바람을 타고 흩어지는 듯했다. 노르트는 한 번 더 외치듯이 입을 열었다.

"나는 아내의 원수를 갚았을 뿐이다. 아내는 라우드루프에게 투표한 적이 없는데, 이자의 퍼레이드 때문에 목숨을 잃었다. 라우드루프를 지지하던 무리도 간접적으로 내 아내를 죽인 거야!"

호위 대원들은 독재자와 같은 죄인이라고 비난받는 일은 탐탁지 않은 모양이었다.

"우리는 모두 라우드루프에게 속고 있었습니다. 그것을 깨달았을 때는 이미 어쩔 수가 없었습니다."

"속는 쪽도 나빠! 라우드루프가 권좌에 앉으면 어떻게 될지 경고한 사람이 수없이 많았다. 그렇게 말한 사람들이 모두 숙청되어 관을 침대 삼아 누워 있는데, 그들을 반역자라고 경멸하던 라우드루프의 지지자들은 살아남아 피해자인 척하는 거냐!"

노르트는 모래를 발로 찼다. 첫 오산이 그를 동요시켰다. 살아남을 생각 따위는 없었다. 겉으로는 여섯 도시 대동맹군을, 마음속으로는 독재자를, 고향 도시의 두 적을 자신의 손으로 쓰러뜨리고 아내의 원수를 갚으려 했다.

그렇게 하여 노르트는 이 세상에 태어난 의무를 모두 완수했다고 생각했다. 그런데도 노르트를 사살해야 할 의무를 진 호위 대원들은 바로 1분 전까지 충성을 다하던 대상을 부서진 조각상으로 치부하며 무시해 버렸다.

"노르트 장군, 당신이야말로 시체가 되어 넘어져 있는 라우드루프를 대신해 우리 도시 최고 지도자가 되셔야 할 분입니다."

"아무쪼록 저희를 지도해 주십시오. 저희는 당신에게 충성을 맹세합니다. 군을 이끌고 고향 도시에 진입해 시민들에게 사실을 공표합시다."

"그만둬! 그만두라고!"

노르트는 허덕였다.

노르트의 마음속에서 공포의 심연이 커다란 균열을 일

으키고 있었다. 노르트의 눈앞에 떠오른 모습은 발코니에 우두커니 선 독재자를 향해 손과 작은 깃발을 흔들어 대는 군중의 바다였다.

그들은 정말 피해자일까. 독재자에게 속았다고들 하지만, 사실은 속은 척한 것이 아닐까. 독재자라는 장난감을 가지고 놀다가 질리면 쓰레기통에 던져 넣고 다음 영웅을, 좀 더 가지고 놀 다음 장난감을 찾는 게 아닐까.

귄터 노르트는 이미 죽었어야 할 시간을 살면서 자신의 등 뒤에서 겹겹이 닫혀가는, 보이지 않는 문의 소리를 들었다.

11월 20일.

태평양에서 마젤란 해협으로 향하는 합동 수송함대의 기함 갑판 위에서 길포드와 아스발은 나란히 난간에 기대어 있었다. 어느 쪽도 상대의 얼굴을 보려고 하지 않았다. 이윽고 길포드가 입을 열었다.

"세 배나 많은 병력으로도 패배한 바보들의 패인을 공식 기록에 뭐라고 남길까?"

"글쎄. 겨울이 너무 빨리 왔다고 쓰지 않을까?"

"겨울이 너무 빨리 왔다, 라…. 어쩌면 가을이 너무 짧았다고 쓸지도 모르지. 어쨌든 그런 식으로 역사에 기록되는 한, 1만 킬로미터나 2만 킬로미터의 거리를 무시하고 원정을 시도하는 자가 계속 등장하겠군."

"놈들이 어리석은 짓을 저지르는 건 놈들의 자유야. 하지만 우리가 거기에 말려들어야 할 이유는 없지."

케네스 길포드는 고개를 끄덕이다가 뭔가를 깨달은 듯 불쾌한 표정을 지었다. 알마릭 아스발도 기분이 안 좋아 보였다. '우리'라는 표현을 사용해 버렸단 걸 깨달았기 때문이다.

비우호적인 침묵에 빠진 두 사람에게서 5미터 정도 떨어져 난간에 기대어 있던 유리 크루건은 소금기를 머금은 차가운 물 입자에 뺨을 적시면서 생각했다. '옆에 있는 두 사람이 좀 더 협력했다면 우리 군대의 전사자를 줄일 수 있었을 텐데.'

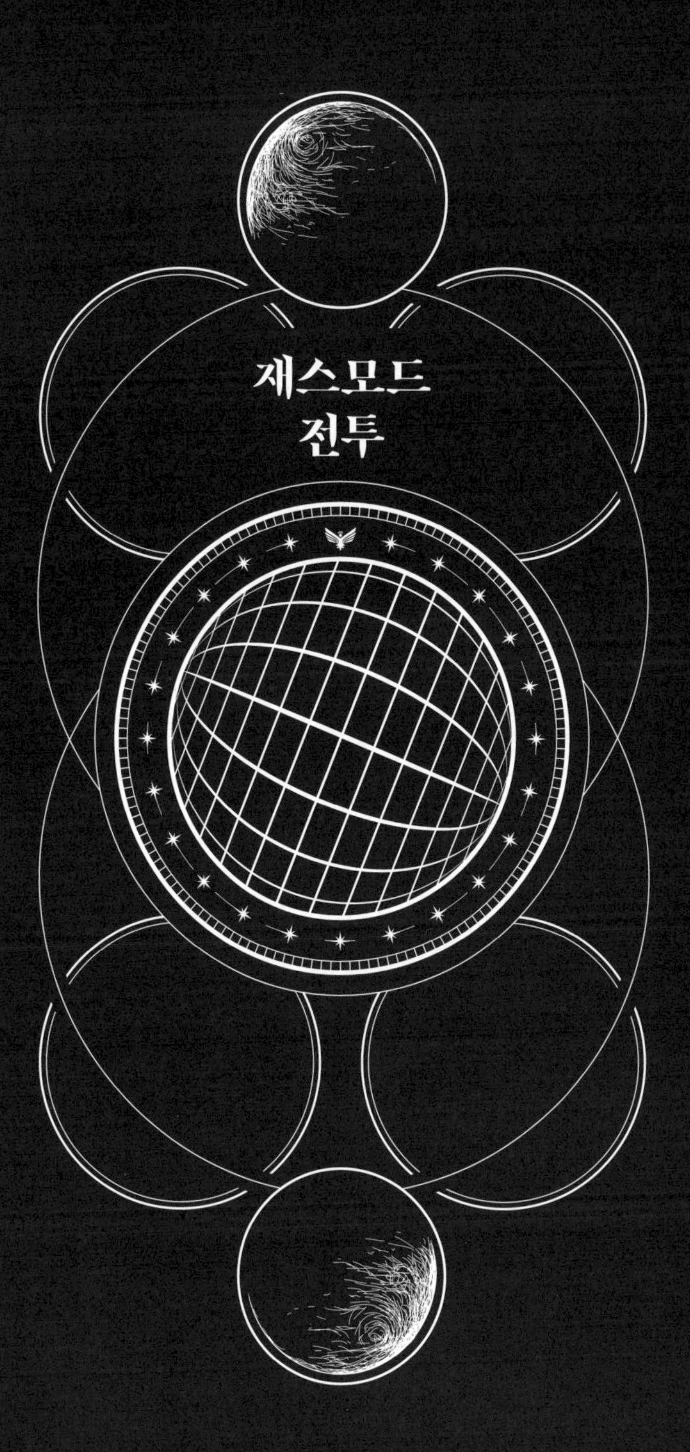
재스모드
전투

I

유쾌하지 않은 해는 과거로 지나가고, 불쾌한 새해가 차려입은 채 등장하려 준비하고 있었다. 서기 2192년 12월 31일 밤은 아퀼로니아 시 방위국 차장 겸 장갑야전차 사령관 알마릭 아스발 중장에게 그다지 유쾌하지 않았다.

아스발은 AAA라는 별칭으로 불리는 용병가로서, 그 명성은 뉴 카멜롯 시의 케네스 길포드, 프린스 해럴드 시의 유리 크루건과 견줄 만했다. 이 세 명은 각각 다른 두 명을 기피했다고 전해지지만, 그것이 각자의 명성과 실적을 해치는 일은 아니었다. 이 세 사람 중에는 원래부터 원만한 인격과 온후하고 성실한 태도를 장점으로 삼은 인물이 없었기 때문이다.

그들은 '싫어하는 상대에게 사랑받는 것만큼 불행한 일은 없다.'는 철학의 신봉자이며 실천자였다. 이 철학에는 얼마든지 응용편이 있었고 그것은 각자의 개성에 따라 변화했다. 예를 들어 AAA의 경우에는 이런 표현법을 사용했다.

"착한 사람은 빨리 죽지만, 빨리 죽었다고 해서 착한 사람이라고 할 수는 없다."

따라서 알마릭 아스발은 될 수 있는 한 장수하고 건강을 유지하여 싫어하는 놈들에게 골칫거리를 잔뜩 안겨주고 싶었다. 아스발은 아직 서른한 살이 되지 않았고, 노쇠는커녕 원숙과도 거리가 멀었다.

물론 당사자도 원숙해지는 걸 바라지 않았으며, 안정을 기원하지도 않았다. 실적은 풍부했고 지위는 높았으며 그에 걸맞은 수입도 있어, 결혼도 하지 않고 하고 싶은 대로 마음껏 즐기며 살고 있었다.

그런 아스발이 기분이 안 좋을 수밖에 없었던 이유는 약 40일쯤 전에 페루 해협에서 '성과 없는 후퇴'를 해야만 했기 때문이다.

아퀼로니아의 원수이며 아스발의 상사인 니콜라스 블룸은 이 군인이 자만하지 않기를 바랐기 때문에 이런 식으로 야유를 퍼부었다.

"자네는 단지 연합군이 졌을 뿐이고, 자신은 진 게 아니라고 주장할 생각인가?"

AAA는 침묵했다. 실은 그렇게 주장할 생각이었지만 선수를 빼앗기고 말았다. 뭔가 적절한 반론이 없을까 궁리하는 동안, 니콜라스 블룸은 변함없이 신사적인 미소를 지으며 그 자리에 있던 다른 사람과 대화를 나누기 시작했다.

블룸과 이야기하는 사람이 황금분할법으로 산출한 듯한 몸매와 플래티나 블론드의 머리카락을 지닌 서른 전후의 아름다운 여성인 탓에 AAA는 더욱더 블룸을 싫어하게 되었다.

하지만 무슨 소리를 들어도 어쩔 수 없었다. 페루 해협 공방전은 부에노스 존데 한 도시를 상대로 다른 여섯 도시가 연합군을 편성해 공격하고도 '처절하게 두들겨 맞은 끝에 가래침까지 맞은(알마릭 아스발의 발언)' 전쟁이었으니까.

패인은 얼마든지 있었다. 통일되지 않은 지휘권, 보급 부족, 지리적인 불리함, 전무한 전의, 그리고 부에노스 존데 군의 지휘관이 분통 터질 정도로 유능했던 점 등.

권터 노르트라고 하는 부에노스 존데의 지휘관은 승리 직후에 독재자 에곤 라우드루프를 살해했다고 한다. 지금은 시민의 환호를 받으면서 새로운 독재자로서의 첫걸음을 내딛고 있지 않을까.

하지만 AAA의 예측은 완전하게 어긋났다. 망명자 한 명이 아퀼로니아에 도착했기 때문이다.

"내 이름은 권터 노르트. 아퀼로니아에 망명을 희망한

다. 수용해 준다면 다행이나, 거부해도 원망하지 않겠다."

약간 무책임한 말투로 신분과 목적을 밝힌 사람은 미술과 학생 같은 분위기를 풍기는 청년이었다. 노르트가 차에서 나와 걸을 때는 지팡이가 필요했다. 노르트의 이름을 들은 경비병은 놀라 뒤집어져서 파티에 모여든 높은 분들에게 달려왔다.

얼굴을 마주 보며 떠들어대는 사람들 속에서 가장 먼저 행동한 사람은 알마릭 아스발이였다. 아스발은 연회장에서 성큼성큼 걸어 나가더니 자연스러운 동작으로 계단 난간에 걸터앉아 아래층까지 미끄러져 내려갔다. 아스발로서는 자신의 눈에 띈 가장 신속한 교통수단을 이용했을 뿐이었다.

아연해하는 왼쪽과 망연해하는 오른쪽을 무시하고, 아스발은 망명자 앞으로 다가갔다. 이렇게 해서 22세기 군사 역사에 깊은 족적을 남긴 두 천재가 매우 극적이지 못한 만남을 가졌다.

AAA는 망명자에게 자신의 의구심을 분명히 밝혔다.

"당신은 부에노스 존데를 포악한 침략자에게서 지킨 영웅이지 않나. 부귀영화를 마음껏 누리고 있으리라 생각했는데, 왜 망명 따위를 하는 거지?"

사실 귄터 노르트는 관헌에 쫓기는 건 아니었기에 정확하게는 망명이 아닌 단순한 이주였다. 하지만 당사자의 기분과 주위의 눈 모두 이것을 망명이라고 부르는 데에 위화감이 없었다. 노르트는 짧게 대답했다.

"견딜 수가 없었습니다."

귄터 노르트는 자신을 등용한 독재자 에곤 라우드루프에게 '전쟁 이외에는 능력이 없는 무명의 청년'이라고 평가받았다. 그리고 그 견해는 완전하게 옳아서 본인도 이견을 제기할 생각은 없었다.

아내 콜네리아가 죽고 나서 귄터 노르트의 가슴에는 눈에 보이지 않는 구멍이 뚫렸고, 전쟁 이외에는 능력이 없는 무명의 청년은 그 구멍을 메울 방법을 알지 못했다. 노르트는 아내를 죽음에 이르게 한 간접적 범인인 에곤 라우드루프를 사살하고 죽을 생각이었다.

하지만 라우드루프를 재판이나 린치로 죽이고 싶어 한 부에노스 존데 시민들은 노르트를 '독재자로부터의 해방자'로서 맞이하려고 했다.

노르트는 도망쳤다. 새로운 독재 권력으로 취임하라고 강요하는 공포로부터 도망치려면 문자 그대로 고향 도시에서 도망칠 수밖에 없었다. 노르트는 승리의 연회가 끝난 직후 차를 운전해 1만 5천 킬로미터에 달하는 고독한 여행을 떠나왔다.

"혼자서, 게다가 다리마저 자유롭지 못한 몸으로는 도망 오는 일도 매우 곤란했겠군."

AAA는 보기 드물게 동정하는 듯 말했다.

"아닙니다. 언제나 둘이 함께했으니까요."

그 대답은 AAA에게 기이한 인상을 안겼지만, 아스발은 그것을 입 밖으로 내지는 않았다. 대신 다른 의문을 입 밖으로 꺼냈다. 귄터 노르트가 망명처로 아퀼로니아를 선택한 이유였다.

노르트는 그 의문에 대답했는데, 딱히 의도한 이유가 있지는 않았다. 육로만을 이용해 다른 도시로 가려면 제일 먼저 아퀼로니아를 거칠 수밖에 없었다. 어쨌든 노르트는 겨우 40여 일 전 피비린내 나는 싸움에서 부에노스 존데를 제외한 여섯 도시 전부를 적으로 돌렸고, 그 점에 있어서 어느 도시를 고를 만한 여유는 전혀 없었다.

면담과 회의를 몇 번 거치고 나서, 귄터 노르트는 아퀼로니아 망명을 인정받았다. 망명권은 기본적으로 각 도시 시민의 인권으로 인정되며, 그것이 적으로 둔 도시의 인간이라 할지언정 예외는 아니었다. AAA의 추천에 힘입어 노르트는 아스발의 밑에서 군적까지 부여받게 되었다.

AAA의 막료인 보스웰 대령이 거북하다는 듯이 상관에게 말을 걸었다.

"묘한 일이군요. 사령관님."

"뭐가 말인가. 나는 원래 선량하고 친절한 남자야. 돌아갈 집도 없는 망명자에게 선처를 베푸는 건 당연하지."

"아뇨, 그 얘기가 아닙니다."

"그럼 뭐가 묘하다는 건가?"

"페루 해협 공방전에서 권터 노르트는 각하에게 이겼잖습니까…. 승자가 패자의 부하가 되는 일은 좀 이상하다, 이 말이죠."

보스웰은 입을 닫았다. AAA가 육식동물 같은 웃음을 지으며 보스웰을 바라보고 있었다.

"알겠나, 보스웰? 내 반경 5미터 안에서 언론의 자유가 통용된다고는 생각하지 말게. 그 전쟁은 연합군이 부에노스 존데 군에 진 거다. 내가 노르트에게 진 게 아니다."

"예, 실례했습니다. 앞으로는 삼가겠습니다."

보스웰 대령은 굳은 표정으로 경례했다. 당연하다는 듯이 고개를 끄덕인 AAA는 육식동물 같은 웃음을 지웠다. 원래는 그 정도의 일에 신경 쓰지 않는다. 허세를 부려봤을 뿐이다. 그렇다 치더라도, 자신의 논법이 블룸의 야유의 범주에서 벗어나지 않는 일은 재미없다.

무엇보다 보스웰 대령의 생각은 기우에 지나지 않았다. 권터 노르트는 체류한 지 일주일 만에 아퀼로니아 시에 진저리가 나서 망명을 후회했기 때문이다. 대우가 나빠서가 아니라 그 반대였다. 귀한 손님으로 대접받고, 칭송을 받고, 사교계에서 떠들썩한 대우를 받는 일을 견딜 수가 없었다.

노르트 스스로 말하는 일도 기묘하지만, 그는 아퀼로니아 군대의 전사자나 유족에게는 증오의 대상이 아닌가. 오히려 미움받는 게 당연하고, 대접받아야 할 이유 같은 건 없을 게 분명할 터였다.

"블룸 원수도 고생하는군."

심술궂은 웃음을 지은 사람은 AAA였다.

노르트를 후하게 대접하는 니콜라스 블룸의 진심은 뻔했다. 블룸은 권력자의 통상적 폐습인 대립할 만한 경쟁자의 출현을 항상 두려워했기 때문에, 가장 유력한 후보인 AAA의 존재에 대해서 단순히 호의적일 수만은 없었다.

그런 때에 귄터 노르트가 망명자로서 모습을 드러내었다. 이자를 AAA에 대항할 인재로서 자신의 진영으로 끌어들이면 상대적으로 AAA의 세력을 견제할 수 있겠다는 계산이 선 셈이다. 블룸은 그러한 생각으로 젊은 망명자를 호의적으로 대하려 했다.

사실 블룸은 AAA의 존재를 의식할 필요가 없었다. 알마릭 아스발은 용병가로서의 명성과 인망은 높았지만 정계에서의 덕망은 전혀 없었으므로 블룸의 지위를 위협하기란 불가능했다. 블룸은 무능력자도 아니고 악당도 아니었지만, 가상의 적에 대한 의식이 너무 강해서 인재를 놓치는 경우가 여러 차례 있었다.

망명에 관한 부에노스 존데 시의 반응도 문제 되지 않

았다. 아퀼로니아 시와 모블리지 주니어의 관계가 그렇듯이, 통상적으로 망명을 인정받은 사람은 추궁하지 않는다. 이는 성숙한 외교 관계라고 해도 좋다.

어찌 되었든 아퀼로니아에 진저리가 난 노르트는 AAA를 찾아가 이 도시에서 나가고 싶다고 신청했다. 아스발은 막으려 하지 않았다.

"그런가. 여기가 싫어졌다면 타데메카 시에 가면 될 걸세. 거기에는 내 지인인 류 웨이라는 사람이 있지. 소개장을 써줄 테니 한 번 의지해 보게."

"신경 써주셔서 감사합니다."

노르트는 감사의 뜻을 나타냈다. 상대의 호의가 느껴져 '골칫거리 떠넘기기로군요.' 같은 야유를 입 밖으로 내지는 않았다. 일단 고향 도시를 버린 이상, 어디를 집이나 무덤으로 정한들 큰 차이는 없었다.

사실 AAA의 심리 상태와 입장은 복잡하고 미묘했다. 귄터 노르트가 평범한 생활을 하길 바라서 타데메카 시로 재망명을 권유했지만, 다른 사람들 눈에는 어떻게 비칠까?

'AAA는 노르트에게 지위를 빼앗길까 무서워 모양새 좋게 타데메카 시로 쫓아낸 것이다.'라고 떠들어대는 놈들이 나타날지 모른다. 입 밖으로는 내지 않아도, 블룸 원수 역시 그렇게 생각할 게 틀림없다.

친절하게 대해놓고 비난받는다면 수지가 맞지 않다. 하

지만 모두가 본심을 숨긴 관계 속에 갇혀 지내기보다는 한 사람이라도 더 나은 환경으로 옮기는 게 좋지 않을까. 그리하여 AAA는 구면인 류 웨이에게 소개장을 썼고, 감사히 소개장을 받은 노르트는 폐차 직전의 애차를 운전해 타데메카 시로 떠났다.

II

권터 노르트는 2192년 12월부터 2193년 1월에 거쳐 가장 긴 여정을 소화한 지구인이 되었다. 결과적으로 노르트는 지구의 4분의 3바퀴를 돌았다.

타데메카에 도착한 노르트는 저번 일에 넌더리가 난 탓에 실명을 밝히지 않고, 류 웨이 씨 앞으로 소개장을 가지고 왔다고만 알렸다. 노르트를 농원으로 맞이하고 이야기를 들은 류 웨이는 쓴웃음을 지으며 고개를 저었다.

"블룸의 노림수가 물거품이 되었군."

류 웨이의 혜안은 AAA의 그것보다 한층 더 깊었다. 니콜라스 블룸은 노르트를 자신의 진영으로 끌어들인 다음 부에노스 존데 시로 돌려보낼 생각이었을 것이다. 노르트가 부에노스 존데에서 정권을 잡으면 아퀼로니아는 싸우지 않고도 동맹 도시를 얻을 수 있고, 그러한 외교적 성공을 얻어낸 니콜라스 블룸 개인의 명성도 올라갈 테니 말이다. 그러나 노르트의 도주로 인해 블룸의 계획은 수포가 되어 버렸다. 블룸은 필시 기꺼워하지 않을 것이다. 노르트에게 협력한 AAA에 대해서도 썩 유쾌하진 않을 게 틀림없다. 설명을 들은 노르트는 표정을 흐렸다.

"그렇다면 저는 아스발 장군에게 이중, 삼중의 폐를 끼친 게 되는군요."

"뭐, 별로 상관하지 않을 걸세. 아스발도 다 알고서 한 일일 테고. 그 사람부터가 전후좌우로 '민폐'라는 색깔의 스프레이를 뿌리면서 돌아다니는 사람이니 말이야."

류 웨이는 웃음을 거두고 질문했다.

"그런데 노르트 군은 농업에 흥미가 있는가?"

"아뇨, 별로."

노르트의 대답은 비사교적이었지만, 류 웨이는 딱히 신경 쓰지 않았다.

"기분이 내키는 한 언제까지나 이 농원에 있어도 상관없네. 조카에게 말해서 자네에게 방을 내주도록 하지."

류 웨이와 같이 사는 조카 마린은 숙부의 얘기를 듣고는 "숙부님 좋으실 대로 하세요."라고 대답했지만, 거기에 가벼운 풍자를 더했다.

"이 상태로 30년만 지나면, 우리 집은 재능이 넘치면서도 의욕은 없는 은둔자의 콜로니Colony가 되어버릴지도 모르겠네요. 뭐, 세상은 그 반대쪽 사람들로 가득하니까 이건 이것대로 좋겠지만요."

어찌 되었든 마린은 바빴기에, 숙부의 결정에 장황하게 이의나 불평을 말할 틈이 없었다. 1층에 있는 북향 방을 대청소하고, 침대와 테이블을 넣어 식객이 머물 공간을 마련했다. 귄터 노르트의 전용 식기나 세면도구를 준비하고 커튼도 새로 갈았다. 2층에도 빈방은 있었지만, 다리가 불편한 노르트에게는 1층 쪽이 좋았다.

마린은 척척 일을 처리하고, 노르트가 싫어하는 음식과 알레르기 유무를 확인했다. 마린은 아침 식사 시간에 대해 말하고 나서, 그저 고개를 끄덕거리기만 하는 식객을 향해 햇볕이 내리쬐는 듯한 미소를 보였다.

"특별히 사양하지 않기. 이게 우리 집 가풍이에요. 이것만은 지켜주세요, 미스터 노르트."

한편 집주인인 류 웨이도 한가로이 낮잠을 자고 있을 수만은 없었다. 옷차림 꾸미기를 싫어하지만, 경우에 따라 제대로 된 청년 신사로 치장하기도 한다. 거의 반년 만에 넥타이를 매고 마직 양복을 입고 간 곳은 타데메카 입법의회의 유력자인 노스롭 데이비스의 사무소였다. 거기서 류 웨이는 귄터 노르트가 평온한 망명 생활을 할 수 있도록 교섭했다. 류 웨이는 어떤 태도를 택해야 할지 어려워하는 상대를 설득했다.

“재능 있는 인간이 그 재능을 발휘하는 날까지 유유히 생활하게 돕는 겁니다. 그것이 정치가의 도량이며, 도시로서의 장점이 됩니다. 귄터 노르트를 평온하게 살게 해보십시오. 그러면 억지로 모으려 하지 않아도 인재가 모여들 겁니다.”

“정말 그렇게 될까?”

“물론이죠. 실제로 보십시오. 제가 한가로이 지내고 있으니까 귄터 노르트가 오지 않았습니까. 이다음부터는 벌레가 불에 꼬이듯이 몰려올 겁니다.”

류 웨이의 설득은 궤변에 가까웠지만, 류 웨이로서는 범용한 정치가에게 진리를 말할 생각은 처음부터 없었다. 이것은 어디까지나 기술론의 수준에 지나지 않다. 그리고 명성을 지닌 손님의 체재는 분명히 도시에는 바람직했다.

류 웨이 역시 서른세 살 남짓한 청년이면서도 위기관리형 정치가로 명성이 난 인물이다. 지금은 빈둥거리며 교외의 농원 주인에 만족하고 있지만, 언젠가는 타데메카 시에 도움이 될 것이다. 시의 높은 분들은 그렇게 기대하고 있었다.

기대하는 일은 상대방의 자유이지만, 거기에 응해야 할 의무는 류 웨이에게 없었다. 상당히 위급한 사태가 발생하지 않는 한 평온한 농원 주인으로 일생을 끝낼 생각이었다. 류 웨이는 현명하다고 해도 좋은 사내였다. 하지만 전지전능은 아니었다. 이미 상당히 위급한 사태가 류 웨이의 바로 옆까지 다가와 그의 토마토밭에 그림자를 떨어뜨리려 하고 있었다.

타데메카 시는 2193년 1월까지 일곱 도시 항쟁의 역사 속에서, 굳이 구분하자면 조연을 차지한 적이 많았다. 타데메카 시민이 그 사실을 부끄러워할 필요는 없었다. 대개 전쟁 경험이 많고 적음은 위정자의 현명함과 반비례하며, 외교에 능숙한 만큼 전쟁과의 인연은 멀어진다. 오랜 역사를 돌이켜보면 그것이 일반적인 법칙이었다.

무엇보다 타데메카 시의 경우 인간의 지혜보다는 운명의 변덕 쪽에 공을 돌려도 괜찮을지 모른다. 타데메카는 일찍이 '불모지 — 사하라 —'라고 불리던 토지에 세워졌다.

이 땅은 대전도 이후 풍요로운 아열대성 초원으로 변했다. 적당한 비와 일정한 수량을 유지하는 니제르강의 수자원 덕에 지평선까지 늘어선 농원 지대의 중심에 위치하게 되었다. 과실, 밀, 겨울 채소, 꽃이 시장에 흘러넘쳤고, 빵과 와인과 쇠고기와 우유를 먹고 마시는 한 굶을 일도 없다. 악착같이 일하지 않아도 느긋하게 살아갈 수 있는 환경인 셈이다.

류 웨이가 가꾸는 농원의 1월 평균 기온은 10.2도, 7월 평균 기온은 20.4도였다. 내륙이기 때문에 일교차가 있지만, 1년의 태반은 새벽 직전의 최저 온도조차 10도 이하로 떨어지는 경우가 없고, 오후의 최고 기온이 25도를 넘을 때도 없었다. 타데메카가 '봄의 도시'라고 불리는 이유이기도 하다.

이 별칭에는 선망과 동시에 야유도 담겨 있었다. 기후와 풍토가 저러니 빈둥거리는 베짱이의 기풍이 시민들에게 스며들어 긴장감을 지닌 유익한 인재가 출현하지 않는다고.

물론 긴장감이 부족하다고 해서 욕구가 없지는 않았다. 이것은 인간이든 국가든 마찬가지였다. 현재 지중해의 동해안으로 삼와르크라는 바위투성이 고지가 있는데, 타데메카 시는 그 땅을 둘러싸고 산다라 시와 격렬한 분쟁 중이었다.

이 일대에서 풍부한 희소금속 광산이 발견된 시기는 2189년 가을이었다. 채굴권을 소유하고 있던 사람은 후바이슈 알 하산이라는 실업가로 부친은 타데메카 시민, 모친은 산다라 시민이었다.

후바이슈 알 하산은 타데메카에서 태어나 대학은 산다라를 선택해, 딱히 드문 일도 아닌 이중 시민권을 가지고 두 도시를 왕래하면서 생활과 사업을 하고 있었다.

장사 수완이 뛰어난 사내로, 필요 이상 절세 감각이 풍부했다. 타데메카에 회사를 등기하고도 사실상 본부는 산다라에 두어 사업세나 개인 소득세 절약에 노력했다. 주민등록지도 빈번히 바꾸었기에 세무 조사도 쉬운 일이 아니었다. 알 하산은 두 도시의 세무서를 상대로 게임을 즐기고 있다고 생각했겠지만, 회사의 등기 장소를 변경하던 도중에 급성 뇌출혈로 변사해 버렸다.

알 하산은 돈을 사랑했으나 처자식이 없었기 때문에, 천문학적인 유산은 공공기관에 귀속되었다. 거기서 문제가 발생하고 말았다. 타데메카와 산다라 중 어느 쪽이 합법적으로 알 하산의 사업과 자산을 취득하게 될까.

이렇게 되면, 협조의 상징이었음이 분명한 이중 국적이 심각한 불화의 요인이 된다. 타데메카나 산다라 모두 자신이 손해 보는 일은 어떻게든 견딜 수 있었지만, 상대가 자기보다 이익을 얻는 일은 견딜 수가 없었다. 자신의 이익을 주장하는 한편, 상대의 주장은 그야말로 과욕이며 비타협적이라고 여겼다.

얼마 안 되는 양보조차 할 수 없다니. 이 얼마나 경멸스러운 놈들인가. 여기서 일시적으로 타협해서 앞으로 장기적인 이익을 얻겠다는 생각은 할 수 없단 말인가. 저놈들은 한 대 맞아봐야 정신을 차릴 텐가.

산다라나 타데메카 모두 얼마 전 페루 해협 공방전에서 군사력 행사의 어리석음을 깨닫지 못한 바는 아니었다. 하지만 본의 아닌 퇴각은 때때로 반성보다 보복심을 기르는 모양이다.

페루 해협에서 추하게 패배한 이유는 우리의 부진이나 무능 때문이 아니다. 가까운 시일 내에 반드시 오명을 씻고 말겠다. 우리가 패배에 넌더리가 나서 군사력 행사를 주저하리라 생각했다면 큰 착각이다!

그러한 과정을 거쳐 1월 17일, 산다라는 타데메카에 선전포고를 하였다. 노르트가 타데메카에 도착한 지 불과 나흘째 되는 날 벌어진 일이었다. 어처구니없는 개전 이유라고 해야 할까? 하지만 인류 역사상 어처구니 있는 개전 이유가 존재했던 적은 없었다.

III

물론 타데메카도 산다라 군의 침공 소식을 기쁘게 받아들이지는 않았다. 뺨을 얻어맞고 나서야 사태의 긴박함을 깨달은 타데메카 정부는 대응에 고심했다.

타데메카의 실전 부문 책임자는 기이 레이니엘 중장이었지만, 오십 대 중반의 레이니엘은 페루 해협 공방전에서 입은 부상이 아직도 완치되지 않아 요양 중이었다. 제도상으로는 그의 위에 해리먼 S. 코튼 중장이라는 사람이 있지만, 코튼은 이미 일흔이 넘어 명예 사령관에 가까웠다. 페루 해협에서 패퇴한 이후 딱히 군 조직 개혁도 하지 않아 총지휘관이 없었다. 어떻게 해야 한단 말인가.

"맞다. 부에노스 존데에서 망명해 온 사내가 있지 않은

가. 그가 레이니엘에게 부상을 입힌 것이나 마찬가지이니, 권터 노르트에게 방위전 지휘를 맡기자."

노스롭 데이비스의 명안은 상당히 안이했지만, 우왕좌왕하던 사람들에게는 마치 신의 목소리처럼 들렸다. 역귀나 가난신도 신의 일종이지만, 이런 때에는 그런 불쾌한 사실은 잊는 편이 낫다.

"하지만 고향 도시의 방위를, 온 지 얼마 되지 않은 망명자에게 맡겨도 되는 걸까?"

그렇게 의문을 제기하는 사람도 있었지만, "만약 졌을 때는 권터 노르트에게 책임을 물으면 되는 거야. 그자가 무능하지 않다는 건 사실이잖나. 류 웨이의 추천도 있었으니, 이 시에 자리 잡고 살 생각이라면 집세를 선불로 내야겠지."

데이비스는 배꼽을 잡았다. 자신의 농담이 매우 마음에 든 모양이었다.

그 소식이 시 정부로부터 전해졌을 때, 전 아퀼로니아 시의회 의원과 얼마 전까지 부에노스 존데 시 방위 사령관이었던 남자는 토마토밭과 레몬밭 중간에 있는 초원에서 마린이 만들어 준 도시락을 펼치고 빈둥빈둥 망중한을 즐기는 중이었다. 이 두 사람은 AAA의 표현에 따르면 '진심으로 힘을 합치면 세계 제패도 꿈이 아니다.'라는 말을 듣는 콤비였지만, 이때 류 웨이와 노르트가 이야기하고 있던 주제는 천하 통일이 아니라 '레몬에 붙는 해충과 토마토에 붙는 해충 중 어느 쪽이 악질인가?'라는 원예농업의 중요 명제였다. 동시에 마린이 두 사람이 있는 초원으로 자전거라는 무공해 교통수단을 사용해 디저트를 갖다주러 왔다. 그리고 디저트와 함께 입법의회의 데이비스 씨가 연락을 바라고 있다고 알려주었다.

류 웨이는 어쩔 수 없이 양복으로 갈아입고, 데이비스 저택을 다시 방문했다. 사정을 들은 류 웨이는 진심으로 진절머리가 났지만, 이건 어쩔 수가 없었다. 차라리 단 한 번만이라는 조건으로 노르트가 재능을 발휘하게 하는 편이 나았다. 그러려면 먼저 노르트가 자유롭게 솜씨를 발휘할 환경을 만들어 줄 필요가 있었다.

"그렇다면 모든 결정을 노르트에게 맡겨주십시오. 아무런 염려 없이. 어쨌든 노르트는 현대판 척계광이니까요."

엄청난 허세다. 척계광은 16세기 중국 명나라의 무장으로, 수상전과 육상전 모두 불패의 용병가였다. 1563년부터 이듬해에 걸쳐 중국 대륙 동남해안을 유린하던 왜구를 궤멸했고, 1567년에는 북방 국경의 방위로 돌아서서 몽골에서 남하한 '알탄 칸'과 '토몬 칸'의 대군을 격멸했다. 이른바 '북로남왜'를 거의 혼자서 정리해 버린 셈이다. 류 웨이는 그 척계광의 재래가 귄터 노르트라고 설명했다.

류 웨이는 허풍의 효용을 잘 알고 있었다. 데이비스 씨는 납득을 넘어 감동했고, 노르트에게 용병의 전권을 줄 결의를 하겠다고 약속했다.

그러나 척계광에 대해 류 웨이가 말하지 않았던 사실이 있다. 척계광은 위대한 용병가이자 용행검법이라는 검술의 창시자이며 공정하고 고결한 사람이었지만, 가끔 농담에 등장할 정도로 역사상 유명한 공처가였다. 가장 널리 알려진 에피소드는 이런 내용이다.

왜구의 토벌을 명 받은 척계광은 군대 안에서 용사를 모아 특별 부대를 편성하려고 했다. 하지만 무엇을 용사의 기준으로 삼아야 할 것인가. 검의 명인이 있는가 하면 호랑이를 맨손으로 때려잡는 사람도 있었다. 기술이나 힘도 좋지만, 무엇보다 용기를 시험해야 한다. 척계광은 광장에 자신의 부하들을 모았다. 광장 한쪽에 흰 깃발을, 다른 쪽에 붉은 깃발을 각각 세워두고 이렇게 명령했다.

"너희 중에 자신의 아내가 무서운 사람은 흰 깃발 아래에 모이고, 자신의 아내를 무서워하지 않는 사람은 붉은 깃발 아래에 모여라."

그러자 검의 명인이나 호랑이를 맨손으로 때려잡은 괴력의 사나이까지 포함해 거의 전원이 흰 깃발 아래에 모여버렸다. 척계광은 낙담했지만, 살펴보니 단 한 명, 붉은 깃발 아래에 서 있는 사내가 있었다.

"자네야말로 진정한 용사다."

척계광은 기뻐하며 그 사내를 단상 위로 불렀다. 상으로 특별 부대의 대장을 삼으려 그에게 물었다.

"자네는 왜 혼자만 붉은 깃발 아래에 섰는가?"

물론 척계광이 기대한 답은 '나는 마누라 따위는 무서워하지 않는다. 따라서 천하에 무서운 것이 없다.'였다. 그러나 그 사내는 얼굴을 붉히고 머리를 긁으며 대답했다.

"아니, 사실은 장군님의 목소리가 잘 들리지 않았습니다. 어찌해야 할지 모를 때는 다른 사람과 함께 행동하지 말고 남아 있으라고 아내가 신신당부했기 때문입니다."

척계광은 그 말을 듣고 한 마디도 하지 못했다고 한다.

하지만 아무리 농담의 소재가 된다 해도, 척계광이 전장에서 불패였던 사실은 변함없다.

글자 그대로 귄터 노르트를 척계광에 비유했을 때, 류 웨이의 뇌리에는 이 에피소드가 투영되었다. 노르트가 사별한 아내의 사진을 안고 망명한 인물이란 사실을 알고 있었기 때문이다. 류 웨이는 결혼한 적이 없기 때문에 공처가와 애처가를 구별하기 쉽지 않았다. 어쨌든 류 웨이가 당장 해야 할 일은 타데메카 시의 방위를 귄터 노르트에게 맡기는 거였다.

신참 망명자 귄터 노르트와 마찬가지로, 류 웨이도 날 때부터 타데메카 시민은 아니었다. 그 두 사람에게 시의 방위에 관한 막대한 책임과 권한을 주겠다는 결정이 다른 시대, 특히 국경이나 국적 의식에 병적으로 집착하는 과거인의 눈에는 기이하게 보일지도 모른다.

그러나 그것은 근대 내셔널리즘의 독소에 오염되었기 때문이며, 중세적인 의미와는 약간 다르다 해도 도시의 공기는 자유로워야 했다. 도시는 집적과 수용의 장소이지 배척의 수단은 아니다. 현재 그 도시에 거주하는 인간이라면, 그다지 과거를 문제 삼지는 않았다. 그렇다 해도 신참이 사실상 총사령관으로 선택된 예는 처음이었다. 인재 부족이라고 하면 그걸로 끝이겠지만, 어쨌든 이 결정은 역사상 쾌거였다.

Ⅳ

귄터 노르트는 타데메카 시 정부 총재의 임시 전략 고문이라는 직함을 손에 넣었다. 정확하게는 떠맡겨졌다. 노르트의 직무는 '군사 행동 및 그 계획 입안에 관하여 시 정부 총재나 그 대행자에게 최선의 조언을 하는 것'이었다. 그렇다고 해도 이 경우는 전략이라는 개념 자체가 불명확했으며, 노르트가 실전 지휘, 즉 전술 부문의 과제까지 처리해야만 했다.

결국 전장에서 멀어질 수 없단 말인가. 노르트는 문득 자신의 궤적을 돌아보며 쓴웃음을 지었다.

"내가 싫다고 마다하니 오히려 쫓아다니는 게 아닐까. 조금 마음을 고쳐먹어 볼까?"

노르트 개인에게는 그러한 통속적 도덕론이 통용된다고 해도, 전쟁을 시작하는 사람에게는 항상 물질적인 이해가 얽힌다. 시민이나 국민의 심신을 단련하려고 전쟁을 시작하는 지도자는 없다. 구실로 이용하는 사람은 있을지 모르겠지만.

노르트로서는 싸움을 피해 다른 도시로 망명하는 일도 귀찮은 이야기였다. 류 웨이도 이번에는 그가 도망치지 못하리라 헤아리고, 노르트를 위해서 여러 가지 조건을 확보해 줬다. 노르트는 집주인의 호의에 보답하기 위해서라도 가능한 힘써보기로 했다.

아마 노르트는 스스로 생각하는 것보다 더 뻔뻔스러운 면이 있었는지, 싸워서 진다는 생각은 전혀 하지 않았다.

독재자와 영웅을 동시에 잃은 부에노스 존데 시에서는 시민들이 30개 이상의 소당으로 분열되었다. 모두 권력은 원하지만, 책임은 떠맡기 싫었기에 전후 처리를 어떻게 해야 할지, 군대를 어떻게 다뤄야 할지를 놓고 그물 속에서 발버둥 치는 물고기들 같은 대소동을 벌이고 있었다. 따라서 망명한 노르트를 다시 데려가겠다고 쫓아올 걱정도 없다. 그런 정보를 가져온 류 웨이가 노르트를 바라보며 어깨를 으쓱거렸다.

"부에노스 존데는 누군가가 지도자나 조정자로 나서지 않으면 수습이 힘들지도 몰라."

"누군가의 손을 빌릴 필요는 없습니다. 자신들의 손으로 하면 됩니다. 할 수 있을 거예요."

노르트는 냉정하게 말했다. 세상에 구세주 같은 건 없다. 자신들의 문제는 스스로 해결해야만 한다. 그러지 않으면 에곤 라우드루프 같은 놈들이 몇 번이고 등장하여 자유와 존엄을 유린할 뿐이다.

"나는 싸우기 위해 태어났다. 내가 있어야 할 장소는 전장밖에 없다."

그렇게 외치며 진두에 서는 맹장도 역사에 존재했지만, 귄터 노르트는 그러한 유형의 인물에 속하지 않았다. 한쪽 다리가 불편한 이 청년은, 아직도 자신은 작년에 죽음을 선택했어야 하는 게 아닌가 하는 명랑하지 못한 의문을 안고 있었다. 타데메카라는 밝은 풍광의 아열대 고원 도시 주민이 되어 류 웨이의 농원에서 토마토를 재배하고 있으면 자연의 흐름에 순응한 온화한 나날을 보낼 수 있지 않을까 하는 생각도 했지만, 그런 마음을 품자마자 상황은 이렇게 급변했다.

'이번 한 번으로 끝났으면 좋겠군.'

노르트는 그렇게 생각하면서 류 웨이의 안내를 받아 타데메카 군사령부를 방문했다. 거기서 대면한 것은 산다라 군이 보낸 편지로, 선전포고에 따른 군대 차원의 도전장이었다.

어린애 장난과 비슷한 부류겠지만, 심리전의 일환으로 행해졌을 확률이 높다. 항복을 권유하는 글로, 무례하기 그지없는 내용이었다.

만약 AAA였다면 '작년에 진 것만으로 부족해서 올해도 일부러 당하러 온 거냐.'고 악담을 했을 것이다. 권터 노르트에게는 긍정적 의미의 적개심이라는 종류의 감정이 부족했으므로, 말없이 편지를 읽은 다음 표정도 바꾸지 않고 찢어버렸다.

권터 노르트가 타데메카의 전략 고문이 되어 산다라 군과 싸운다는 소식은 방관 내지는 어부지리를 결정한 다른 다섯 도시에도 전해져, 호기심 어린 시선이 두 도시에 집중되었다.

케네스 길포드 중장은 뉴 카멜롯 시 군사령부에서 사파이어 빛깔의 눈동자를 약간 빛냈다. 남 앞에서는 단 한 마디의 감상도 말하지 않았으나, 자신이 가장 좋아하는 상태 — 책상 앞에서 혼자가 되었을 때 — 가 되자 낮게 중얼거렸다. 이렇게 즐거워하는 모습은 이 남자로서는 상당히 드문 일이었다.

"세상사 알 수 없다는 건 정말 맞는 말이군. 부에노스 존데의 영웅이 아퀼로니아로 망명했다가, 이제는 타데메카의 전략 고문이 된 건가."

길포드는 일곱 도시 분립 체제가 그리 나쁘지 않은 일일

지 모른다고 생각했다. 한 도시에 머물 수 없게 되어도 다른 도시로 도망가 재출발할 수 있다. 인류 사회가 단일 정치 체계를 따르며 모두 같은 정치적 가치관을 공유해야 한다는 가정은 말도 안 되는 음울한 이야기일 뿐이다.

그렇다 해도 분명히 세상사는 알 수 없는 일이다. 케네스 길포드는 바로 지난해에 싸웠던 상대가 평범하지 않은 인생을 걷고 있어 안타까웠다. 길포드 자신도 평탄한 길을 걸어오지는 않았지만, 태어나 자란 고향 도시에서 계속 살고 있으며 군복 색을 바꾼 적도 없다.

어쩌면 귄터 노르트는 그 분야의 선구자로 나아가고 있는 것이 아닐까? 일곱 도시 분립 체제가 견고해지는 한편 도시에 사는 사람의 움직임은 한층 더 유동화되어, 일생에 몇 번이고 군복 색을 바꾸는 사람이 나올지도 모른다.

길포드는 그건 그것대로 꽤 재미있는 일이라고 생각했다. 올림포스 시스템의 지배 아래에서 인생이 고정되지 않기를 바란다면 고향 도시를 버리고 유랑의 길을 택해 타 도시에서 영달을 꾀하는 일도 인생의 한 방식일 수 있다.

그렇다 해도 대전도 직전 이 행성에는 100억 명에 가까운 인간이 거주하고 있었고, 인구 1천만 명을 넘는 도시의 숫자는 쉰여섯 개에 달했다. 그랬는데 현재는 일곱 도시와 그 근교를 합쳐 5천만 명 미만의 사람들이 생활하고 있을 뿐이다. 이조차 상당히 늘어난 숫자였다.

모처럼 늘어난 인구를 줄이고자 전쟁을 반복하는 인간들은 언젠가 올림포스 시스템으로부터 해방되는 날, 하늘을 다시 전장으로 바꿀지도 모른다.

남극 대륙의 프린스 해럴드 시에서는 카렐 슈터밋과 유리 크루건이 체스판을 사이에 두고 대치하고 있었다. 비숍을 들어 올렸다 내리면서 슈터밋이 입을 열었다.

"우리 시 정부는 이번에 군을 출정시킬 생각은 없다고 하네."

슈터밋은 이유를 설명하지 않았다. 크루건도 물으려고 하지 않았다. 시 정부의 방침은 속셈이 뻔히 보이면서 건전하기도 했다. 실전에 참가하지 않고 출동 태세를 갖추는 일만으로 산다라 군을 배후에서 견제해 타데메카가 빚을 지게 만든다. 타데메카가 이기면 이 은혜를 비싸게 강매하면 되고, 산다라가 목적을 달성하면 시치미를 떼고 과거를 망각하면 된다. 어쨌든 두 도시의 군이 전력을 다해 대치하는 동안 프린스 해럴드가 두 도시로부터 위협을 받을 걱정은 없다.

슈터밋과 크루건이 서로를 체스의 호적수로 인정하지는 않았다. 다만 아무도 그들을 상대해 주지 않아서 어쩔 수 없이 함께 두었다. 특히 크루건을 상대하면서 협심증과 유사한 증상을 일으키지 않는 사람은 남극 대륙에서 슈터밋이 유일했다.

"남극 대륙의 자원조차 미개발 상태인데, 타데메카나 산다라에 손을 댈 수 있을 리가 없지. 페루 해협에서 받은 상처도 아물려면 시간이 걸려. 뭐, 이번에는 상식이 이긴 셈이지."

슈터밋의 감상에 대해 유리 크루건은 겨울에 빚 독촉하러 온 채권자처럼 말없이 차갑게 고개만 끄덕였을 뿐이었다. 슈터밋을 상대할 때마다 정말 졸렬한 체스라고 생각하지만, 이상하게도 지금까지의 전적은 완전히 호각이었다.

"아이들은 건강한가?"

크루건은 갑자기 그리 묻고 나서 자신이 말한 내용에 대해 불만스러운 표정을 지었다. 어린 세쌍둥이의 아버지인 슈터밋은 온화한 미소를 지었다.

"덕분에 잘 지내네. 그런데 체크메이트일세. 언제쯤 눈치챌까 기다리고 있었지."

타데메카는 육지로 둘러싸인 내륙 도시이며, 산다라 군의 주력은 다도해에 배치된 수상 부대이다. 그러면 서로 싸울 방법이 없어 보이지만, 군사적인 욕구는 항상 기발한 방책을 찾아내는 모양이다. 산다라 군은 지상 200미터 아래를 날아다니는 대형 경식비행선으로 육상 병기와 병력을 대량 수송한다는 방법을 고안했다.

본래 이러한 비행선은 다른 도시와의 교역을 촉진하

려는 수단으로 개발되었지만, 민간 기술은 대부분 군용으로 전용될 수 있다. 이렇게 해서 60척의 대형 경식비행선은 1만 4천 400명의 병력과 720대의 장갑차, 180기의 지대지 미사일 발사 장치 등을 싣고 시속 180킬로미터의 속도로 타데메카를 향해 저공비행을 개시했다. 일찍이 인도양이라 불리던 검푸른 파도 위를 60척의 거대한 비행선이 아슬아슬한 높이로 날아가는 모습은 몇 척인가의 상선과 어선에 탄 사람들을 아연하게 만들었다.

타데메카 군은 육로와 해로를 이용한 산다라 군의 침공 속도를 시속 60킬로미터 이내라고 계산했기 때문에 허를 찔린 셈이 되었다.

권터 노르트는 별로 당황하지 않았다. 노르트는 자신에게 주어진 1만 5천 200명의 병력을 통솔하여 담담히 타데메카 시를 출발했을 뿐이다.

1월 25일이었다.

V

“저 정도의 저공 수송 수단을 소유하고 있었으면서, 페루 해협에서 싸웠을 때는 온존시켜 두었단 말인가.”

권터 노르트는 살짝 쓴웃음을 지었다. 여섯 도시 연합군을 상대한 일은 부에노스 존데로서는 행운이었던 셈이다. 또한 자신들이 전장의 주체가 되자 산다라 군도 진지해졌다는 이야기이기도 했다. 진지해진 이상 전의도 있을 테고, 보급도 충분히 마련했을 것이다. 의욕 없는 연합군보다 훨씬 더 경계할 필요가 있었다.

비행선으로 공중 공격도 하지 않을까 생각했지만, 대공포화 앞에서 비행선의 속도는 너무 느렸다. 산다라 군은 니제르강 북방에 집결한 다음 그곳에서 200킬로미터 떨어진 타데메카 시를 목표로 삼아 육로로 진격했다. 이리하여 '재스모드 평원 전투'의 서막이 올랐다.

재스모드 평원은 세계 최대의 묘지였다. 인간이 만든 묘지가 아니라 대전도 때 일어난 홍수로 인해 많은 사람이 이 땅으로 밀려왔다. 물이 빠지고 나서 쌓여 있던 시체들은 이윽고 백골이 되었고, 거의 3천 제곱킬로미터 면적의 토지에 1천만 명 이상의 백골이 흩어져 있었다고 전해진다. 이것은 어디까지나 추정 수치이며, 정확한 조사는 이뤄지지 않았다.

이 토지에 백금 광산이 존재한다는 설도 있었지만, 말하자면 이 땅은 타데메카 시민에게는 금단의 땅에 속했으며, 귀금속에 대한 다소의 욕망도 공포심을 이길 수는 없었다.

재스모드는 비교적 습기가 많은 토지로, 겨울철에는 종종 공중의 상층과 하층에서 기온의 역전 현상이 생긴다. 그러면 평원 전체가 짙은 안개에 싸여 시야를 확보할 수 없게 된다. 타데메카 군과 산다라 군이 충돌한 날은 바로 그러한 겨울날이었다.

2193년 1월 29일. 계속 진격한 산다라 군은 재스모드 평원에 침입했다. 안개와 질척한 땅으로 인해 전진 속도는 떨어졌지만, 여기를 돌파하면 타데메카까지는 하루가 걸렸다.

재스모드는 '백골 평원'이라는 이름으로 주변 도시에까지 널리 알려져 있었다. 산다라 군의 선두 부대는 그 이름이 과장이 아니라는 사실을 깨닫게 되었다. 안개에 젖은 지표면이 노랗게 변한 인골로 뒤덮인 모습을 보고 병사들은 얼굴을 돌렸다. 구토하는 사람도 있었다. 통과할 뿐이라면 모르지만, 산다라 군의 선두 부대는 행군에 방해가 되는 백골들을 제거하라고 명령받았다.

"맘이 그리 편하지는 않군."

산다라 군 병사가 백골을 삽으로 퍼 올리면서 얼굴을 찡그렸다. 동료 병사가 고개를 끄덕이고는 소리를 죽였다.

"이 유골은 어린애야. 고통스럽게 죽었으려나. 이봐, 누가 기도문 모르나?"

그러자 그 소리를 들은 사관이 지프 뒷좌석에서 위압적으로 호통쳤다.

"쓸데없는 말 하지 말고 빨리 장애물이나 치워! 사령관 각하가 지나가시기 쉽게 해야 한다."

고압적 태도에 반감을 느낀 병사가 두개골을 집어 들고, 짧은 기도문을 속삭인 다음 사관의 머리를 노려 던졌다. 우연히 사관이 얼굴을 움직인 탓에, 생존자와 사망자는 비스듬하게 키스하는 모습이 되어버렸다. 사관은 절규하며 뛰어오르다 지프 뒷좌석에서 떨어져 백골 더미 위에서 기절해 버렸다. 푸하하 하는 비웃음이 일어났다.

이 시점에서 산다라 군의 실전 분야 최고 지휘관은 바하즐 샤스트리 중장이었다. 페루 해협 공방전에서 산다라 시의 실전 부대를 지휘한 인물로, 40대 초반에 예리한 눈빛을 지닌 마른 체형의 사내였다.

페루 해협 공방전은 참전한 모든 지휘관에게 불행하고 뒷맛이 나쁜 싸움이었다. 포탄에 상반신이 날아간 쿤론 군의 콘트레라스 장군도 불행했지만, 살아남은 다른 장군들 역시 불행했다. 승리를 거둔 권터 노르트마저 불행했던 탓에 패자들의 뒷맛은 더욱 찝찝했다.

차가운 빗물과 진흙투성이가 되어 공복과 피로에 찌들었던 병사들도 물론 불행했다. 하지만 지휘관들의 불행은 그것과는 약간 질이 달랐다. 지휘관들은 자신의 불행을 상관의 책임으로 돌릴 수 없었기 때문이다.

뉴 카멜롯 시의 케네스 길포드는 초연했다. 아퀼로니아 시의 알마릭 아스발과 프린스 해럴드 시의 유리 크루건은 자신 이외의 사람들이 무능해서 이렇게 되었다고 각각의 표현법으로 밝혔다. 타데메카 시의 기이 레이니엘은 병원의 하얀 벽으로 상심을 이길 수 있었다. 하지만 산다라 시의 샤스트리 단 한 명에게만은 심리적으로 도망갈 장소조차 주어지지 않았다.

'권터 노르트가 페루 해협의 공방전에서 승자가 되었던 까닭은 지리적 이점을 가지고 있었기 때문이다. 이번에는

그렇게 되지 않는다는 걸 깨닫게 해주마.'

샤스트리 중장은 그렇게 생각했다. 그는 상심과 불명예를 회복할 기회가 주어졌다고 느꼈다. 공인으로서의 의식과 개인으로서의 그것이 뒤섞여 경계선을 정하기가 어려웠다. 샤스트리 개인이 노르트 개인에게 우위를 차지하고자 전쟁이 이뤄진 것은 아니다. 하지만 고급 지휘관의 심리에는 이런 종류의 얽매임이 자주 나타난다는 사실을 전쟁사는 증명하고 있다.

"프린스 해럴드 군이 실제로 움직일 리가 없지. 어디까지나 견제에 지나지 않아. 하지만 승리하기까지 시간이 걸리면 놈들이 쓸데없는 욕심을 낼지도 모른다. 가능한 한 빠르게 결판을 낼 필요가 있다."

샤스트리 중장의 견해에 의하면, 페루 해협 공방전이 비참한 실패로 끝난 까닭은 단기 결전이 실전 단계에서 제대로 기능하지 않았기 때문이지, 단기 결전의 구상 그 자체가 잘못된 것은 아니었다. 그때 여섯 명의 사령관이 각자 마음대로 움직이거나 혹은 움직이지 않아서 압도적으로 병력이 많았음에도 이러한 장점을 살리지 못하고 참패를 당한 것이다.

하지만 이번에는 다르다. 귄터 노르트의 행운도 밑천이 드러났음을 전 세계가 알게 될 테다. 샤스트리 중장은 그렇게 생각하고 있었다.

"…패배자가 가장 좋아하는 말은 '이번에야말로'이다(케네스 길포드의 발언)."

한편 권터 노르트는 매우 짧은 기간에 전체 길이 4킬로미터에 달하는 방위선을 구축했다. 아퀼로니아 군의 알마릭 아스발 장군도 그러했지만, 유능한 육전 지휘관에게 지리 감각은 불가결했다. 노르트의 방위선은 재스모드 평원을 향해 완만하게 경사진 언덕 위에 구축되어, 사각이 없다고 하는 점에서 완벽했다. 방위선의 어딘가 한 곳을 공격하면 반드시 다른 곳으로부터의 사선에 노출된다. 방위선을 우회하려 해도 그러한 움직임을 고지에서 정확하게 관찰할 수 있어 대응이 어렵지 않았다. 이 포진을 보고 권터 노르트에게 거리를 뒀던 타데메카 군의 고급 사관들도 태도를 바꾸었다.

"이 지형에서는 누구든지 나처럼 포진할 것이다."

노르트는 그렇게 말했지만, 이것은 반쯤은 겸양이었다. 노르트는 딱히 이해나 납득을 요구하지 않았다.

권터 노르트는 일단 타데메카 군의 고급 사관용 제복을 착용하고 있었다. 노르트는 이 제복에 대해 호의적이었다. 계급장만 없으면 민간인이 착용하는 사파리복과 다를 바 없었다. 노르트의 계급장은 중장이었으며, 그 고고함은 미술과 학생인 듯한 용모와 무릎 위에 가로놓인 지팡이 사이에서 왠지 모를 위화감을 띠고 있었다.

한쪽 다리가 자유롭지 못한 노르트는 언덕 중 하나인 트래드 다운 힐 정상에 지프를 멈추고, 앉은 자리에서 쌍안경과 지팡이로 전군의 배치를 지시했다. '안락의자 사령관'이라는 별칭은 오해를 살 우려가 있지만, 노르트가 다리로 일하는 타입의 지휘관이 아니란 사실은 그의 책임이 아니다.

이 또한 AAA, 케네스 길포드, 유리 크루건과 공통되는 점이었지만, 노르트는 시각적 상상력이 풍부하여 이후 행해질 적의 공격 태세를 실제처럼 망막에 그려낼 수 있었다. 물론 그러한 능력은 자의적인 것이 아니었다. 전장의 설정 그 자체가, 뛰어난 용병가에게는 캔버스를 펼쳐놓은 것과 같았다.

VI

이리하여 1월 31일.

지구 최대의 묘지는 현재 진행형 묘지로 변했다. 옛 시체 위에 새로운 시체가 쌓이기 시작했다.

6시 50분, 안개로 뒤덮인 하늘이 하얗게 빛났다. 재스모드의 태양이 지금부터 죽어갈 사람들의 머리 위로 냉혹한 자비의 빛줄기를 던졌다. 냉기가 멀어지고 밤이 도망가는 가운데, 호령과 함께 포성이 울려 퍼졌다. 산다라 군의 첫 일제 사격이 시작된 것이다. 반쯤은 선전포고나 마찬가지였다. 안개에 더해 레이더를 교란하기 위한 알루미늄 파편이 뿌려지고, 열원 감지 시스템을 속이고자 가장 소박한 수단으로 여러 곳에 불이 붙여졌다. 군용견의 후각을 속이려고 향수를 뿌리기도 해서, 이쯤 되면 '군사적인 진지함은 노력하는 만큼 개그에 가까워진다.'라는 경구의 진실성을 확인할 수 있었다.

포격전이 아직 끝나지 않았을 때, 정찰을 명 받은 산다라 군의 일개 소대가 적 소대와 조우, 총격전 끝에 기묘한 문서를 입수했다.

그것은 타데메카 군의 통신문이었다. 뜻밖의 수확에 환호한 산다라 군은 통신문을 사령부로 가져왔다. 암호를 해독해 판명된 내용은 이러했다.

'산다라 군의 통신파는 모두 우리 군이 감청하고 있다. 이미 우리 군의 승리는 확실하다. 이 우세를 적에게 들키지 말도록.'

귄터 노르트의 서명이 있었다. 물론 통신문은 타데메카 군의 모략이었다. 적군이 이미 해독법을 발견했을 낡은 암호를 이용해 적을 교란하기 위함이다. 매우 초보적인 모략이었지만, 노르트의 입장에서는 실패하더라도 아무 손해가 없었다. 한편 샤스트리 중장은 디지털화된 통신이 감청될 리 없다고 생각하면서도 불안이 남았다.

"만약을 위해서다. 앞으로 전장에서 통신할 때 전파 사용을 금지한다. 그리 넓은 전역도 아니니 이것만으로도 충분하다."

그 명령을 들은 정보 참모 가라스타즈 중령은 불만을

품었다. 유선통신은 전투 중에 선이 끊어질 가능성이 높고, 그렇다고 전령을 사용했다가는 정보 전달에 시차가 생긴다. 그뿐만이 아니라 전령이 적에게 잡히기라도 하면 작전 지령이 그대로 새어나갈 우려가 있지 않은가. 그렇게 생각했지만 통신이 감청되고 있다는 총사령관의 염려에 대해 공공연하게 반론할 만한 근거도 없었다. 가라스타즈 중령은 복잡한 표정으로 명령을 받고 나서, 이렇게 말했다.

"전서구를 준비하면 더욱 좋겠군요, 각하."

"그렇군. 검토해 볼 만한 과제다."

샤스트리 중장은 엄숙하게 대답했다. 물론 샤스트리는 부하의 비아냥을 깨닫지 못했다.

산다라 군은 재스모드 평원에서 전면 공세를 개시했다. 그것은 포격전과 접근전의 병용을 기반으로 한 공격으로, 대단한 전술적 숙련도를 필요로 했다. 쌍안경을 들여다보던 샤스트리 중장이 갑자기 혀를 찼다.

"저 언덕 때문에 아무것도 할 수 없다. 저 언덕을 어떻게든 해라. 지도에서 지워버려."

샤스트리 중장의 발언은 심각하지만 부조리한 요구의 대표적 사례라고도 할 수 있었다. 샤스트리는 지휘관의 신중함을 전군에 깨닫게 해주려고 뱉은 말이었겠지만, 이것은 역효과였다. 부하들은 "말도 안 되는 소릴 하는군. 상당히 초조한가 봐."라고 수군댔다.

다만, 효과는 별개로 하더라도 그 언덕—미들 라운드 탑으로 불리는 언덕—이 전술상 극히 중요한 지점인 것은 분명했다. 그 점에서 샤스트리는 결코 무능하지 않았다. 그 언덕을 지도에서 지우기는 불가능했기 때문에, 샤스트리는 다소의 희생을 치르더라도 점령해야 한다고 결의했다. 휘트니 소령이 지휘하는 제14엽병대대를 안개 속에서 접근시켜 적을 백병전으로 끌어들이려 했다. 그런데 한 시간이 지나고, 다음과 같은 통신이 날아들었다.

"여기는 제14엽병대대. 현재 위치는 어디인가. '우리의' 현재 위치를 알려달라!"

이 정도로 한심한 통신도 드물지만, 당사자들은 심각하기 그지없었다. 완전 무장한 800명의 보병은 안개 속 미로를 네 시간가량 방황하는 지경에 처했다. 그 덕분에 직접 살육하지 않고 끝났지만, 희생이 전혀 없지는 않았다. 통신파 발생원을 노리고 타데메카 군의 총탄이 날아와 6명의 부상자를 냈다. 이것이 통신파의 내용이 알려졌다는 증거라고는 전혀 단정할 수 없었지만, 산다라 군의 의혹이 깊어지기에는 충분했다.

샤스트리 중장은 전파 통신을 금한 자신의 지령을 철저히 실행하도록 명령했다. 당연히 좌표를 찍어 제14엽병대대에게 그들의 위치를 알려줄 수도 없게 되었다. 이것은 하나의 복선이 되어 재스모드 전투의 저 밑바닥에 깔려 자리하게 된다. 어쨌든 명령은 실행되어 여러 명의 전령이 전장을 우왕좌왕하게 되었다.

타데메카 군에도 아슬아슬한 순간이 있었다. 1월 31일 18시에 사이크루즈 준장이 좌익 전위 부대를 돌출시켜 산다라 군의 우익 왼쪽을 돌파하려고 했다. 사이크루즈는 혈기를 주체 못 해 자신이 지키고 있는 언덕의 경사면을 내려갔지만, 그 역시 안개 때문에 많은 거리를 진군할 수는 없었다.

사태를 알게 된 귄터 노르트는 3초 반 정도의 시간 동안 사이크루즈의 독단을 낮은 목소리로 욕한 다음, 서둘러서 미들 라운드 탑 방면을 정찰했다. 사이크루즈 준장의 이동과 돌출로 미들 라운드 탑은 텅 빈 채 무방비 상태가 되고 말았다. 만약 이 고지가 산다라 군에 점령되면 타데메카 군의 중앙 부대는 머리 위에서 일방적인 일제 사격을 뒤집어쓰게 된다.

노르트는 우선 두 개의 기관총 중대를 미들 라운드 탑 정상부에 급파한 다음, 사이크루즈 준장에게는 전진한 장소에서 움직이지 않도록 엄명했다. 노르트는 실로 재빠르고 유연한 처리로 돌출할 뻔한 부대를 그대로 방어와 공세 양쪽으로 사용할 수 있는 유격 병력으로 바꾸었다.

'귄터 노르트의 용병가로서의 진가는 기상천외한 책략을 생각해 내는 데 있지 않다. 해야 할 일을 철저하게 해내

고 기본을 지키는 데에 있었다. 노르트에게 모든 책략은 이론과 상식의 범위 안에 있다.'

그러한 평가가 있다. 분명히 노르트가 페루 해협 공방전에서 한 일이나 재스모드 평원에서 한 일 중에 기발한 책략 따위는 없었다. 노르트는 완벽한 방어를 통해 적을 소모시켜 퇴각하게끔 하고 있었으며, 공격해서 섬멸하려 하지 않았다. 그 완벽함도 원칙을 고집하는 완고함과는 다르게, 언뜻 보면 각 상황에 대응한 대처 요법을 시행하는 것으로만 보였다. 그러나 처음에 완전한 전략적·지리적 우위를 확립하고 시작해, 남은 건 긴 호흡으로 철저하고 집요하게 방어하여 상대의 심신 에너지가 소모될 때까지 버티면 되었다.

2월 1일 9시 40분. 아침 안개가 걷히기 시작했다.

언덕 경사면을 오르려고 하던 산다라 군은 타데메카 군의 총격에 완전히 무방비한 모습을 드러내 버렸다. 타데메카 군의 저격병 여단장 코트 레이 준장이 쌍안경을 들여다보며 큰 소리를 질렀다.

"이 무슨 일이람. 놈들은 수영복도 입지 않고 니제르강에서 헤엄칠 생각인가 보군. 에티켓이 뭔지 가르쳐줘야겠는걸."

코트 레이 준장은 자신의 에티켓에 대해서는 언급하지 않았다. 절호의 타이밍에 적의 행동을 파악했으므로 에티

켓은 이미 2차적인 것에 지나지 않았다. 코트 레이 준장은 총사령부 근처에 포진하고 있었기에 전략 고문이라는 이름의 총사령관으로부터 구두로 지령을 들을 수 있었다. 보고를 받았을 때, 이미 노르트는 자신의 눈으로 상황을 확인하고 있었다. 코트 레이에게 무례한 놈들로 규정당한 산다라 부대는 월드하임 중령이 이끄는 장갑차대대로, 산다라 군의 핵심이라 할 수 있었다.

100대가 넘는 장갑차가 언덕 경사면을 향해 백골로 뒤덮인 평원을 나란히 질주했다. 바퀴 밑에서 인골이 부서지는 소리가 연속되어 가슴이 답답해지는 독신瀆神의 교향곡이 평원에 울려 퍼졌다. 그 곡은 당연히 귄터 노르트의 귀에도 들려왔지만, 다리가 자유롭지 못한 젊은 사령관은 특별히 표정을 바꾸려고 하지 않았다. 노르트는 죽은 사람의 거주지는 살아 있는 사람의 가슴속일 뿐이고, 시체는 단순한 껍데기에 지나지 않는다는 생각을 하고 있었는지도 모른다.

"명령이 떨어지면 대전차 라이플을 일제 사격하라. 물론 적을 충분히 끌어들인 다음이다."

노르트는 3초의 공백을 두고 한 번 더 다른 표현법으로 지시했다.

"명령이 있을 때까지 절대로 쏘지 마라."

이 명령 역시 조금도 독창적이진 않다. 귄터 노르트에게 전투는 수행해야 할 과제일 뿐, 열광해야 할 로망은 아니다. 노르트 사령관은 창조적 예술가가 아닌 관료적 기술자에 가까웠다. 그 이상의 존재일 이유는 어디에도 없었다.

강철과 세라믹으로 만들어진 흉포한 육식동물들은 용맹스러운 전진을 계속해 적진 앞 300미터까지 접근했다. 월드하임 중령의 오른손이 어깨까지 올라갔다가 한층 더 올라갔다.

그 순간, 135밀리미터 야전포 탄환이 지근거리에서 작렬했다. 화염과 연기와 굉음이 비산했고, 월드하임 중령의 육체는 포탄의 파편을 뒤집어쓰고 피와 고깃덩어리로 변했다. 그로부터 5미터 정도 떨어진 곳에서 땅에 엎드려 있던 한 부사관은 목숨을 잃지 않은 대신 피투성이 고깃덩어리를 옆얼굴에 맞고 비명을 지르며 기절했다.

노르트는 일순간 혀를 찼다. 지휘관이 전사하며 장갑차군의 전진이 멈춘 듯했기 때문이다. 하지만 노르트 사령관은 곧바로 결단을 내렸다.

"발사!"

명령은 단순하기 그지없었고, 상당히 효과적이었다. 300정의 대전차 라이플을 향해 일제 사격할 때, 주위에 있던 인간들의 시각과 청각은 2초 정도 완전히 마비되었다. 섬광과 굉음이 계속되고, 날아오른 토사가 검은 소나기가 되어 대지를 때렸다. 고막에 가득한 잔향 속에서 폭발한 장갑차의 바퀴가 하늘을 가로질렀고, 자신과 타인의 피로 범벅이 된 생존자가 신음을 흘리며 땅 위를 기었다.

"제기랄! 내 오른쪽 다리를 돌려줘! 다리를 돌려달라고! 내 다리!"

"눈이 안 보여! 살려줘! 누구든지 나를 데리고 돌아가 줘! 은혜는 잊지 않을 테니까…."

이것은 장갑차 밖의 상황이었고, 장갑차 안에서는 기름과 피로 더럽혀진 병사가 기계나 금속 조각에 짓눌리며 고통 속에서 숨을 거뒀다.

쌍안경을 들여다본 권터 노르트는 자신의 명령이 어떠한 결과를 낳았는지 창백한 표정으로 확인하고 있었다. 쌍안경을 내렸을 때 노르트는 피로에 찌든 등산가처럼 보였다.

이때 산다라 군의 샤스트리 중장은 쌍안경으로 불쾌한 광경을 바라보고 있었다. 적의 한 부대—사이크루즈 준장의 부대였는데—가 산다라 군 야전포대의 군사를 쫓아내고 포 4문을 빼앗아 언덕 위로 끌어 올리려 하고 있었다. 샤스트리 중장은 이 시건방진 행위를 가만두지 않겠다고 생각했다. 실제로 4문의 포를 빼앗기는 일은 큰 손해이기도 했다.

VII

여기서 산다라 군은 중대한 실책을 저질렀다. 싸움의 귀추를 결정할 정도의 중대한 실책이며, 그 직접적인 책임은 플레처 중위라는 전령 사관에게 있었다. 하지만 기본적인 원인은 무선통신을 금지한 샤스트리 중장에게 있다. 산다라 군 좌익에서 착실하게 전진을 계속하던 골드스미스 소장이 총사령부의 전령을 맞이한 시간은 2월 1일 14시 정각이었다. 전령인 플레처 중위가 전한 명령은 이것이었다.

"경장갑 지프 부대를 신속하게 전선에 투입하여 적이 포를 빼앗는 행위를 저지하라."

골드스미스 소장은 이 지령이 상당히 억지스럽고, 너무나 간략하다고 생각했다. 기복이 심한 지형과 안개로 인해 소장에게는 대포를 이동시키는 타데메카 군의 모습이 보이지 않았기 때문이다. 플레처는 소장의 질문에 대해 공격 목표를 가리켰다.

플레처 중위의 손가락이 자신만만하게 가리킨 곳은 2.8킬로미터 떨어진 거리에 있는 언덕 위의 포대 진지였다.

"저기입니다. 저 적군을 향해 지프 부대를 투입하라는 명령입니다. 즉시 실행해 주시기 바랍니다."

그 말을 들은 골드스미스 소장은 말문이 막혔다. 그곳은 콘크리트와 대전차용 쇠말뚝으로 보호받는 8문의 중포군이 있는 곳으로, 좌우에는 중기관총 진지가 전개되어, 포대 진지 정면으로 육박하는 적이 있으면 지근거리에서 탄막으로 미트볼을 만들어 주겠다는 듯이 송곳니를 드러내고 있는 곳이었다. 쌍안경으로 그 상태를 재확인한 골드스미스 소장은 탄식을 내뱉었다.

"농담이 아니라, 이건 자살행위다. 송아지가 스스로 오븐으로 뛰어 들어가는 것과 마찬가지야. 타데메카 군 놈들은 테이블 앞에서 기다리고 있다가 진수성찬을 먹게 될 거라고!"

골드스미스 소장은 명령 변경을 신청할 생각으로 전령을 불렀지만, 플레처 중위는 이미 자취를 감췄다. 명령 전달이 끝났으므로 서둘러 총사령부로 돌아간 것이다. 이 때문에 골드스미스 소장은 명령에 따라야 할지, 항명죄를 각오하고 그 자리에 머물러야 할지, 양자택일을 피할 수 없게 되었다.

골드스미스는 성실한 군인이었다. 만약 AAA가 그와 같은 입장에 처했다면 무슨 이유를 대서든 태업을 벌여 상황 변화를 기다렸을 테지만, 골드스미스는 결국 명령에 따르는 길을 택했다. 이리하여 훗날, '이토록 용감하고 어리석은 돌격은 역사상 드물었다.'라고 전해지는 자동차 저격연대의 강행 돌입이 실행되었다.

중기관총, 무반동포, 박격포 등을 탑재한 경장갑 지프 부대는 기동력이 뛰어나, 지휘관의 역량에 따라 극히 큰 전술 효과를 줄 수 있었다. 여기에 오토바이 부대를 병용할 수도 있지만, 이날 골드스미스는 880대의 장갑 지프만을 전장에 투입했다.

지프에 올라탄 1천 760명의 병사는 전방에 중화기가 설치된 묘지가 기다리고 있으리라고는 꿈에도 몰랐다. 콘크리트와 쇠말뚝으로 방어된 포대 진지에 자동차 부대로 정면공격을 펼치는 일은 상식적으로 있을 수 없었으니까. 하지만 전장에서 나오는 명령의 적어도 절반은 상식과 이성을 무시한 내용이 많다.

2월 1일 15시 40분, 골드스미스 소장이 이끄는 880대의 장갑 지프는 적의 포대 진지를 향해 정면공격을 개시했다. 거기에 앞서 포대 진지를 향해 포격을 시행하긴 했지만,

이것은 이른바 정면공격의 알리바이 만들기에 지나지 않았다. 전진하면서 타데메카 군의 포화는 잠금장치가 고장 난 샤워기처럼 맹렬해졌고, 산다라 군의 피해는 급속히 증대했다.

엄청난 출혈을 견뎌낸 산다라 군의 장갑 지프 부대는 타데메카 군의 포대 진지에 도달했다. 무서울 정도의 용기와 헌신이었지만, 결국 그 용기와 헌신은 낭비되어 버렸다. 콘크리트와 쇠말뚝이 전진을 방해하여 산다라 군은 움직일 수 없게 되었다. 총좌 앞에 우두커니 서 있는 적을 쏘지 않는다고 군대가 인도적이라는 소리를 듣지는 않는다. 저능하다는 소리를 들을 뿐이다. 그리고 타데메카 군은 저능하지도, 인도적이지도 않았다.

"쏴라! 닥치는 대로 쏴!"

명령은 실행되었고, 무지갯빛 포화가 산다라 군에 집중되었다. 사관의 가슴에 붉은 꽃이 피어오르고, 병사의 머리에서 헬멧이 튀어 올랐다. 타데메카 군의 총좌는 죽음의 신의 트럼펫을 높고 낮게 연주했다. 총탄이 살에 파고들어 피를 쏟아냈다. 운전자를 잃은 지프가 폭주하지는 않았다. 대전도 전의 대도시에서 때때로 볼 수 있었던 것처럼 지프 부대는 차량 정체에 빠졌기 때문이다. 그러다가 그 자리에서 연료 탱크를 관통당해 폭발음과 함께 오렌지색의 거대한 불꽃이 피어올랐다.

이 전투에 참전한 산다라 군은 1천 760명. 1천 589명이 전사하고, 56명이 포로가 되었다. 간신히 아군 진영으로 도망친 자는 115명으로, 그중 84명이 부상자였다. 골드스미스 소장도 9발의 총탄을 맞고 전사자 대열에 동참했다.

당시 미들 라운드 탑의 동쪽 경사면에서는 좀 더 원시적인 전투가 진행되고 있었다. 여기서 전개된 백병전은 격렬하기 그지없었다.

훗날 '러시아워의 패싸움'이라고 이름 붙여진 이 싸움에서는 자동소총이 구타 무기로 사용된 탓에 전사자의 수는 적었지만 골절 등의 중상자가 상당히 많았다. 양쪽 부대 모두 총탄을 다 써버린 데다, 보급을 받기 전에 어느샌가 쌍방의 거리가 30미터 정도까지 가까워진 탓에 이러한 결과가 나왔다.

산다라 군의 노보트니 중사는 구타에 열중하던 중 격통을 느끼고 나서 왼손 약지가 적에게 물어뜯겨 잘려 나간 사실을 깨달았다. 슬퍼해야 할 사건이었지만, 이윽고 노보트니 중사는 자신의 없어진 신체 일부를 지상에서 발견했다. 노보트니의 손가락을 물어뜯은 타데메카 병사의 이름은 알 수 없지만, 인육을 먹는 취미가 없음은 분명했다.

백병전 구렁텅이에서 빠져나가 마침내 언덕의 정상에 이른 산다라 군의 사관 한 명이 있었다. 레드버스 중위라는 자였다.

"보아라, 니제르강이다. 타데메카는 우리들의 눈앞에 있다! 이제 곧 우리들의 것이다. 침대에서 기다리는 여자나 마찬가지다. 이제 옷만 벗기면 된다!"

그러나 환희의 절규는 절명으로 이어졌다. 동시에 세 방향에서 쏟아진 총탄이 그의 오른쪽 목, 왼쪽 가슴, 오른쪽 무릎에 명중해, 레드버스 중위는 세 군데의 총상에서 붉은 안개를 뿌리면서 빙글 돌아 쓰러졌다. 레드버스 중위는 재스모드 평원 전투에서 가장 전진한 산다라 군인이었지만, 그 명예를 생명과 맞바꾸고 말았다.

그의 생애 마지막 말이 그다지 품위 있다고는 할 수 없겠지만, 그 말과 군인으로서의 그의 행동은 일단 다른 차원의 문제이다.

16시 45분. 연이은 강공의 실패를 깨달은 샤스트리 중장은 분노와 실망의 창백한 화염에 타오르면서 한 부하의 이름을 불렀다.

"플레처 중위는 어디 있나? 저능한 플레처는 어디에 있나? 명령을 제대로 전달하지도 못하는 그 저능아가 우리 군을 멸망에 빠뜨렸다!"

주위의 부하들은 거대한 손해와 중장의 엄청난 노기에 안색이 창백해졌다. 그러나 플레처 중위는 끝끝내 광분하는 사령관 면전에 출두하지 않았다. 책임을 회피하려던 의도는 아니었다. 총사령부로 귀환하는 도중, 박격포탄을 맞아 타고 있던 오토바이와 함께 날아가 버렸다. 플레처 중위는 자신이 잘못 전달한 명령이 어떠한 결과를 초래했는지 알지 못한 채 죽고 말았다.

2월 1일 밤에 접어들었을 때, 이미 산다라 군의 전사자는 4천 명을 넘어 군대로서 기능을 제대로 수행할 수 없는 상태에 빠져 있었다. 한편 타데메카 군의 전사자는 500명에 미치지 않았다.

마침내 산다라 군은 공격을 단념하고, 여명 전의 어둠 속에서 패배감과 좌절감에 빠진 채 퇴각을 개시했다. 2월 2일 4시 40분이었다.

작전 참가 인원의 27퍼센트 이상이 전사한 기록적인 참패였다. 전사율 10퍼센트는 지휘관의 유능함과 무능함을 판정하는 하나의 기준이다. 샤스트리 중장은 아무리 본의가 아니었다 해도 결과적으로 실패한 총사령관, 4천 명이 넘는 아군의 죽음에 책임을 져야 할 지휘관이라는 오명을 감수해야만 했다.

타인에게 '죽어라.'라고 명령할 권한을 가지는 인간은 그에 상응하는 책임을 져야 한다. 이리하여 재스모드 평원 전투는 끝났다. 귄터 노르트는 페루 해협 때와 마찬가지로 방어전을 수행하며 파탄하는 모습을 보이지 않았고, 그 자체의 효과로 스스로에게 승인을 만들기보다 적군에게 패인을 안겨주었다.

2월 중순, 산다라 시장인 핸드릭 세이어즈가 평화 교섭을 위해 타데메카 시를 방문했다. 세이어즈 시장은 2191년 4월, 전임자 원 슈가 은퇴함에 따라 산다라의 원수가 된 사람으로, 이번 출병이 군부의 주도로 행해진 점과 자신은 출병에 대해 일관되게 반대했다는 사실을 집요하게 호소했다.

"그럴지도 모르지요. 그렇지만 타인이 한 일이며, 시장의 본의가 아닌 일이라 해도, 국가의 이름으로 행해진 이상 최고 책임을 져야 하는 사람은 원수입니다. 전쟁을 일으킨 국가 원수에게 전쟁 책임이 없다고 한다면 세상에 전쟁 책임이란 존재하지 않아요."

타데메카 시의 총재가 대답했다. 옵서버로 출석했던 류 웨이는 이렇게 생각했다. '훌륭한 발언이군. 원컨대, 발언자 자신이 같은 입장에 놓였을 때도 그 발언에 어울리는 행동을 해주길 바랍니다.'

류 웨이가 교섭 회장인 호텔에서 나오니, 한쪽 다리가 자유롭지 못한 청년 사령관이 보도 벤치에 앉아 모여든 비둘기들에게 빵조각을 던지고 있었다. 식객은 집주인을 향해 미소를 지으며 지팡이를 짚고 벤치에서 일어났다.

"교섭은 끝났습니까?"

"저런 이야기도 교섭이라고 할 수 있으려나? 한쪽은 변명만 하고, 한쪽은 우쭐거리며 설교를 늘어놓고 있으니.

뭐, 이번에는 아무도 죽지 않을 테니 속 풀릴 때까지 하라고 하지."

두 사람은 주차장 쪽으로 천천히 걸었다. 노르트가 지팡이를 짚고 있었기에, 류 웨이는 매우 자연스럽게 거기에 발걸음을 맞췄다.

"우리 농원 서쪽 토마토밭 말인데, 괜찮다면 자네에게 맡기고 싶네. 어떤가? 마음 편하게 해보지 않겠는가?"

"감사합니다. 너무 기대하셔도 곤란합니다만 해보도록 하죠. 여름에는 AAA 씨에게 토마토를 보내줄 수 있으면 좋겠군요."

서기 2193년 2월. 다소의 이변이나 굴절을 겪긴 했지만 일곱 도시 공존의 시대는 계속 유지될 듯했다. 토마토밭의 군사軍師들은 천천히 내려오는 물빛 황혼 속에서 어깨를 나란히 하고 농원을 향해 걸음을 옮겼다.

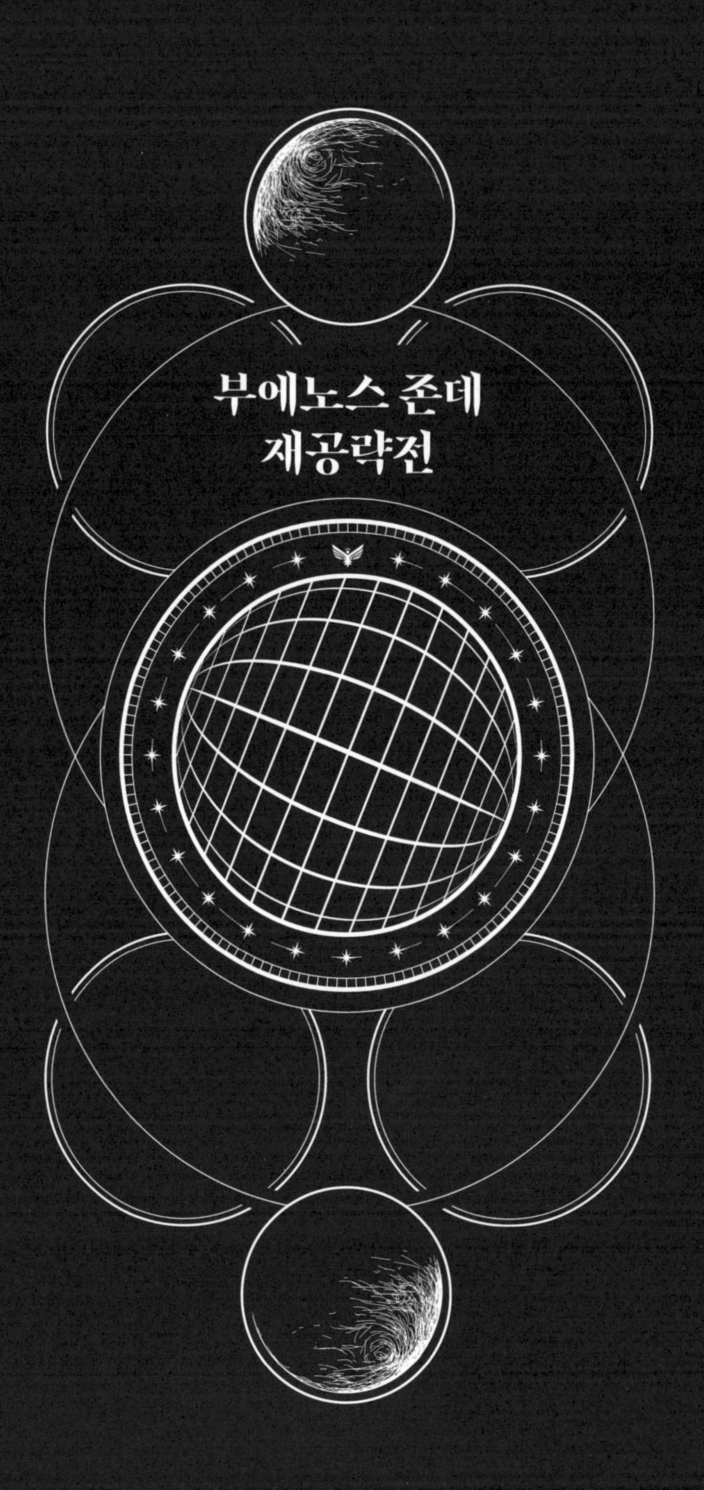
부에노스 존데
재공략전

I

일부이지만 개인의 야심이 역사를 움직인 예는 많다. 개인의 야심이 역사를 움직일 수 있다고 믿는 사람도 끊이지 않았다. 그러한 인물 중 한 명이 자기 신념에 따라 행동해서 인류 역사상 수십만 차례의 싸움이 야기되었다. 그러나 항상 그렇듯, 불타오르려면 가연물이 존재해야 한다.

서기 2190년 벽두에 뉴 카멜롯 시를 선동해 아퀼로니아 시에 간섭 전쟁을 일으킨 인물은 찰스 콜린 모블리지 주니어였다. 그리고 2193년 6월에 부에노스 존데 시를 해체 위기에 몰아넣은 사람도 동일인이었다. 모블리지 주니어는 3년에 걸친 유랑과 자복 끝에 그의 음모벽을 충족시킬 만한 대상을 찾아냈다.

서기 2193년 5월, 지구 표면에 산재한 일곱 도시 사이에서는 또다시 평화의 여신을 실망시켜 쓰러지게 만들 사건이 일어났다. 무대는 부에노스 존데 시였다.

일곱 도시 중 하나인 부에노스 존데 시는 지난해 이후로 아름답지 못한 무질서와 혼란에 빠져 있었다. 독재자 에곤 라우드루프가 정계와 인생 양쪽에서 퇴장하고, 그의 심장에 총탄의 처형 선고를 박아 넣은 귄터 노르트는 강요당한 권력의 의자를 발로 차버리고 고향 도시를 등졌다. 의자는 넘어진 채 방치됐고, 그것을 둘러싼 채 어찌해야 할지 모르는 시민들이 그 뒤에 남겨졌다.

망연했던 시간이 지나자 시민들은 행동하기 시작했다. 유감스럽게도 이러한 상황에서 모범적인 일이라고는 할 수 없었다. 그들이 열중한 일은 정쟁이었다. 서른 개가 넘는 정당이 서로 짖어대며 물어뜯은 결과, 아주 공격적이며 배타적인 두 정당이 살아남았다.

바로 '나비넥타이당'과 '검은리본당'이었다.

두 정당의 이름은 사정을 잘 알지 못하는 사람을 웃음 짓게 했다. 하지만 조금이라도 사정을 알게 되면 그 웃음도 얼어붙을 것이 분명했다. 망명자가 확실치 않아 자연 발생적인 것으로도 여겨졌지만, 지극히 혼탁하고 이상한 이질적 감각의 소산이었음에 분명했다. 두 정당은 증오와 적개심이 가득해, 심야에 서로의 구성원을 습격하고 린치를 주고받은 끝에 수백 명의 희생자를 냈다. 그때 가장 많이 사용된 처형법은 고전적인 교수형이었다. 수많은 활동가가 가로등이나 다리 밑에 매달렸고, 그때 목에 감은 끈의 색깔이나 매듭 모양에서 두 정당의 이름이 유래되었다.

전년도 말부터 규모가 커진 전쟁은 이미 정쟁 수준이 아니라 테러에 가까웠다. 나비넥타이당과 검은리본당 모두 정치적 주장을 내걸고는 있었지만, 뻔히 들여다보이는 본심은 '우리에게 권력을 넘겨라.', 그 이상도 이하도 아니었다. 검은리본당의 당 대표는 페르두르, 나비넥타이당의 당 대표는 무라드라고 하는데, 두 사람은 에곤 라우드루프의 숙청을 면했을 정도의 소인배일 뿐이었다. 특출하게 강한 지도력이 있는 사람이 아닌, 이른바 혼란을 틈타 기회를 노리는 자들이었다. 유랑하던 야심가가 파고들 틈은 바로 여기에 있었다.

모블리지 주니어의 신념과 행동력은 칭찬받을 만했다. 신념의 내용과 행동의 의미를 묻지 않았을 때만 말이다. 모블리지 주니어는 불굴의 이기주의자이며, 자신의 이익과 야심을 위해서는 수단을 가리지 않았다.

북극해 기슭에서 레나강에 걸친 전투에서, 모블리지 주니어는 아퀼로니아 시 공략에 실패한 채 행방불명되었다. 그러고 나서 그가 어느 땅에서 어떻게 지내고 있었는지는 분명하지 않다. 혼란과 혼미의 한가운데에 빠진 부에노스 존데 시에 모습을 드러냈을 때, 모블리지 주니어는 그렇게 곤궁해 보이지는 않았다. 다만 체면을 지키려고 연기도 했으며, 금전적인 고생도 한 것 같았다.

어쨌건 유랑하는 청년은 테러와 싸구려 모략이 소용돌이치는 부에노스 존데의 정치적 미로를 돌파하여 매우 단시일 내에 정계의 대어가 되었다. 마법으로밖에 생각되지 않는 일이지만, 모블리지 주니어는 두 테러 당파와 같은 거리를 유지하면서 두 당파를 싫어하는 사람들을 모아 보스 자리에 앉았다.

이상과 야심을 구별하는 건 쉽지 않다. 전자가 후자의 분장에 지나지 않는다면 오히려 판단하기 쉽다. 곤혹스러운 경우는 양자가 유착되고 혼합되어, 그걸 지닌 당사자조차 구별할 수 없게 되었을 때다. 일찍이 부에노스 존데 시를 지배한 에곤 라우드루프가 그랬다. 에곤 라우드루프는 자기 자신을 속일 수 있는 남자였던 셈이다.

모블리지 주니어도 결국 에곤 라우드루프—정신세계라는 지도地圖 안에서—와 같은 나라의 국민이었다. 모블리지 주니어는 종종 라우드루프의 아류로 간주됐으나, 사실 강인함을 따져보면 라우드루프를 능가하는 존재였을지도 모른다. 라우드루프는 독재 권력을 손에 넣고 있었지만, 모블리지 주니어는 적수공권인 처지에서도 자신의 야심과 재치와 집념만으로 세계를 움직이려고 했기 때문이다.

소수이긴 해도 모블리지 주니어의 정체를 아는 사람들은 강한 어조로 지적했다.

"모블리지 주니어는 이 도시에 단 한 조각의 애정도 없다. 그자에게 이 도시는 야심의 도구에 지나지 않는다. 시의 운명을 모블리지 주니어에게 맡기자는 건 자살행위다."

이런 의견은 발언 당시에는 대체로 무시되기 마련이다. 모블리지 주니어 역시 교묘하게도 이런 종류의 비판이나 비난에 대해 직선적으로 반발하지 않았다. 유랑하는 중에 사람 다루는 기술이라도 익힌 모양이었다. 쓸쓸히 이런 말을 내뱉은 걸 보면 말이다.

"나는 돌아가야 할 고향 도시를 잃었고, 부에노스 존데 시를 임종의 땅으로 삼는 인생 외에는 선택의 여지가 없다. 그 사실을 이해받지 못해 유감이지만, 그들을 탓할 생각은 없다. 그들 또한 이 도시를 사랑하는 사람이니까."

물론 입에 발린 발언이었지만, 다른 두 정당은 자신들이 하는 말조차 꾸미려 들지 않았기 때문에 상대적으로 모블리지 주니어의 평가가 올라갔다. 그리하여 모블리지 주니어의 세력은 일정 규모에 이르렀고, 검은리본당과 나비넥타이당도 당세 확장을 방해받게 되었다.

이렇게 되어서는 두 정당 모두 자력으로 대립 세력을 제압하는 일이 불가능했다. 그렇다면 어떻게 해야 승리의 여신을 자신의 진영으로 초대할 수 있을까?

역사상 많은 사례가 존재하지만, 두 정당이 선택한 방법은 다른 사람의 힘을 빌려 여신을 유괴하는 것이었다. 나비넥타이당은 뉴 카멜롯 시에, 검은리본당은 아퀄로니아 시에 각각 협력을 요청했다. 두 정당의 태도가 결정되기까지는 역시나 어처구니없는 사정이 존재했다.

처음에 검은리본당은 뉴 카멜롯과, 나비넥타이당은 아퀄로니아와 각각 손을 잡으려고 했지만, 대립 진영의 손이 자신의 구혼 상대에게 뻗치고 있다고 오해하고 당황하여 상대를 바꿨다.

두 정당 모두 상대의 환심을 사고자 고향 도시의 권익을 흔쾌히 양보하겠다고 자청했다. 뉴 카멜롯과 아퀄로니아 모두 이 제안을 기꺼워했고, 결국 욕망에 굴복했다.

이렇게 되어 시작된 뉴 카멜롯과 아퀄로니아의 간섭은 순식간에 심리적인 수준에서 물리적인 수준으로 바뀌었다. 딱히 대항하고자 결정하진 않았지만, 사고방식이 같은 탓에 하는 일이 닮을 수밖에 없었다. 결국은 이기주의였다. 이익을 좇다 보니 시야가 좁아지고, 그에 따라 논리가 아닌 힘에 의지하는 순서였다. 두 도시의 시 정부는 몇 차례에 걸쳐 외교적 절충이라 칭한 협박 전투를 치렀다.

"부에노스 존데에 손을 떼시게."

"그쪽이야말로 더러운 손을 치우길 바라네. 부에노스 존데의 정통 정부는 우리에게 협력을 요구하고 있다."

"누가 정통이란 말인가. 불만분자가 집단 히스테리를 일으키는 게 아닌가. 진실로 평화와 질서를 원한다면 사욕을 버리고 협력하시게. 그것이야말로 양식 있는 애국자의 태도일 테니."

"양식이란 단어가 아깝군. 타인의 불행을 이용해 자기 도시의 세력을 확장하려는 놈들이 양식을 말하다니, 입이 삐뚤어지지 않은 게 신기하다."

"삐뚤어진 것은 그쪽 근성이겠지."

더러운 욕설들로 응수하는 뒷면에서는 군대를 동원하려 서두르고 있었다. 두 도시 모두 군사력에는 자신이 있었고, 그런 만큼 전쟁하여 승리하고 싶다는 유혹은 항상 컸다. 그에 따라 안타깝게도 외교적인 면에서는 진지함이 부족했다.

발언 하나하나마다 누가 그 말을 했는지 확인하는 일은 무의미한 작업이었다. 군사력을 배경으로 약육강식 외교를 행하려는 공인의 정신 구조는 쌍둥이를 떠올리게 할 만큼 짙은 유사성으로 점철되어 있었다. 각자의 개성에 대해 언급할 필요조차 없을 정도라, 이것이 무대 연극이었다면 '외교관 A'나 '군인 B'로만 적으면 되었다.

그들은 네 시간에 걸쳐 자기 정당화와 타자 비방을 계속한 끝에 경사스럽게 결렬했다. '마음대로 해라. 이쪽도 마음대로 하겠다.'라는 뜻이었다.

원래 뉴 카멜롯 시와 아퀼로니아 시 사이에도 '악연'이 존재했다. 그 역시 모블리지 주니어가 매개한 인연이었다. 지난해 페루 해협 공방전에서 두 도시를 포함한 여섯 도시의 대동맹이 성립되어서 잠시 잊힌 듯 보였지만, 한때의 관대함은 사라지고 이전의 적의가 소생했다. 시점만 바뀌었을 뿐 뉴 카멜롯 시와 아퀼로니아 시는 과거의 역사에서 배운 것도 없이, 또다시 모블리지 주니어의 피리에 맞춰 춤추는 지경에 이르렀다. 하지만 정작 당사자들은 그 우스꽝스러움을 눈치채지 못했다.

II

6월 초순, 두 도시의 마지막 외교적 절충이 이뤄졌다.

“확인해 두는데, 귀시는 진심으로 군사적 충돌을 피하지 않을 생각인가?”

“우리는 언동의 일치를 중시하고 있다. 귀시와는 달리, 의지도 없이 말장난을 내뱉지는 않는다.”

“좋다. 자신이 말한 걸 훗날 잊지 않길 바란다.”

사용하는 언어가 복잡해졌을 뿐, 정신 수준은 유치원생과 다르지 않았다. 욕구가 얽힌 만큼 더러워지고, 규모가 커지는 만큼 고생하는 사람이 늘어난다. 일단은 대의명분이라는 두꺼운 화장을 칠했다 해도, 고생하는 사람은 출정을 강요당하는 장병들이었다.

뉴 카멜롯 시의 군사력은 우수했다. 하드웨어도 그러했지만, 특히 고급 사관의 작전 지휘 능력이 높은 평가를 받고 있었다. 단적인 예로, 단 한 명의 인재가 그 명성을 떠맡았다. 그 인재는 수륙양용군 사령관 케네스 길포드 중장이었다.

케네스 길포드는 공정한 남자였다. 만인에 대해 평등하게 무뚝뚝했다. 상대에 따라 태도를 바꾸는 경우가 없고, 예의를 지키면서도 상대가 간섭하는 것을 싫어했다. 이제 서른두 살이었지만 냉정하고 침착한 인상이 강하여 손위의 정치가들조차 압박감을 느꼈다.

사실대로 말하자면 정부 요인들은 길포드를 경원시했으나, 그 이상으로 신뢰할 만한 군사 전문가는 없었으며, 결국 군을 움직이고자 하면 길포드를 책임자로 앉힐 수밖에 없었다. 이번 또한 그랬다. 길포드 중장이 있다고 생각해서 시 정부도 강하게 나섰다. 길포드 입장에서는 그 안이함이 불쾌했다.

"우리 정부는 무익한 파병으로 인명과 물자를 탕진할 만큼 고향 도시가 풍족해졌다고 착각하는 모양이다. 무능한 정치가일수록 군사를 갖고 놀고 싶어 한다. 참으로 난처한 일이다."

다만 길포드는 큰소리로 그렇게 말했던 적은 없다. 세상에는 저열한 인간이 실재하고 있기에, 군인이 정치가를 비판했다고 알려지면 쓸데없는 잡음을 일으킨다. 그런 인간 중 절반은 정치가에게 아양 떨며 군인을 압박하려 하고, 남은 절반은 군인에게 아첨해 정치가를 폄하하며, 군인의 세력을 정치적으로 키워 자신이 그 떡고물을 먹으려 든다. 길포드는 무능한 정치가를 싫어했지만, 열악한 품성의 무리에게 아첨을 받는 일은 그 이상으로 싫었다.

민주공화정치 체제의 바른 모습으로서 군사는 정치에 종속되어야만 한다. 그 반대여서는 안 된다. 그렇게 생각해서 길포드는 정부 명령에 따르고 있지만, 사실 만성적으로 불쾌한 날들을 보내고 있었다.

특히 병사의 생명을 강제로 위협하는 놈들이, 시민들에게 위임받은 권력을 사유물로 착각하고 그 권력을 일신의 이익을 도모하는 데에 쓰며 광분하는 모습에는 진절머리가 났다. 정복 사업에 나서기보다는 우선 자신의 몸을 씻어 구린내를 없애야 하지 않나. 길포드는 바로 얼마 전에 젊은 정치가 중 한 사람과 이런 대화를 주고받았다.

"정치가는 도덕이나 윤리로 판정받는 게 아니라 정책이나 능력으로 평가되어야 한다고 말씀하시는 건가?"

"그렇소."

"그런 말은 유능한 정치가가 해야지. 부패했을 뿐만 아니라 무능하기까지 한 정치가가 자기를 정당화하려고 사용할 말은 아닐 텐데."

그렇다고 해도 길포드에게 출병을 명령할 권리는 정치가들에게 있었고, 길포드는 그 명령을 거절할 수 없었다.

한편 아퀼로니아 시를 돌아보면, 이 시 역시 뉴 카멜롯과 닮아 알마릭 아스발 중장이 지휘관으로서 명성을 얻고 있었다. 이 남자는 길포드 이상으로 정치가에게 불손했으며, 원수 니콜라스 블룸의 출병 요청에 처음에는 코웃음마저 쳤다.

니콜라스 블룸은 이 불손한 남자를 경악시키는 일에 은밀한 쾌감을 느꼈다. 블룸은 과장해서 좌우를 돌아보고 소리까지 죽인 채 AAA에게 말했다. 주위의 막료들이 귀를 기울였다.

"모블리지 주니어가 살아 있네. 부에노스 존데 시에서 그의 생존이 확인되었다."

그 한마디는 폭탄이라기보다 독가스 같은 효과를 불러일으켰다. 막료들은 기관에 유독가스가 침입한 듯한 표정으로 천천히 안색을 바꿨다. 모블리지 주니어는 선대가 5년만 더 장수했다면 아퀼로니아의 원수로 취임했을 게 분명한 인물이다.

시에서 추방되고 나서, 하필이면 뉴 카멜롯 시의 조력을 얻어 고향 도시에 무력 침공하려고 했다. 아퀼로니아 입장에서는 역사상 최악의 변절자이며, 증오해야 할 공공의 적이었다.

3년 전, 레나강 전투에서 AAA에게 패배한 다음에는 줄곧 행방불명이었다. 그래서 어딘가에서 변사했을 거라고 생각했다.

모블리지 주니어가 생존해 있다는 소식은 분명 AAA조차 놀라게 했다. 하지만 따지고 보면 죽음이 확인된 바도 아니었으니 살아 있다고 해도 신기할 건 없었다. 요컨대 모두가 '그는 죽었다.'라고 정리해 버리고 싶었을 뿐이다.

"그놈, 불사신 아닌가? 일곱 도시가 모두 멸망한 다음에도 그놈 혼자 살아남아 있을지도 모르겠군. 욕먹을수록 오래 산다는 건 정말 명언이다."

AAA는 악담을 내뱉었지만, 마지막 발언이 딱히 자성의 의미를 담은 말은 아니었다. 아스발의 모습을 본 니콜라스 블룸은 설득에 성공했다고 생각했다. 무엇보다 블룸 자신 또한 모블리지 주니어가 살아 있는 한은 안심할 수 없었다. 단순히 정적이라고 부르기에는 너무 위험한 남자를 AAA의 손으로 제거하고 싶었다. 물론 자신의 처지에 대해 언급하지는 않았지만.

이렇게 하여 뉴 카멜롯과 아퀼로니아 두 도시가 출병을 결정했다. 동원된 병력의 경우, 뉴 카멜롯 군은 케네스 길포드 중장이 이끄는 수륙양용 부대를 중심으로 3만 4천 600명, 아퀼로니아 군은 알마릭 아스발 중장이 이끄는 장갑야전군을 주체로 3만 6천 900명에 달했다. 동원 한계 능력을 밑도는, 소수정예주의가 관철된 형태였다.

군사력은 결국 경제력에 구속된다. 일곱 도시 모두 군사적 모험을 좋아하지만, 경제와 사회가 파탄하는 일만은 피해야 했다. 타데메카 시 교외에서 농원을 경영하는 류 웨이가 식객 귄터 노르트에게 말한 의미와 비슷하지 않을까.

"건강을 해치지 않는 범위에서 나쁜 놀이를 하고 싶어 하는 거지. 자신이 젊고 체력이 있다고 느끼는 동안에 말이야."

뉴 카멜롯과 아퀼로니아 두 도시가 질리지도 않고 군사들을 방탕하게 소모하려 할 때, 그 행동에 울화병이 도진 도시가 있다.

남극 대륙의 패자를 자칭하는 프린스 해럴드 시였다.

"우리 시는 부에노스 존데 시와 인연이 깊다. 지리적, 역사적 양면 모두에서. 지금 탐욕스러운 뉴 카멜롯과 이리와 같은 아퀼로니아가 부에노스 존데를 공략하여 시민을 해치고 자원을 탈취하려 하니 팔짱을 낀 채 방관할 수만은 없다."

이는 프린스 해럴드 시도 출병하겠다는 뜻이었다. 분명 프린스 해럴드 시는 부에노스 존데 시와 인연이 깊었다. 좋지 않은 인연이다. 침공을 받아 격퇴하고, 침공해서 격퇴당했다. 폴타 니그레와 페루 해협에서 서로 많은 인명을 잃었다. 그 악연에 마침표를 찍고 싶다. 이기면 원수의 세력을 줄이고, 적지 않은 권익도 확보할 수 있다.

프린스 해럴드 시 정규군 총사령관은 카렐 슈터밋 중장이었다. 호리호리한 몸집에 손발이 긴 서른네 살의 청년이다. 아내 하나와 아이 셋—숫자가 거꾸로일 경우 큰일이다—을 둔 가장이다. 부사령관 유리 크루건과 비교하면 온화하고 상식적이라는 평이 있지만, 크루건보다 성격이 나쁘다는 평을 듣는 인간은 남극 대륙에 생존하지 않으므로 칭찬이라 해야 할지는 미묘하다.

"괜찮아. 이번에는 이길 걸세."

자신만만하게 보증한 정치가는, 슈터밋의 탐탁지 않은 표정을 일부러 무시했다.

"그때는 여섯 도시 연합군이라 지휘에 일관성이 없어서 진 거네. 이번에 분열한 건 적이니까…."

이것을 건설적 사고라고 칭해도 좋을지, 슈터밋은 머릿속 사전을 펼치려다 한숨을 쉬며 단념했다. 이미 정치적 측면에서 내린 결정이다. 슈터밋으로서는 주어진 권한 내에서 최선을 다하는 일 외에 방도가 없었다.

"거기에다 현재 부에노스 존데에는 귄터 노르트 장군이 없네. 그렇다면 자네들이라도 이길 수 있겠지."

그 정치가는 비례와 무례와 실례를 완벽하게 조합하여 단언했다. 슈터밋이 격노할 만한 부분이었지만 그는 그리하지 않았다. 이런 인간을 상대로 화를 내봤자 쓸모없다는 것을 알고 있기 때문이다.

슈터밋은 그러한 일보다 출정하는 부하와 자기 자신을 위해 다른 사정을 고려해야 했다.

“아퀼로니아와 뉴 카멜롯 두 도시 모두 페루 해협 공방전 이후 전력을 온존하고 있습니다. 두 도시에서 작정하고 군을 움직이면 사태가 조금 바뀔 수도 있습니다만.”

“그렇다면 더욱더 부에노스 존데를 놈들 손에 건네줄 수는 없네.”

슈터밋은 무익한 대화를 끝내고 밖으로 나오다가 청사 뜰에 원색의 꽃들이 흐드러지게 핀 모습을 보았다. 꽃 이름을 잘 알지 못했다. 멍하니 바라보며 방금 나눴던 대화 중 여러 내용을 떠올렸다. 슈터밋에게 출전을 강요한 권력자는 이렇게 말했다.

“뉴 카멜롯과 아퀼로니아 두 도시의 군대가 서로 죽이는 건 놈들의 자유지만, 전화戰火가 부에노스 존데의 시가지에 미쳐서는 안 되네. 부에노스 존데 정부가 시민의 안전을 지키는 게 이미 불가능해진 이상, 우리가 그 시를 보호해야만 하네. 부디 그 시를 파괴하지 말도록.”

‘보호라니, 잘도 가져다 붙이는군.’ 슈터밋은 쓴웃음을 지을 수밖에 없었다.

‘욕심쟁이와 구두쇠의 차이는 무엇인가?’라는 문제에 대해서 이런 답이 있다. “욕심쟁이는 전쟁을 사랑하고, 구두쇠는 평화를 좋아한다."

이것은 어디까지나 단편적인 진리이지만, 건물이 파괴되거나 물자가 소모되는 게 아깝다면 전쟁을 일으키지 않는 편이 당연하다. 그것은 옳다.

하지만 그 대상이 우리의 도시가 아닌 타인의 도시이며, 게다가 다른 도시의 군대 앞에 우리 군대를 떠밀어 놓고는 파괴를 피하라고 한다. 단순한 난제가 아닌, 모순의 극치를 달리는 난제였다. 슈터밋의 입장에서는 견딜 수가 없을 정도였다.

이때 슈터밋은 곤혹을 참지 못한 나머지 원시적인 범신론에 순간 사로잡혀 버렸다. 길가에 핀 꽃에 정령이라도 머무는 듯, 출정하는 병사들의 운명을 걱정한 나머지 무심코 꽃에 대고 기도해 버렸다.

"제발 도와주십시오. 제 능력 밖의 일입니다. 부디 은총을 내려주소서."

꽃을 향해 공손하게 머리를 숙이는 사령관을 바라보며 "흥." 하고 중얼거린 사람은 유리 크루건이었다. 상대가 슈터밋이 아니었다면 다가가 등을 차버렸을지도 모른다. 천재를 자부하는 이 불손한 용병가 입장에서는 '꽃에 기도할 정도라면 차라리 내게 빌어라.'라고 생각했다.

사실상 프린스 해럴드 군의 총지휘는 크루건이 맡는다. 슈터밋은 보급을 준비하고, 작전안을 승인하고, 정치가들과 절충해 크루건이 수완을 보이기 쉬운 환경을 조성하는 식이다. 이 두 사람이 콤비를 이루고 나서 프린스 해럴드 군이 군사적으로 패배한 적은 없었다.

일곱 도시의 세력은 거의 완벽한 균형을 유지하고 있다. 인구, 군사력, 농공 생산력, 사회자본 정비도. 그 외 다양한 분야의 통계 수치를 봐도 각 도시 사이에 눈에 띌 정도의 격차는 없었다. 그것은 일곱 도시를 건설한 월면 도시 주민들이 용의주도하게 배려한 결과이긴 하지만, 각 도시의 시민과 정부가 시정 운영에 노력했기 때문이기도 하다. 이 균형은 일곱 도시 공존 체제에 의한 평화와 질서의 확립에 기여할 터였다.

하지만 세력의 균형이 오히려 야심가의 정신적인 토양을 자극하기도 한다. 한 도시가 다른 한 도시를 제압하여 지배하게 되면 합쳐져서 커진 세력이 다른 도시를 압도하게 되고, 도미노 게임처럼 차례차례 다른 도시를 집어삼키며 지배 영역을 넓혀갈 수 있을 듯 보이는 것이다. 2193년까지 일곱 도시 사이의 군사적 충돌은, 그 모든 궁극적 원인이 바로 그것 하나에 있다고 잘라 말해도 될 정도였다.

III

이번에야말로 질 리가 없다는 세 도시 위정자들의 생각은 이미 적은 대로다. 하지만 패배를 도착의 미학으로 삼아 자아도취 하는 변질자가 아닌 이상 누구나 승산을 높이고 나서 원정 전쟁을 시작하는 법이며, 전쟁을 벌이는 자들의 절반은 승리 방정식의 어딘가에서 계산 실수를 범하고 마는 법이다.

"질 생각으로 파병하는 놈이 어디에 있다는 말인가. 하지만 파병했다고 해서 이미 이겼다고 생각하는 놈들은 머릿속에서 제대로 된 상상력이 발휘되지 않는 게 분명해. 그야말로 돼지 같은 놈들이다."

냉엄한 어투로 정부를 비판하는 크루건에게 슈터밋이

달래듯이 말을 걸었다.

"힘들겠지만 아무쪼록 부탁하네. 귀관만이 우리 군의 희망이니까."

"꽃에 부탁하는 게 어떤가?"

크루건이 그렇게 말한 까닭은 슈터밋이 꽃에 기도한 모습이 불만이었던 모양이다. 바꿔 말하면 그렇게 자신이 의지가 되지 않느냐는 의사 표시이기도 하다. 이는 크루건의 객기라기보다는 어린아이 같은 모습이다. 슈터밋은 눈을 깜빡인 다음 웃음을 터뜨렸다. 슈터밋은 재기와 예기 모두 크루건에 미치지 못했지만 원숙한 인격과 포용력은 크루건을 크게 능가했기에, 결국 슈터밋의 존재 없이는 크루건의 천재성도 발휘될 길이 없었다.

4만 1천 200명의 군사 동원이 결정되어 긴급 편성 작업을 진행하던 중, 문득 크루건이 슈터밋에게 물었다.

"부에노스 존데라니까 생각났는데, 귄터 노르트는 지금 타데메카에서 뭘 하고 있나?"

"밭에서 토마토를 재배하고 있다더군. 아니, 감자였던가? 어쨌든 평화롭게 지낸다니 다행이지."

"평화라…."

"사람마다 이상은 다르겠지만, 나로서는 노르트의 방식을 부정할 생각은 없네."

부정은커녕 선망을 금하지 못하는 듯한 카렐 슈터밋의

표정이었다. 유리 크루건은 또다시 "흥." 하며 뭐라 말하고 싶은 눈초리를 했다. 이 남자는 슈터밋을 의식적으로 존경하진 않았지만, 그러면서도 슈터밋 아래에서 부사령관 지위에 만족한다는 게 참으로 기묘한 일이었다.

7월에 들어서 AAA가 이끄는 아퀼로니아 군은 부에노스 존데 시에서 100킬로미터 떨어진 지점까지 도달했다.

"시가전은 피하고 싶다. 시민을 직접 전쟁에 말려들게 하는 일은 인도적이지 않다."

AAA의 발언은 훌륭했고, 거짓말도 아니었다. 다만 입 밖으로 내지 않은 말에 아스발의 본심이 있었다. 시가전을 해서 시의 사회자본이 파괴되면 전쟁의 비용 대비 효과가 낮아진다. 재해를 입은 시민들에게 식료품이나 의약품을 공급하고, 가설 주택을 세우고 도로나 전선이나 전화망을 재건해야 한다. 하드웨어 측면만 한정해서 봐도 큰 지출을 강요하는 셈이다. 하물며 많은 인간의 생명과 재능이 없어지면 그것을 회복하는 데에는 더 많은 시간과 노력이 필요한 법이다.

AAA가 여러 가지를 고려하고 책략을 준비하는 동안, 아무 생각도 없는 인간에게서 연락이 왔다. 검은리본당의 당 대표인 페르두르가 은밀하게 시를 벗어나 아스발의 사령부로 찾아온 것이다. 맨손으로 왔지만, 선물은 페르두르의 혀끝에 실려 있었다.

"내가 제일 시민의 자리를 손에 넣으면 아스발 장군께는 시 정부 명예 국방장관의 지위를 드리겠소. 그 건에 관해 의정서를 주고받아도 괜찮은데, 어떻겠소?"

AAA의 인격에는 세속적 욕망의 요소가 풍부했다. 맛있는 요리를 먹고 싶고, 미녀를 안고 싶고, 싫어하는 놈을 불행하게 만들고 싶다고 자연스럽고 솔직하게 생각한다. 다만 욕망이 이성을 집어삼킨 적은 지금까지 없었다. 아스발의 시선에서 보면 페르두르 같은 남자를 믿을 마음은 생길 수가 없었다. 분명 행동력만은 충분했지만, 정신적인 방향감각이 부족한 인물이다. 쓸모없는 피도 대량으로 흘리고 있지 않나.

이런 인물과 얼떨결에 의정서를 교환이라도 했다가는 훗날 그것을 빌미로 공갈 협박을 당하거나 지금 자신이 얻은 지위를 내려놔야 할지도 모른다. 여기서는 적당히 달래는 편이 낫다.

"저는 아퀼로니아 시의 공복으로서 직책을 완수할 뿐입니다. 그런 이야기는 부에노스 존데 시가 해방된 다음 합시다."

성의 없는 교언영색의 표본이었지만, 세금이 붙는 일도 아니니 AAA는 아낌없이 립 서비스를 해줬다. 검은리본당의 보스가 그걸 믿다가 딱한 꼴을 당한다 해도 AAA로서는 전혀 상관없었다.

"어쨌든 저로서는 과분한 일을 부탁드릴 생각은 없습니다. 검은리본당 여러분이 먼저 실권과 명예를 손에 넣으셔야 합니다. 국방장관의 지위에 적합한 인재야 찾으려면 얼마든지 있겠지요."

그렇게 페르두르를 치켜세우고 나서 그를 돌려보냈다. 검은리본당이 조금이라도 케네스 길포드 장군의 진군을 방해해 주길 바랄 뿐이다. 그리고 AAA 자신은 상처 없이 부에노스 존데 시를 수중에 넣어야만 했다.

"미녀의 옷을 찢어내되, 피부에는 상처 하나 입히면 안 된다. 상당히 어려운 요구인걸."

AAA의 발언에 다른 막료들은 침묵으로 대답했다. 정말 천한 비유라고 생각한 것이 틀림없다. AAA는 막료들의 마음 따위에 신경 쓰지 않았다. 벌써 나타난 뉴 카멜롯 군과 곧 나타날 프린스 해럴드 군이라는 두 강적을 어떻게 맞이해야 할지, 그것을 생각하는 일이 훨씬 중대했다. 아퀼로니아 군의 현황은 그다지 순조롭지 않았다. 페루 해협 양안의 제압을 시도해 보았지만, 당연하게도 부에노스 존데의 방해를 받아 해협이 봉쇄되어 버렸다.

해협이 봉쇄되면서 아퀼로니아 군은 해상에서의 공격로를 잃었다. 알마릭 아스발 장군은 이대로 가다가는 페루 해협 공방전의 실패를 반복하리라 판단했다. 물론 아스발은 궁핍한 현상에 만족할 생각은 없었다.

"일어난 일은 어쩔 수 없다. 하지만 우리만 불행할 필요도 없다. 뉴 카멜롯 군도 불행하게 만들어 주겠다."

내 불행은 놈의 것, 놈의 불행은 놈의 것. 하급 악마가 기뻐할 만한 대사를 마음속으로 중얼거리면서 AAA는 성의와 열정을 담아 케네스 길포드 방해 작전에 착수했다.

길포드 쪽에서도 물론 처음부터 AAA의 호의 같은 건 기대하지 않았다. 짜증 나는 놈이라는 사실은 이미 페루 해협 공방전 때에 넘칠 정도로 느꼈다. 지속해서 아퀼로니아 군의 동정을 살핀 결과, AAA가 뉴 카멜롯 군과 부에노스 존데 시가지 사이로 비집고 들어가 도로를 봉쇄하기 시작한 사실을 알게 되자, 길포드는 처음으로 스스로 움직이기 시작했다. 뉴 카멜롯 군은 아퀼로니아 군에게 압박받아 해협부로 밀려나자 그곳에서 진퇴양난에 빠지는 듯 보였지만, 이것은 모두 계산된 행동이었다.

급전진한 뉴 카멜롯 군은 경이로운 속도로 재빨리 카르데나스 언덕 배후로 우회하여 두 시간에 걸친 전투 끝에 이곳을 점령해 버렸다. 난공불락이라 여긴 카르데나스 언덕이 이렇게 어이없게 함락될 줄이야. 페루 해협 공방전 때에는 불가능했던 일이 가능해진 건 현재 부에노스 존데 군에 인재가 없다는 사실을 증명했다.

카르데나스 언덕 함락 소식을 듣고 AAA는 한껏 심술궂은 표정을 지었다.

"페루 해협 따위, 길포드에게 주겠다. 내 목적은 부에노스 존데 시 그 자체다. 겨우 언덕 하나 가지고 애석할 필요는 없다."

이것은 호언이라고 해야 했다. AAA는 길포드를 당황하게 해주고 싶었지만, 그것이 쉬운 일이라고는 생각하지 않았다. 길포드를 당황시키는 일은 유리 크루건과 사이가 좋아지는 일에 필적할 만큼의 난이도를 자랑할 터였다.

AAA는 난제를 싫어하지는 않았지만, 무의미하고 어리석은 행동이 난제와 결혼해서 재앙이라는 자식을 낳는 일만은 사양하고 싶었다. 실은 아스발에게는 어떤 마법을 연출할 만한 비방이 있었다. 아퀼로니아 시를 출발하기 직전, 먼 타데메카 시에서 감자와 토마토를 채운 상자가 아스발의 관사에 도착했다.

AAA는 정치와 전략에 관해서는 자신의 스승이라고 해야 할 벗의 존재를 떠올리고는 안부를 묻는 편지를 구실로 연락을 취했다. 그리고 아스발이 '토마토 통신'이라고 부르는 류 웨이의 대답을 받게 됐다. 이것을 살릴지, 죽일지는 AAA의 책략에 달렸지만, 그 이전에 AAA 자신이 일정한 군사적 성공을 거둬야 했다.

IV

7월 9일. 프린스 해럴드 군이 마침내 페루 해협 서해안에 병력을 상륙, 전개했다. 프린스 해럴드 군 총사령부는 먼저 도착한 두 도시의 군사령부에 이러한 서한을 보냈다.

"만약 시가지에 선제공격을 가하는 군이 있다면, 우리 군은 그에 대해 평화 유지 목적의 역할을 적극적으로 수행, 완수할 것이다. 자중하길 바란다."

평화 유지에 대한 강한 의사를 표명한 일은 어디까지나 표면적 자세에 지나지 않았다. 프린스 해럴드 군의 진심은 다른 양자에게 있어 너무나도 명확했다. 아퀼로니아 군과 뉴 카멜롯 군이 개전했을 때, 구실을 만들어 한쪽에 가담해 다른 한쪽을 때려눕히려는 것이다. 그뿐 아니라 두 도시의 군대가 교전을 벌여 어느 정도 소모되면, 자신들이 온존한 병력을 조용히 밀고 들어와 고생 없이 큰 이익을 얻을 생각인 셈이다.

"정말 교활한 방법이야. 크루건이라는 괴악인이 생각한 게 분명하군. 정말 그놈이 떠올릴 만한 작전이다."

AAA가 그리 내뱉자, 고급 부관인 보스웰 대령이 언어학적인 질문을 던졌다. '괴악인이란 어떤 의미인가?'라고.

"괴짜이면서 악인인 사람을 가리키지."

"그 두 요소는 양립이 곤란하지 않습니까?"

"그놈은 양립시키고 있다. 별종이라고 해야겠지."

아스발 자신에게는 두 요소가 모두 빠져 있다고 믿어서인지, AAA는 크루건의 인격에 대해 엄격한 비판과 규탄을 가했다. 그렇다고는 해도, 불쾌하지만 인정할 수밖에 없었다. 크루건의 판단은 옳았다. 무엇보다도 공리적인 의미에 대해서였지만…. 그리고 크루건이 옳다면 AAA의 진영은 잘못하고 있으며, 크루건이 현명하다고 하면 AAA 진영은 어리석다는, 정말로 불쾌한 결론에 이르게 된다.

AAA는 가설 텐트로 세운 본영에 30장이 넘는 군용 지도를 준비해 놓았다. 그 모든 것을 지면 위에 펼쳐놓고, 양손과 양 무릎을 짚고 열심히 시선과 손가락 끝을 움직였다. 이 남자에게는 일반인이 갖지 못한 시각적 상상력이 있기에 등고선 하나로 그것이 가리키는 지형을 뇌리에 또

렷이 떠올릴 수 있었다.

“카르데나스 언덕을 탈취한 이상, 뉴 카멜롯 군은 이 루트를 돌아 시가지를 우회해서 우리 군의 뒤쪽으로 나올 생각이다. 그렇다면 바로 거기다. 이 고개에서 뉴 카멜롯 놈들을 막는다.”

AAA가 손끝으로 누른 지도에는 ‘모렐리아 고개’라고 적혀 있었다. 지난해 페루 해협 공방전에서 여섯 도시 동맹군은 이 고개에 접근조차 할 수 없었다. AAA의 지리 감각을 살릴 기회가 없었던 셈이다.

“정말로 그렇게 될까요?”

“길포드 녀석이 내 반만이라도 영리하다면 그렇게 할 거야.”

AAA는 보스웰 대령의 상식적인 질문에 호언장담으로 대답했다. 물론 모렐리아 고개의 군사 지리학적인 중요도는 매우 커서, 길포드가 만약 여기를 차지한다면 부에노스존데 시와 아퀼로니아 군은 길포드의 수중에 떨어지고 말 것이다.

“그때는 우리가 어떻게 합니까?”

“글쎄. 포커라도 치면서 칩이 떨어진 순서에 따라 목을 매면 되겠지.”

시시한 어투로 졸렬한 농담을 내던진 AAA는 텐트에서 나와 쌍안경을 들여다보았다.

아스발의 시야에 낙원의 풍경은 비치지 않았다. 오히려 반대되는 풍경이 보였다. 끓어오르는 악마의 스튜였다. 인간과 무기와 탄약이 거대한 냄비 속에 던져져, 열과 빛 속에서 녹아내린다. 규모는 크지 않은 전투였지만, 아퀼로니아 군의 전방을 가로막는 부에노스 존데 군—정확하게는 나비넥타이당의 전투 부대—는 상당히 강했다.

"모렐리아 고개에서 뉴 카멜롯 군을 저지하지 못하면 방법이 없겠군."

AAA는 그렇게 생각했다. 평범한 지휘관이라면 그걸 위한 전력이나 전술을 고민했겠지만, 이 남자의 사고방식은 교활했다. 아니, 그보다 후안무치하다고 해야 맞다. 아군의 전력을 아끼면서 검은리본당의 군대로 케네스 길포드라는 숙적을 억누를 생각이었다.

옆에 선 보스웰 대령이 기분을 전환하려는지 당돌한 질문을 던졌다.

"각하에게 가장 싫은 죽음이란 어떤 죽음입니까?"

"화장실에 들어갔을 때 가스 폭발에 휘말리는 것이다."

"제 가장 큰누이의 두 번째 남편은 오래된 음식을 아깝다고 먹다가 식중독에 걸리는 일이라고 하더군요."

"…흠. 어느 쪽이든 전장 이외의 죽음이라는 얘기군."

AAA는 최전선에서 죽음의 공포와 동침하는 병사들의 감상을 들어보고 싶었다. 병사들이 전장에서 영웅으로 죽기를 바란다고는 도저히 생각할 수 없었다.

어찌 되었든 영원히 계속되는 전투는 없다. 조금이라도 요령 있는 인간들이라면 전쟁이 끝난 다음의 일을 고려해 작전을 세운다. 정치가들은 이기고 나서 자기 몫만 생각하고 있을 테지. 원정 그 자체의 곤란함을 생각했던 적이 과연 있긴 할까.

이제 와서 말하기도 어처구니없는 일이지만, 보급선이 너무 길었다. 각 도시의 군대는 먼 거리를 달려와 전장에 도착한 다음, 또한 멀리까지 달려서 돌아가야만 했다. 얼마나 많은 에너지와 물자를 소모하는 일이려나. 정말로 침공을 생각한다면 전략상 교두보와 보급과 작전 행동의 근거지를 목적하는 도시 근처에 건설해야 한다. 물론 불가능한 주문이지만.

"보급 물자가 없어지면 퇴각할 뿐이다."

AAA는 거꾸로 배짱을 부리고 있었다. 이것도 지난해 페루 해협 공방전 때와 같았다. '물자도 없이 악전고투하면서 고향 도시를 위해 목숨을 바치자!'와 같은 마조히즘은 AAA와는 인연이 없었다.

AAA가 책모를 펼치는 동안, 케네스 길포드는 카르데나스 언덕에서 모렐리아 고개로 군을 움직이고 있었다.

"…그나저나 정치가 놈들은 매년 전쟁을 하면서 질리지도 않나 봐."

병사들의 대화가 바람을 타고 길포드의 귀에 닿았다.

“전쟁이란 녀석은 연애와 같아. 자기가 괴로워하는 것은 딱 질색이지만, 남이 고생하고 있으면 재밌어서 견딜 수가 없지.”

“아는 척하기는.”

“그 정도 수준일 뿐이야. 높은 분이라고 해서 고상한 일을 생각한다고 믿으면 터무니없는 착각이라고.”

그들은 병사인 동시에 시민이다. 그러나 권력자들에게 그들은 단순한 ‘숫자’에 지나지 않았다. 선거 때에는 표이며, 세금에 관해서는 납세 카드 한 장. 그리고 전쟁할 때는 소모품 정도로 여기는 일개 병사. 그것이 아무리 현실이라고 해도 어딘가 미친 것처럼 보였다. 지휘관 전용 장갑차 위에서 길포드는 불쾌한 침묵을 유지했다.

이날, 7월 18일. 뉴 카멜롯 군의 행동 지역은 엷은 안개에 휩싸여 시야가 좁았다. 페루 해협 공방전 이후, 길포드는 날씨의 도움을 받지 못하는 듯했다.

“하늘을 날 수 있으면 좋겠습니다. 머리 위에서 적군의 상황을 알 수 있다면 정말 유리할 텐데 말이죠.”

막료 중 한 명인 로제비치 중령이 탄식을 뱉었다.

“하늘 위에서까지 살인하고 싶지는 않아.”

케네스 길포드는 그렇게 중얼거리고 하늘 구석으로 시선을 던졌다. 길포드의 시선 그 너머에는 올림포스 시스템의 일부가 떠 있을 것이다. 이 시스템을 고안한 인간은 어쩌면 선견지명이 있었을지도 모른다. 그런 생각이 길포드의 심리의 지평을 살짝 지나갔고, 그는 살짝 눈썹을 찡그렸다. 터무니없는 감상이다. 한쪽의 이기주의를 저해했다고 해서 다른 한쪽의 이기주의가 미화되는 것은 아니다.

14시 20분, 뉴 카멜롯 군은 모렐리아 고개에 포진한 적군의 전초 부대와 조우했다. 병력을 비교했을 때 비율이 20대 1정도여서 소수였던 적의 부대는 전의가 없었고, 곧바로 진지를 철수해 고개 위에서 북적거리는 아군의 본대에 합류했다. 이렇게 해서 14시 50분, 안개 속에서 전투가 시작되었다.

"발사!"

말꼬리가 사라지기 전에 빠르게 총성이 울려 퍼지며 메아리를 지웠다. 고밀도 탄막이 공간을 메웠고, 모렐리아 고개의 비탈길은 착탄의 충격으로 흙먼지를 날렸다. 흙먼지가 안개와 섞여 자욱하게 시선을 감쌌다.

V

피와 화약 냄새로 저격병들의 후각은 포화 상태가 되었다. 강한 자극을 받고 재채기하는 병사가 속출했다. 코피를 흘리는 사람까지 있었지만, 그럼에도 병사들은 사격을 계속하여 죽음을 대량 생산하는 작업에 열중했다.

카르데나스 언덕을 신속히 점령하는 데 성공했던 만큼, 뉴 카멜롯 군에게 조금이나마 정신적 이완이 있었던 것은 부정할 수 없었다. 카르데나스 언덕 자체는 요충지가 아닌데 권터 노르트의 지휘 능력과 방어 구상이 언덕을 요새화했다. 모렐리아 고개의 경우, 아무리 생각해 봐도 제2의 카르데나스 언덕이 될 수 없었다. 길포드는 냉철하고 침착하게 지휘해, 16시에는 적 화력의 8할 정도를 잠재웠다. 전선 자체도 고개의 산 중턱까지 전진했다. 하지만 고개의 정상에 자리 잡은 적진은 더욱 완강해, 적들을 파쇄하고자 로제비치 중령이 전진 지휘를 맡게 되었다.

길포드의 지시는 짧았다.

"이 거리라면 이제 됐을 것이다. 곡사포를 써라."

능선 건너편에 있어 안 보이는 적진을 향해 곡사포를 써서 머리 위에서 포격을 가하라는 뜻이었다.

"장갑차를 선두에 세우고 강행 돌파하면 안 됩니까."

로제비치 중령이 제안하자 길포드는 다만 한 마디, "쓸모없다."라고 했을 뿐 이유를 설명하려 하지 않았다. 본래 길포드의 명령은 군 내에서 두말없이 행해지고 있었지만, 로제비치는 갑자기 표변한 듯 자신의 의견을 고집했다. 곡사포보다 장갑차를 사용해 모렐리아 고개를 달려 검은리본군의 총좌를 박살 내고 싶어져서다. 이렇게 해서 15대의 장갑차와 2천 400명의 보병이 모렐리아 고개로 진군했다.

검은리본 군의 게릴라 전법은 케네스 길포드 정도의 걸출한 지휘관조차 뜻밖의 고전을 면치 못하게 했다. 검은리본 군이 모렐리아 고개의 비탈길에 물을 흘려보냈기 때문이다. 수도관을 파열시켜 비탈길을 '물계단'으로 바꿔버렸다. 홍수를 일으키기에는 도저히 부족한 수량으로, 뉴 카멜롯 군의 사관들은 그 모습을 보고 웃기는 장난이라고 생각했다. 그런데 하룻밤이 지나자 사관들은 아연할 수밖에 없었다. 적은 냉동기를 꺼내어 비탈길 표면을 감싼 물길을 얼려버렸고, 물계단은 세계 최장의 미끄럼틀로 변해버렸기 때문이다.

오르려고 해도 군화 바닥이 미끄러져 불가능했다. 미끄러지지 않으려면 돌 같은 것에 매달릴 수밖에 없었고, 그러면 움직일 수가 없었다. 그 상태에서 저격당해, 뉴 카멜롯의 병사들은 차례차례 쓰러져 갔다. 이렇게나 바보 같고 비참한 전사 방법도 드물었다.

장갑차가 얼음을 부수면서 전진하려고 하자 검은리본 군은 다시 물을 흘렸다. 물은 장갑차의 바퀴를 적시고 얼려서 장갑차의 전진을 막았다. 장갑차가 움직일 수 없게 되자 검은리본 군은 석유를 흘리고 불을 질렀다. 오렌지색 불길은 화룡의 혓바닥이 되어 장갑차를 덮쳤다. 놀란 병사들은 맨몸뚱이로 차 밖으로 뛰쳐나왔다. 불길이 장갑차에 이르러 연료에 붙자 장갑차는 굉음을 내며 폭발했다. 오렌지빛 불길이 하늘을 향해 솟아오르고, 바퀴가 불타면서 비탈을 굴러 내려갔다. 혼란 속에 다시 총격을 받은 뉴 카멜롯 군의 사망자 수는 증대했다.

로제비치 중령은 사령관이 장갑차로 강행 돌파할 필요가 없다고 한 이유를 처음으로 깨달았다. 로제비치는 사령관을 볼 면목이 없었다. 어떻게 대처해야 할지 판단도 못 내리는 상황에 길포드 중장이 원군을 파견해 주었다. 원군은 두꺼운 탄막을 쳐 검은리본 군의 추격을 막는 한편, 아군에게 대형을 재편할 기회를 주면서 교묘하게 퇴각전을 수행했다. 이 덕분에 뉴 카멜롯 군의 사망자는 의외로 적었지만, 그럼에도 불구하고 400명 이상의 병사가 고향 도시로의 귀환을 영원히 저지당했다.

원군을 지휘한 사람은 길포드 중장 자신이었다. 처음 일제 사격으로 검은리본 군을 꼼짝 못 하게 한 다음, 신기神技로밖에 생각되지 않을 정도로 교묘하게 사격과 후퇴를 반복해 거의 손해 없이 3킬로미터 거리를 퇴각했다.

그때, 부근에 착탄한 포탄의 파편이 날아올라 케네스 길포드가 착용한 군복 옷깃에 꽂혔다. 길이 4센티미터, 날끝 각도 15도 정도의 볼품없는 나이프가 길포드의 경동맥에서 5센티미터 정도 떨어진 거리에 꽂힌 채 바람에 흔들리고 있었다. 간신히 참사를 면한 길포드는 안색도 바꾸지 않은 채 파편을 뽑아내고는 퇴각전을 완벽하게 연출해 냈을 뿐만 아니라 곧바로 역습을 감행했다.

그 당시 AAA는 여러 가지 궁리를 하고 있었다. 검은리본 군이 예상 이상으로 노력하고 있다. 잘하면 뉴 카멜롯 군을 각개 격파할 수 있을지도 모른다. AAA의 가슴속에 자그마한 야심의 풍매화가 피어올라 솜털을 흩날렸다. 하지만, 새로운 꽃이 피어나는 일은 눈앞의 적인 나비넥타이 당을 정리한 다음이다.

"하지만 이 녀석들, 의외로 끈질긴걸…."

AAA는 혀를 차고 싶었다. 검은리본당이든 나비넥타이당이든 정치적으로나 군사적으로는 이류 이하였다. 본래 길포드나 AAA의 작전 지휘 능력에 대항할 수 있을 리가 없는데, 이 정도로 완강하게 항전을 계속한다는 사실은 믿기 어려울 정도였다.

"오합지졸들에게 자신감과 항전 의식을 심어준 것은 페루 해협의 승리인가…."

그렇게 생각하자 AAA는 저주의 무게에 목덜미가 서늘해짐을 느꼈다. 현자라면 가볍게 군사를 움직여서는 안 된다. 덕분에 AAA의 군대는 전과를 올리지도 못하고, 손해만 늘어나 사기가 전혀 오르지 않고 있었다. 적어도 케네스 길포드도 고전하고 있을 거라는 사실이 약간의 위로 거리였지만, 그조차도 오래가지 않았다.

"후방에서 뉴 카멜롯 군이 접근하고 있습니다."

그 보고가 들어왔을 때, AAA는 팔짱을 끼고, 하는 김에 다리도 꼰 채 조립식 의자를 앞뒤로 흔들었다.

"우회에 성공한 건가. 도무지 귀여운 구석이 없군. 뭐, 원래부터 그렇게 쉽게 되리라고는 생각하지 않았지만, 그나저나 어쩐다…."

팔짱을 풀고 AAA는 공중을 노려보았다. 이때 아스발은 중대한 선택을 해야만 했다. 맹장 케네스 길포드와 결전을 치러야 할까. 그렇게 생각하자 상쾌한 전율이 등골을 가로질렀지만, 곧바로 아스발은 그 군국적 로맨티시즘을 공중에 내던졌다. 고향 도시의 흥망을 건 일전이라면 몰라도, 여기서 숙적과 생사를 두고 겨루는 행위는 바보 같은 일이었다.

"여기서는 일단 류 웨이의 구상을 빌려볼까."

결심이 저울의 한쪽으로 무겁게 기울고 있을 때, 보스웰 대령에게서 연락이 왔다. 멀리 고향 도시 아퀼로니아에서 통신이 왔다는 소식이었다. 원수 니콜라스 블룸 각하가 사령관에게 전황을 물었다.

AAA가 통신에 등장하자, 금세 귀에 불평이 흘러 들어왔다. 하루라도 빨리 부에노스 존데를 점거하라는 원수의 요구였다.

"지도에서는 단 5밀리미터 거리가 아닌가. 그 정도의 거리를 왜 극복 못 하는 것인가. 사명감과 책임감이 자네들의 다리에 날개라도 돋아나게 하지 않는단 말인가?"

'뭣하면 팔을 10센티미터 정도 늘여드릴까?'

AAA는 마음속으로 대답했다.

'그 정도 늘이면 네놈의 목에 닿을걸. 네놈이 보는 지도는 축척이 상당히 큰 듯하니 지옥까지의 거리도 분명히 실려 있겠지?'

하지만 실제 입 밖으로 나온 말은 짧은 한마디뿐이었다.

"최선을 다하겠습니다, 원수 각하."

조금도 성의를 보이지 않은 채 원수와의 통신을 끝내고서, AAA는 곧바로 다른 사람과 통신했다. 반역 행위라고 생각해도 어쩔 수 없었다. 이 사내는 대담하게도 통상 교신으로 뉴 카멜롯 군의 길포드 중장을 통신기 화면에 불러내었다.

"불러내서 미안하네. 달콤한 이야기가 있어서."

마치 친구를 대하듯 허물없는 어조였다. 길포드는 우거지상을 지으면서도 무심코 귀를 기울여 버렸다.

"무슨 이야기인가?"

"귀관과 내가 협력해 나비넥타이당과 검은리본당을 일소하는 거지. 어때, 협력할 생각은 없나?"

통신기 화면에는 생각에 빠진 길포드의 표정이 비쳤다. AAA는 교섭을 계속했다.

"어느 쪽 무리가 정권을 잡던지 부에노스 존데의 시민에게는 민폐일 뿐이야. 또 우리 아퀼로니아가 아니더라도 다른 한 도시가 부에노스 존데를 지배하도록 둔다면 세력 균형이 어긋나는 현상이 더욱 심해질 테고. 그렇게 생각하지 않나?"

"그것을 생각하는 건 군인의 임무가 아닌 듯한데."

"군대는 정치의 도구이긴 하지만, 정치가의 도구가 되어서는 안 되지."

"당위와 도리로 현실을 재서는 그다지 정확한 분석을 할 수 없게 될 걸세."

케네스 길포드는 경구 같은 한마디를 내뱉었지만, 그는 AAA의 제안을 무조건 거절하지 않았다. 길포드나 AAA나 단순한 전쟁 기술자로 끝나기에는 자기 자신의 눈에 보이는 바가 너무 많았다. 정치가보다 보이는 바가 많은 군인은 대개 행복의 천사와 사이좋게 지낼 수 없는 법이다.

AAA는 특별히 천사와 사이좋게 지낼 생각은 없었다. 하지만 자신의 구상 내지는 책모가 정치가들의 그것보다는 더 나아 보였다. 그때 길포드가 장고 끝에 말을 이었다.

"귀관은 자신이 있는 듯하지만, 과연 일이 생각대로 진행될까?"

"나는 인간이다."

"그렇게 믿는 건 귀관의 자유지."

"…그 말인즉슨, 인간인 이상 오류가 없을 수는 없다. 작전을 백 번 세우면, 하나나 둘이나 셋이나 넷의 착오가 있는 게 당연하다고 생각한다. 하지만 이번에는 잘될 것이다. 귀관이 도와준다면."

"그 말대로 대여섯 번의 실패가 있는 게 당연하지."

차갑게 말라 있는 케네스 길포드의 목소리는 겨울밤의 사막과도 같았다. 다만, 그만큼 습기 찬 악의와도 무관했다. 케네스 길포드는 무의식적으로 손가락을 들어 얼굴에

난 상처 위를 쓰다듬었다. AAA는 그 상처가 언제 생겼는지 알고 싶었지만, 질문한다고 답변을 들을 수 있을 리도 없었다. 어쨌든 눈앞의 급한 용무는 아니니까.

"그래서 어떡할 건가. 이 제안을 받아들일 건가?"

AAA는 음모를 제안하고 있었지만, 음습함이 없어서 어쩐지 악동이 친구를 장난으로 끌어들이는 듯했다. 길포드는 숨을 들이마시고 토해냈다….

한편, 뉴 카멜롯과 아퀼로니아 두 도시 군대의 동정을 신중하게 감시하는 사람은 프린스 해럴드 군이었다. 아직 아군이 움직여야 할 시기는 아니라고 판단했기에 총탄 한 발조차 발사하지 않았다.

"두 군대 모두 서로 정면에서 싸우려고 하지 않는군."

슈터밋이 크루건에게 상황을 설명했다.

"명장끼리의 전투는 그렇게 되는 것 같네. 상대에게 읽히고 있다고 생각하면 쉽사리 능동적으로 움직일 수는 없지. 길포드 장군이나 아스발 장군 모두 꽤 내공이 깊은 사람이니까."

슈터밋은 해설자 같은 말투로 말했다. 그러면 자네 자신은 어떠냐고 크루건은 묻고 싶었지만, 슈터밋의 표정에는 죄가 없었다. 슈터밋은 다시 입을 열어 터무니없이 일상적인 일을 입에 담았다.

"이번에 돌아가면 또 집에 놀러 오지 않겠나? 클레멘트가 말이지….”

세쌍둥이의 아버지는 아이 중 한 명의 이름을 말했다.

“자네를 매우 마음에 들어 해서 당나귀 봉제 인형에 자네의 이름을 붙이고는 잘 때도 깨어 있을 때도 떨어지려고 하질 않아.”

“장래를 위해서라도 취미를 바꿔주는 편이 좋겠군.”

크루건은 가정의 화목 따위를 접했다간 정신의 골격이 붕괴한다고 믿는지도 모른다. 지난달에 무심코 슈터밋의 권유에 응해 그의 집을 방문한 일은 크루건의 작은 불찰이었다. 크루건이 천재는 항상 외로워야 한다고 의식하는 것은 아니다. 무엇보다도 크루건의 사람 됨됨이 자체가 그에게 고립을 강요하고 있을 뿐이다.

크루건의 대답에 슈터밋은 웃었다. 이 세쌍둥이의 아버지는 크루건의 독을 중화하는 살아 있는 약으로서 귀중한 존재였다.

VI

7월 중순은 끊임없이 작은 전투를 치르며 지나갔다. 즉 전황의 진전이 없었다. 길포드나 AAA 같은 탁월한 전쟁 기술자들이 집요한 적들을 상대로 곤란해하는 듯 보였다. 실제로도 두 사람 모두 곤란해하고 있었다. 다만 주된 요인은 두 사람이 느끼는 전쟁 염증에 있었다.

그 진절머리 나는 상황이 일변한 것은 모블리지 주니어가 군용 지도의 한 점을 손끝으로 가리켰기 때문이다. 그 지점은 아스프로몬테라고 불리는 산간에 자리 잡은 거대한 댐으로, 저수량이 최대 20억 톤에 달했다. 모블리지 주니어는 이 댐을 파괴해 인공적으로 대홍수를 일으켜 침공군을 한꺼번에 떠내려 보내는 생각이었다. 어디서부턴지 모르게 전해져온 소문으로 아퀼로니아 군이 댐 하류에 장기 전쟁용 진지를 구축한다고 들었기 때문이다.

모블리지 주니어는 자신의 기략에 감동해 즉시 실행에 들어가기로 했다. 이 소식이 또 어떤 경로를 탔는지 진지를 구축 중인 AAA의 귀에 들어갔다. 처음에 AAA는 그 정보를 경시했다. 아스프로몬테 댐이 부에노스 존데 시에 불가결한 수자원 공급지라는 사실은 명백했고, 댐을 파괴하면 자신들의 장래에 과오를 남길 뿐이었다.

하지만 현재에 절망한 사람은 미래를 바라보지 않는다. 하물며 모블리지 주니어가 계획의 주동자라고 하면 부에노스 존데 시를 망치는 일에 대해 아무런 망설임이 없을 것이다. 그걸 눈치챈 AAA는 아스프로몬테 댐을 장악하라고 지시함과 동시에 진지를 고지대로 옮기기로 했다. 그것이 표면상의 경위였다.

아퀼로니아 군의 진지만이 아니었다. AAA는 뉴 카멜롯 군사령부에도 연락해 적이 댐을 무너뜨려 홍수를 일으킬 가능성을 알렸다. 이 사실이 고향 도시에 알려지면 AAA는 이적 행위를 이유로 처단될지도 모른다. 하지만 AAA는 태연하고 또 공공연하게 그것을 실행했다. 비밀리에 행해도 반드시 드러날 일이므로 쓸데없는 의혹을 부르기보다 공공연하게 행하는 편이 나았다. 훗날 그 행위에 대해 당당히 변명할 만큼의 자신이 AAA에게는 있었고, 지금은 무엇보다 케네스 길포드의 신용을 얻는 편이 중요했다.

케네스 길포드는 AAA를 믿지는 않았지만 그 연락은 믿었다. 그 또한 아스프로몬테 댐의 존재에 위험을 느끼고 있었기 때문이다. 지리 감각이 둔한 인간은 좋은 지휘관이 될 수 없는 법이다.

"댐을 무너뜨려 연합군을 탁류의 바다에 수몰시켜 주겠다. 뉴 카멜롯, 아퀼로니아 군 모두 후회하게 해주마."

모블리지 주니어는 의욕에 넘쳐 계획을 실행했다. 이것이 7월 17일의 일이었다. 모블리지 주니어가 지휘하는 80명의 공병대는 심야에 네 종류의 강력한 폭약을 댐 내의 60개소에 설치했다. 하류의 어둠 속에서 적군 진지의 불빛이 반짝이는 게 보였다.

"이 작전으로 싸움을 단번에 종결시켜 주마. 레나강 이후 1천 일 만에 수공의 답례를 해주겠어."

캘린더의 날짜가 바뀌어 7월 18일 0시 45분이 되었을 때, 둔한 음향과 진동이 부에노스 존데 시민의 잠을 깨웠다. 내장 전체를 파고드는 듯한 불길한 소리는 차츰 줄어들더니, 뒤이어 신경망 전체를 뒤흔드는 소리로 바뀌었다. 이것은 첫 번째 소리와는 달리 작은 소리에서부터 차츰 커지더니 끝에는 대지의 비명처럼 울려 퍼졌다. 20억 톤에 달하는 산소와 수소의 화합물이 폭파된 콘크리트의 벽을 한층 더 밀어젖히면서 하류로 쏟아져 내려간 것이다.

어둠이 아니었다면 수만 마리의 수룡이 하늘에서 지상으로 낙하하는 듯 보였을지도 모른다. 물의 고동 또한 수룡의 포효를 연상시켰다. 탁류가 저지대에 넘쳤다. 바위를 삼키고, 나무들을 삼키고, 무장한 많은 장병을 삼키고 용맹하게 소용돌이쳐 마침내 바다로 흘러 내려갔다. 모블리지 주니어는 그렇게 확신했으나….

"적입니다! 적이 공격해 옵니다!"

그 절규의 의미를 파악했을 때, 모블리지 주니어는 어떻게 대처해야 좋을지 몰랐다. 저주스러운 아퀼로니아, 꺼림칙한 뉴 카멜롯 두 도시의 군대는 20억 톤의 수류에 삼켜져 페루 해협에서 대해로 밀려 나간 게 아니었던가?

하지만 사실은 그렇지 않았다. 텐트 진지를 내버려 둔 채 고지대로 올라가 수난을 피한 두 군대는 즉시 행동을 개시했다. 물을 다 토해낸 댐 바닥을 군대의 일부는 수륙양용 장갑차로, 일부는 도보로, 진흙에 고정제를 주입해 가며 횡단하여 부에노스 존데 시가지에서 14킬로미터 떨어진 지점에 출현했다.

댐이 폭파하고 나서 두 시간도 지나지 않은 사이에, 두 도시의 군대는 검은리본 군과 나비넥타이 군이 고향 도시와 연락할 수단을 완전히 차단해 버렸다. 아스프로몬테 댐의 파괴는 부에노스 존데 공방전의 귀추를 결정지었다. 기획자의 의도와는 완전히 반대되는 방향으로.

VII

7월 19일 10시 15분, 부에노스 존데 시가지를 완전히 포위한 세 도시 군의 최고 간부가 한자리에 모였다. 그 땅은 산 라파엘의 언덕으로 불리며, 부에노스 존데 시가지를 내려다볼 수 있는 잔디와 관목이 자라난 고지였다. 모인 사람은 세 도시 군의 중장 네 명과 그 부관 등 20여 명이었다. 이러한 고지대에 모였단 이야기는 부에노스 존데 군이 포격 능력을 상실했음을 의미했다.

장군들은 임시 테이블에서 포커를 시작했다. 시간을 보내려 한 게임이었기에 단순한 유희로 보였지만, 실은 이때 대단히 중요한 회담이 행해졌다.

제안자는 아퀼로니아 군의 지휘관 알마릭 아스발 중장

이었다. 아스발은 자신의 손바닥 위에서 모블리지 주니어를 춤추게 했다. 모블리지 주니어에게 댐 폭파라는 아이디어를 뜬소문 형태로 불어넣어 실행하게 한 장본인은 다음 아닌 AAA였다. 그 누구보다도 뛰어난 지도 해석 능력을 지닌 AAA였기에 떠올릴 수 있었던 작전이었지만, 훗날 그 사실을 안 모블리지 주니어에게 "저렇게 더러운 놈은 본 적도 없다."라는 비난을 받게 된다. 물론, 무슨 소리를 들었더라도 AAA는 눈썹 하나 까딱하지 않을 터였다.

이 자리에 있는 크루건으로서는 뉴 카멜롯과 아퀼로니아 두 군대를 궤멸시킨다 해도 양심의 가책을 느낄 필요가 없었다. 문제는 그것이 가능한가 아닌가였다. 이 두 도시의 군대를, 그리고 두 도시 군대의 지휘관을 동시에 상대해 승리할 수 있을지 없을지…. 크루건은 AAA와 케네스 길포드에게 그 어떤 경의도 품지 않았지만, 두 사람의 작전 지휘 능력을 과소평가하지도 않았다.

지난해, 귄터 노르트 장군은 여섯 도시 연합군을 적으로 돌리고도 승리를 얻었지만 이번에는 조건이 너무 달랐다. AAA의 제안을 수용하는 편이 현실적일지도 모른다. 세 도시의 군대가 협약을 맺어 더 이상의 무익한 전투를 피하면서 부에노스 존데를 분할 점령하자는 제안이었다.

카렐 슈터밋이 카드 너머로 부사령관을 바라보았다.

"어떻게 생각하나? 크루건 중장."

"판단하는 사람은 자네지, 내가 아니야."

슈터밋을 추켜세울 셈이었지만, 냉랭하게 거부한 것처럼 들리는 까닭은 크루건이라는 사내의 부덕함 탓이다. 슈터밋은 거기에 익숙해져 있었다. 슈터밋은 자연스럽게 고개를 끄덕이고는 AAA에게 "좋습니다."라고 대답했다. 케네스 길포드도 말없이 고개를 끄덕였다. 이 순간에 일명 '산 라파엘 비밀 협약'이 성립되었다.

마침 그때 포커 승부에서 크루건은 길포드에게 승부를 걸어 패배했다. 길포드가 킹의 트리플인 반면, 크루건은 투페어였다. 드러난 패를 보고 AAA가 빈정대듯이 입가를 뒤틀었다.

"죽은 자의 패가 나왔군."

19세기 후반, 북아메리카 대륙 변경에 와일드 빌 히콕이라 불리는 사내가 있었다. 본명이 제임스 버틀러 히콕인 이 사내는 이른바 '서부극'의 히어로이며, 법을 지키는 사람과 무법자의 양극단을 왕래하는 총잡이였다. 1876년 8월, 이 히어로는 술집에서 포커를 치다가 뒤에서 머리를 관통당해 죽었다. 히콕이 서른아홉 살 때의 일이었다.

그때 와일드 빌 히콕의 손안에 든 카드는 클로버 A와 8, 스페이드 A와 8로 이뤄진 검은색투성이 투 페어였다. 그 이후로 미신 깊은 도박사들에게 이 패는 불길함의 상징으로 여겨졌다.

유리 크루건이 만약 조금 더 귀염성이 있는 사람이었다면 불쾌한 듯, 약간 으스스한 듯한 표정을 금하지 못했을 것이다. 하지만 크루건은 매우 산문적인 표정으로 카드를 내던졌을 뿐이었다. 적어도 크루건에게 '죽은 자의 패'는 이것이 아니었다.

AAA는 전원의 카드를 모으고 낮게 웃었다.

"그럼 이렇게 하지. 부에노스 존데 시의 전역을 제압하도록 명 받은 사람은 한 명도 없었다. 누구도 정부의 명령을 거부하지 않고, 더는 사망자도 나오지 않는다. 경사스러운 일이 아닌가."

세 도시에는 분명 경사스러운 일이다. 물론 부에노스 존데 입장에서는 낯짝이 두껍다고 욕하겠지만. 그러나 그들은 거기까지 신경 쓸 정도로 도량이 넓지는 않았다.

7월 20일, 마침내 세 도시의 군대는 세 방향에서 부에노스 존데 시가지로 진입했다. 05시 08분, 그날의 태양이 첫 빛살을 지상으로 던진 시각이었다.

역사적인 순간이었다. 독립 주권을 가진 도시 내부에 타 도시의 군대가 침입하다니. 조직적인 저항도 취약해 침입은 거의 손해 없이 이루어졌지만, 뉴 카멜롯 군 전방에 노인이나 여성, 어린이를 포함한 5천 명 정도의 시민이 나타나 진격을 막았다.

이 저항의 움직임은 나비넥타이당의 책략으로, 뉴 카멜

롯 군 전방으로 비무장 시민을 들이밀어 진격을 저지하려는 속셈이었다.

비무장 시민이 인파가 되어 접근하는 모습을 본 길포드 중장은 부대의 방향을 변경하라고 명했다. 대열은 오른쪽으로 커브를 틀어 다른 길로 나아갔다.

그때 길가에 자리한 민가의 출입문에서 열 살 정도의 사내아이가 튀어나왔다. 복장은 허술했지만 두 눈이 빛나고 있었다. 손목이 뒤집혔다고 생각한 순간 돌이 날아들어, 전차의 포탑에서 상반신을 내놓고 있던 사관의 헬멧에 큰 소리를 내며 부딪혔다.

"나가! 우리 도시에서 나가! 침략자들은 어서 돌아가!"

돌에 맞은 사관이 격노해 허리에 찬 권총에 손을 대자, 앞서가던 전차에서 사령관 길포드 중장의 말이 들려왔다.

"귀관이 감당할 수 있다고는 생각하지 않네. 그는 부에노스 존데 제일의 용사다. 불필요하게 손을 대지 않는 편이 나아."

사관은 불만스럽게 권총을 거두었고, 전차와 장갑차의 대열은 아이 앞을 통과해 갔다.

부에노스 존데를 침공한 세 도시 군의 수뇌부는, 성격만 놓고 보면 다양한 결함이 있어 이를 지적받고 있었지만 단 한 가지 점에 대해서는 공통으로 뛰어난 현명함을 지니고 있었다. 비무장 시민을 해치면 무인의 명성이 금세 오명을

입는다는 사실을 그들은 알고 있었다. 부에노스 존데의 통치 체제가 시민의 지지를 얻고 있으며 시민들이 향토를 위해서 자발적으로 총을 든다면, 아마 세 도시 군의 수뇌부는 손을 더럽혀야만 할 것이다.

그런 의미에서 길포드, 아스발, 슈터밋, 크루건 등의 면면은 큰 행운을 타고났으며, '순수하게 군사적으로 다른 도시 군의 침공에 굴복한 도시는 존재하지 않는다.'라는 역사적인 교훈이 재확인되었다. 부에노스 존데는 스스로의 약점 때문에 와해된 것이다.

그러나 부에노스 존데에 침입한 세 도시 군은 유감스럽게도 신의 군대가 아니었기 때문에 지상의 논리에 따라 행동해야 했다.

세 도시의 부대는 서로 경쟁하며 부에노스 존데 시가지의 요처를 점거해 갔다. 서로 유혈을 피하는 방법은 역시 선착순이었다. 경화기를 든 병사들이 시가지를 달려 빌딩의 정면 현관에 로프를 둘러치고, 옥상에 급조한 깃발을 세우고, 유리창에 스프레이로 시 이름을 썼다. 주요 도로에 선을 그어 "이 앞으로는 들어가지 말라."라고 고함치는 등, 어린애들이 하는 땅따먹기와 다를 바 없었다.

시청사, 제일 시민 관저, 전력국, 통신국, 시립은행, 관보 간행국, 상공회의소, 경찰 본부, 정규 군사령부 등이 죄다 점거되었고, 검은리본당과 나비넥타이당의 본부도 짧지만 격렬한 격전 끝에 제압되었다. 두 정당의 대표인 페르두르와 무라드는 도주 끝에 붙잡혔다.

중앙 방송국에는 세 도시의 군이 거의 동시에 세 방향에서 몰려들어 혼란스럽게 점거를 노렸다. 아퀼로니아 군은 보도국 스튜디오를 점령했지만 뉴 카멜롯 군은 관제 센터를 탈취했다. 반 발자국 늦게 도착한 프린스 해럴드 군은 크루건의 지시에 따라 차고로 몰려가 네 대의 방송차를 손에 넣은 다음 조용히 변전 및 송전 시스템을 파괴해 방송국의 전 설비를 무력화해 버렸다.

방송 기능은 프린스 해럴드 군이 장악하게 되었지만, 그 방법의 악랄함에 다른 두 군이 분개해 하마터면 총격전으로 발전할 뻔했다. 그곳에 프린스 해럴드 군의 사령관 카렐 슈터밋 중장이 달려와 잘못을 사과하고 손에 넣은 방송차를 아퀼로니아 군과 뉴 카멜롯 군에 한 대씩 증정했다. 이후 그 이야기를 들은 AAA는 혀를 찼고, 길포드는 살짝 눈썹을 움직였다. 크루건은 화가 났지만 슈터밋의 사후 처리를 받아들일 수밖에 없었다.

슈터밋의 존재가 얼마나 귀중한지 이 정도로 명확하게 나타난 적은 없었다. 즉 재능만으로 연합 부대를 지휘하는 일은 불가능했고, 그 외의 인격적 요소가 필요했던 셈이다. 슈터밋에 대한 '솜털 같은 남자다.'라는 길포드의 평은 시사하는 바가 상당히 컸다.

또한 네 명의 중장 중에서는 슈터밋이 최연장자이기도 했다. 이렇게 해서 카렐 슈터밋은 매우 자연스러운 형태로 부에노스 존데 공략전의 전후 처리에 대해 조정역調整役이라고도 할 수 있는 역할을 완수하게 되었다.

VIII

세 도시 군의 '협조적 분할 점령'을 받게 된 부에노스 존데 시는 일단 혼란이 안정되자 영웅 대망론이 두각을 나타냈다. 점령군의 고관 중 한 명을 지도자로 추대하자는 내용이었다.

에곤 라우드루프를 지지하고 있었을 때와 전혀 다름이 없었다. 위기에 직면하면 영웅이나 초인이 나타나 자신들을 도와줄 거라고 믿고 있었다. 이것이 부에노스 존데 시민의 사상적 체질이라고 한다면, 그야말로 구제 불능이다.

"그들은 다른 이의 힘에 기댄 공화주의라는 게 지상에 존재한다고 생각하는 걸까?"

슈터밋의 목소리에 크루건은 대답하지 않았다. 이 자칭

천재는 부에노스 존데의 시민들에게 새삼 더는 실망할 생각이 없었다. 타인을 의지한다는 것은 스스로 자신들의 부진과 무능을 깨닫고 있다는 뜻이며, 자각이 없는 놈들보다는 훨씬 낫지 않은가 하는 생각까지 하고 있었다. '민주주의 제도에 어울릴 만한 식견과 정신적으로도 성숙한 인간이 얼마나 실재하겠나.' 그렇게 생각하면서, 실제 입 밖으로 꺼낸 말은 다른 내용이었다.

"어찌 되었든 시정의 책임자는 필요할 거야. 누구를 앉힐지 복안은 있나?"

일단 형식은 갖춰야 했다. 실질적인 부분은 그다음 마련하면 된다. 무대가 있으니 중앙에 배우를 세워야 했다. 상당히 탐탁지 않은 일이었지만, 인선은 카렐 슈터밋이 주로 맡게 되었다. 이윽고 그 후보자를 발견했다.

에곤 라우드루프가 독재자로서 강권을 휘두르고 있을 당시 숙청된 인물 중에 안켈 라우드루프라는 사내가 있었다. 에곤의 사촌 형으로, 에곤의 사람됨이나 군사적 모험주의에 의구심을 품고 자주 정론을 이야기했었다. 그 때문에 독재자의 증오를 사서 살해당했지만, 안켈의 미망인으로 텔레지아라고 하는 여성이 건재했다. 텔레지아는 신생 부에노스 존데의 상징으로 적격이었다.

장래는 몰라도 현재로선 이 시는 인격적 영향력에 의해서 통치할 수밖에 없어 보였다.

안켈 라우드루프의 미망인 텔레지아를 시장 대행의 자리에 앉힌다. 이것은 정치적으로 그다지 이례적인 제안은 아니었다. 고인의 명성을 이용할 필요가 있는 그런 불쾌한 상황이 실재하는 셈이다. 불쾌한 일을 타인에게 맡길 수는 없었기에, 슈터밋은 스스로 라우드루프 가를 방문해 정중하게 내방의 의미를 전했다. 대답은 이러했다.

"나는 안켈 라우드루프의 아내였습니다. 라우드루프라는 성을 가진 사람이 다른 도시의 후견을 얻어 정권을 쥔다면 남편의 죽음도, 남편의 이상도 의미를 잃습니다. 여러분들은 나에게 남편의 이상을 버리라고 하시는 건가요?"

텔레지아는 웅변하는 말투가 아니라 천천히, 오히려 담담하다고 할 정도의 목소리로 말해 카렐 슈터밋을 감동시켰다. 슈터밋은 정중하게 자신들의 경솔함을 사죄하고 미망인의 저택을 떠났다. 그것은 그것대로 좋다고 해도, 시정 책임자의 의자는 변함없이 공석이었다. 누군가를 앉히지 않고서는 전후 처리는 일단락되지 않는다. 슈터밋은 케네스 길포드나 AAA의 의견을 요구하면서 인선을 진행시켜, 결국 정치범으로 옥중에 있던 스필하우스라는 사람을 시장 대리로 삼았다. 법학자 출신으로서 정치 수완은 미지수였지만, 요컨대 세 도시의 권익을 지키고 치안을 유지해주기만 하면 된다. 섣불리 대정치가를 목표로 삼는 사람은 오히려 곤란했다.

그동안 케네스 길포드는 지하에 잠복한 듯한 모블리지 주니어의 행방을 쫓는 데 주력했다. AAA는 시민과 대화하여 민심을 안정시킨다는 구실로 여자대학이나 간호사 양성소를 차례로 방문한 다음, 180도 분위기를 바꿔 거추장스러운 일을 처리하기로 마음먹었다.

부에노스 존데 점령에 있어서 아스발의 독단적 행동은 명백했기 때문에 제도상 상사인 원수 니콜라스 블룸을 달래고 어를 필요가 있었다. 통신이 연결되자 블룸은 당연히 AAA의 독단적인 행동을 비난했지만, 1천 초 정도 마음껏 떠들게 놔둔 다음, AAA는 조용히 반격했다.

"군사령관의 독단적인 행동으로 외교정책이 결정되어서는 안 된다. 맞는 말이십니다. 원수 각하."

"그렇다."

"그래서 말씀드립니다만, 소관은 다만 결정된 방침에 따랐을 뿐입니다. 정부의 은밀한 방침 말이죠. 저는 원수 각하의 충실한 정책 수행인일 뿐입니다."

순간적으로 반응의 방침을 잃고 침묵하는 블룸을 향해, AAA는 속셈이 있어 보이는 웃음을 흘렸다.

"아퀼로니아 시의 원수와 군사령관의 전략 방침이 일치하지 않는다고 소문이라도 흘러 나가면 다른 시 놈들이 손뼉을 치며 기뻐하겠지요. 원수에 대해서 통솔력이 부족하다는 등 지도력이 부족하다는 등 철없는 비방을 하는 놈들이 나올지도 모릅니다. 그러한 사태를 막고자 원수께 공표를 부탁드리고 싶습니다. 부에노스 존데의 분할 점령은 이미 정해진 방침이며, 현지의 군사령부는 그 방침을 충실히 따랐을 뿐이라고요."

찬양과 협박이 멋진 하모니를 이룬 AAA의 논법은 원수 블룸의 심리적인 약점을 정확하게 찔렀다. 이다음에는 블룸의 내면의 우주에서 상처가 확대되어가는 것을 구경하기만 하면 된다.

마침내 블룸은 AAA의 방책을 택했다. 정확하게는 AAA를 통한 류 웨이의 방책을 택했다. 명성에 현저하게 약한 블룸의 정신적 체질이 블룸을 그렇게 행동하게 했다.

AAA가 현안을 정리했을 무렵, 케네스 길포드도 중요한 일을 마무리 짓고 있었다. 부에노스 존데 지하 하수도에 몸을 숨기고 있던 모블리지 주니어를 간신히 체포했다.

당연하게도 모블리지 주니어가 길포드나 아스발에게 호의를 가져야 할 이유는 지평선 너머까지 찾아봐도 존재하지 않았다. 모블리지 주니어의 야심과 계획은 또다시 이 두 명에게 방해받았기 때문이다. 모블리지 주니어는 특히 케네스 길포드를 증오했다.

3년 전 레나강 하구 전투에서 길포드는 승리했다. 그대로 기세를 타고 레나강을 거슬러 올라가 아퀼로니아 시가로 육박했더라면 협곡에서 승리할 수 있었을 터였다. 그럼에도 불구하고 길포드는 재빠르게 군을 돌렸고, 모블리지 주니어의 단독 공격은 실패로 돌아갔다.

세 도시 군의 합동 사령부로 사용되고 있는 호텔 코르도바의 한 방에서 실의에 빠진 야심가는 자신이 아는 인물들과 대면했다. 얼굴에 상처가 있는 사파이어 빛깔을 띤 눈동자의 군인은 한때 고향 도시의 빈객에게 해충이라도 보는 듯한 시선을 보냈다.

"원수의 아드님, 오랜만에 뵙습니다."

실의에 빠진 야심가는 그 형식적인 인사를 솔직한 악의로 받아들였다.

"나도 오랜만이라고 말하고 싶지만, 별로 보고 싶지 않은 면상이로군."

"처음으로 의견이 일치했군요. 이게 이삼 년만 빨랐어도 죽지 않았을 인간이 몇 사람이었을까요."

몇 사람인가라는 말은 소극적인 표현을 빌린 비아냥이었다. 동석한 알마릭 아스발이 소리 죽여 웃었다.

모블리지 주니어의 입안에서 기묘한 소리가 울렸는데, 이는 이를 갈았기 때문이다. 모블리지 주니어는 호흡을 정리한 다음 있는 힘껏 가슴을 폈다. 마지막 허세였다.

"나는 아직 진 게 아니야. 너희에게 지지 않았다. 안심하기에는 너무 일러. 너희들의 꿈을 편안한 것으로 만들어 주진 않겠다."

그러자 AAA가 거무스름한 뺨에 냉소의 잔물결을 새기면서 입을 열었다.

"물론 당신은 지지 않았다. 우리들이 이겼을 뿐이지. 역사라는 녀석은 주역의 시점에서 쓰이는 법이거든."

이것이 회견 종료를 알리는 한마디가 되었다. 모블리지 주니어는 선대가 통치했던 아퀼로니아 시로 송환되어 재판을 받게 될 것이다. 원수 니콜라스 블룸에게는 이 이상의 선물이 없으며, AAA의 지위도 확고부동해질 테다.

이리하여 부에노스 존데 시는 간신히 명목적인 독립을 유지하면서 많은 권익을 빼앗기고 군사력도 그 규모가 축소되었다. 균형을 이룬 실력을 통해 독립성을 유지해 왔던 일곱 도시 가운데 내부의 취약성을 안고 있던 한 도시가 탈락하여, 시대는 도태의 방향으로 향하는 듯 보였다.

서기 2193년 7월 말의 일이었다.

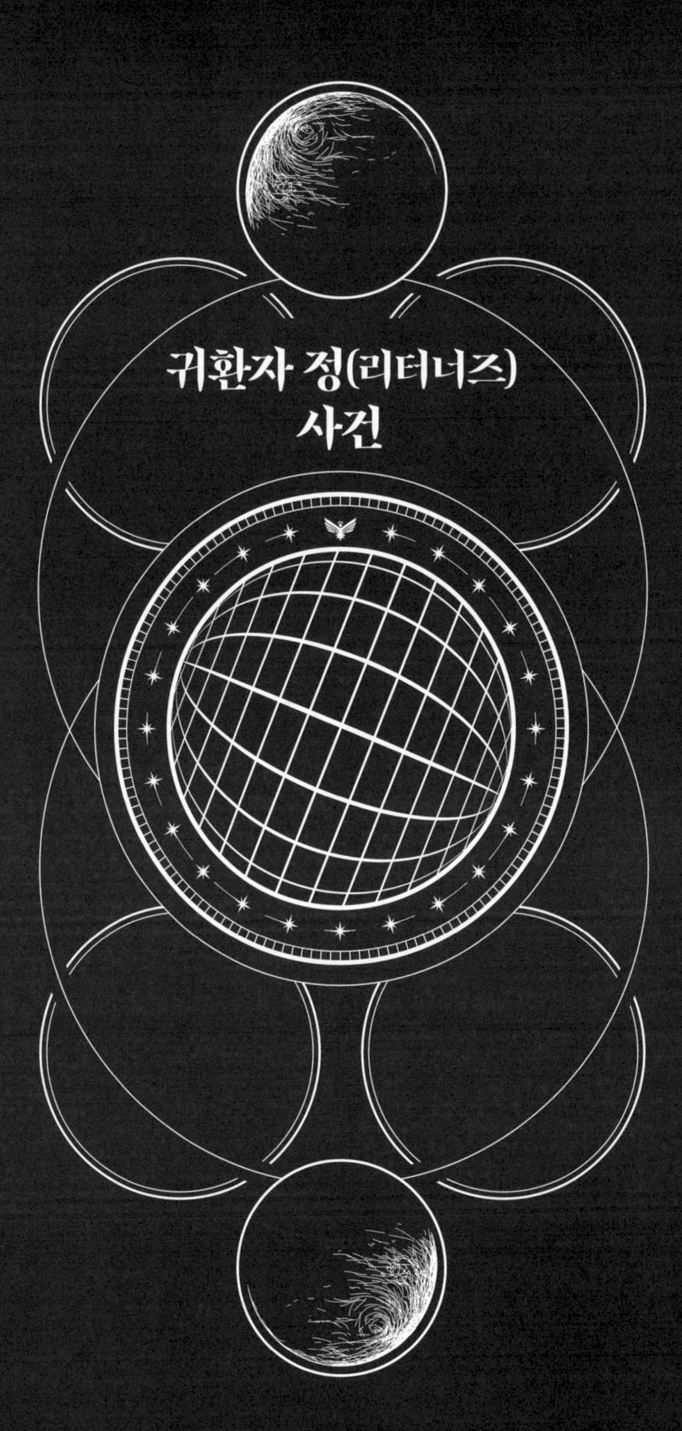

귀환자 정(리터너즈) 사건

뉴 카멜롯 시는 다른 여섯 도시처럼 몇 개의 구획으로 나뉘어 있었다. 이스트 2구 중에서 사촌 형제 거리—커즌즈 스트리트—라고 불리는 구역에는 운하를 따라 60여 점포의 술집이 간판을 줄 세우고 있었다. 근처에는 병영이나 퇴역 병사의 복지 시설, 군 병원이 있어서 손님의 대부분은 병사나 부사관이었다. 고급 사관이 발을 들이는 경우는 거의 없었기에 손님들은 마음 놓고 사관들의 무능함과 무자비함을 욕할 수 있었다.

'귀환자 정—리터너즈—'은 약간 독특한 가게였다. 가게의 이름과 실태 중 어느 쪽이 먼저였는지 지금에 와서는 알 수 없으나 손님 대부분은 전장에서 막 돌아온 신병이거나 제대한 전역병이었다. 가게의 주인도 당연히 전역병이었고 부상을 당한 왼쪽 눈은 의안이었으며 등에 난 상처는 겨울마다 욱신거려 그의 마음을 전장으로 되돌려보냈다.

그 '귀환자 정'에서 살인 사건이 일어난 건 서기 2190년 12월 1일의 일이었다. 그해는 뉴 카멜롯 시가 쓴잔을 들이켰던 해였다. 3월과 4월에 걸쳐 아퀼로니아 시를 향해 군사 행동을 강행하였으나, 레나강의 수전에서 뉴 카멜롯 군은 완패하였고 빈손으로 철군해야 했다.

4월 후반에서 5월 전반에 걸쳐 상처 입고 기진맥진한 병사들의 줄이 마더 시티로 이어졌다. 물론 그들은 행운아였다. 돌아올 수는 있었으니까. 5월 10일, 무익한 출병으로 귀환하지 못한 사람의 수는 8천 명에 달하고 있었다. 여기에는 포로나 행방불명자도 포함되어 있어 8천 명 전원이 전사자라고는 할 수 없었으나 병사들의 가족이나 연인들에게는 생존의 가능성을 저버릴 수 없다는 사실이 오히려 고통이었을지도 몰랐다.

커다란 전투 이후 '귀환자 정'에는 가끔 여성 손님이 찾아왔다. 출정한 병사의 부인이나 연인이 남편, 아버지, 연인의 소식을 찾아 방문했다. 가게를 찾아온 여자들은 전사의 공보를 믿을 수 없어, 행방불명이라 하더라도 당시 상황이 어떠했는지 전우들의 입을 통해 듣고자 했다. 그녀들은 짜증의 대상 혹은 존경의 대상이었다.

아니타 클레멘스도 그중 한 명이었다. 클레멘스는 결혼 3년 차에 임신한 몸으로 남편 로스틴을 전장에 보내야만 했다. 로스틴은 공병이었으나 포탄이 작렬하는 곳에서 작업해야만 했으므로 위험도는 다른 병사와 차이가 없었다. 공보에 따르자면 로스틴 클레멘스 공병 하사는 4월 2일 일어난 전투에서 적탄을 맞고 부상, 그대로 아퀼로니아 군의 포로가 되었으나 부상이 악화되어 4월 17일에 포로수용소에서 사망했다. 시신은 매장되었고 유품은 같은 병실의 옆 침대에 누워 있던 모리스 콘웨이 하사가 받았다.

콘웨이 하사는 부상자였기에 포로를 교환할 때 우선순위가 높았고, 7월 16일에는 생존하여 마더 시티로 귀환했다. 콘웨이는 바로 클레멘스 가를 방문하여 아니타에게 남편의 죽음을 알리고 유품을 전했다. 아니타는 슬픔에 젖었으나 남겨진 사람은 살아가야만 했다. 법적 수속 절차가 단기간에 끝나 아니타는 8월부터 유족연금을 받았다. 콘웨이는 은근히 아니타에게 호의를 나타내며, 번잡한 수속 절차들을 대신해 주었다. 의지할 만한 친척이 없던 아니타는 콘웨이에게 진심으로 고마워했다.

그런데 9월이 되자, 사태는 기묘한 전개로 빠져들었다. 2차 포로 교환 이후, 로스틴의 전우였다고 말하는 가르시아라는 남자가 아니타를 찾아온 것이다. 가르시아는 얼굴을 다쳤다면서 붕대와 선글라스 차림으로 아니타 앞에 나타나 기묘한 이야기를 전해주었다. 로스틴과 콘웨이 하사는 같은 부대에 속했으나 극히 사이가 나빴다는 것이다. 말싸움이 주먹질로 번진 적이 한두 번이 아니었다고 했다. 그뿐만 아니라 어떤 때는 만취한 콘웨이가 "전투 중에 로스틴 널 죽이고 네 예쁜 마누라를 차지해 주마."라고 떠들어댔다고 했다. 가르시아는 그런 사실을 음울한 말투로 전하고서는 더욱더 가라앉은 목소리로 자신의 의견을 덧붙였다. "아마도 로스틴은 콘웨이 하사에게 살해당했을 겁니다. 콘웨이를 조심해요. 그자가 아무리 친절하게 굴어도 마음을 열지 마세요."

아니타는 충격에 빠졌다. 처음에는 믿지 않았지만, 의혹의 씨앗을 품기에는 충분했다. 독신인 콘웨이는 온갖 이유를 대며 아니타를 찾아왔고, 그 시간은 점점 늦어졌으며 길어졌다. 10월에 아니타가 유산하자, 콘웨이는 아니타를 위로하면서 자신의 마음이 단순한 호의 이상임을 밝혔다. 아니타에게 자신과 함께 새롭게 출발하자며, 미래를 함께 해달라고 고백했다. 아니타가 거절하자 콘웨이는 포기하지 않고 다른 방법을 동원했다.

콘웨이는 아니타에게 그녀의 남편 험담을 늘어놓았다. 로스틴이 얼마나 불성실한 남자였는지를. 육군에서 여군들을 상대로 연애 놀음에 빠져 있었다며, "살아 돌아가 마누라의 찡그린 얼굴을 볼 바에야 전사하는 편이 나아."라고 말했다는 사실도. 포로수용소 신세를 지면서도 간호사들을 농락했다고도 말했다. 공병대의 비품이나 자재를 횡령하는 비리를 저질렀다는 사실까지도….

그것이 전부 사실이었을지도 모르나 아니타가 알고 싶지 않은 이야기뿐이었다. 콘웨이는 근본적으로 오해하고 있었다. 사실과 애정은 등가 교환할 수 없다. 콘웨이가 입을 열 때마다 콘웨이에 대한 아니타의 의혹은 깊어졌고, 그 의구심은 마침내 확신으로 변했다.

이렇게 하여 12월 1일, 참극이 일어났다. 오후 8시, 콘웨이는 기대 7할, 불안 3할의 상태로 귀환자 정을 방문했다. 자신이 한 프러포즈에 대해 아니타의 마지막 대답을 들을 예정이었다. 정장을 차려입고 꽃다발을 든 채로 가게에 나타난 콘웨이는 다른 손님들의 놀림을 받으며 테이블에 착석했다. 그리고 10분 뒤, 총에 맞아 가슴 한복판을 뚫린 시체가 되어 바닥을 뒹굴었다.

무수한 목격자들 앞에서 살인 현행범이 된 아니타는 그 길로 군 경찰 본부에 출두했다. 그리고 자신의 죄를 인정하면서 동시에 수용소 안에서 콘웨이가 로스틴을 살해한 사건을 조사해달라고 했다. 그러나 그 건에 관해서는 뉴카멜롯, 아퀼로니아 두 도시의 당국 모두 냉담한 반응이었다. 전자로서는 다른 시에서 발생한 사건이고, 후자로서는 수용소의 관리나 포로의 감시가 태만했다는 이야기가 되기 때문이다. 아무리 의혹이 있다고 하더라도 무명의 일개 병사 일로 재조사 따위를 할 수는 없었다. 두 도시가 강화 협정을 맺었을 때, 형식상으로나마 서류 조사를 했고 아무런 문제가 없다고 처리된 건이었다. 아니타는 살인죄로 기소되었으나 정상 참작되어 징역 8년형을 받았다. 가르시아는 피고측의 증인으로 세워졌으나 끝내 모습을 나타내지 않았다.

이렇게 사건은 종결되었다. 표면적으로는.

"그게 10년 전의 일인가."

카운터에 있던 단 한 명의 손님이 한숨을 내뱉었다. 의안을 한 주인은 미약한 웃음을 얼굴에 드러냈다가 바로 지웠다. 콘웨이 사살 사건에 관해서는 지금까지 몇백 번이나 이야기해왔다. 그러나 오늘 밤에 한 이야기는 지금까지 한 이야기보다 훨씬 자세한 내용이었다.

"요약하자면 전부 로스틴의 계획이었다는 얘기지."

손님이 입에 담은 건 질문이 아닌 확인이었다. 주인의 얼굴에서 긍정의 표정을 읽었다는 전제로 손님은 이야기를 계속했다.

"로스틴은 아내에게 질린 상태였지. 이혼하고 싶었지만, 아내가 임신 중이었으니 일방적으로 이혼을 통보했다가는 사람들의 눈총이 두려웠을 거야. 그때 출정, 부상, 포로라는 생각지 못한 행운이 따르게 된 거지. 그자는 콘웨이와 짜고 수용소에서 다른 부상자와 자신을 바꿔치기해 다른 사람이 된 다음, 아퀼로니아에서 새 인생을 시작한 거야."

가게 주인은 말이 없었지만 적어도 손님의 말을 부정하지는 않았다.

"로스틴은 그러고 나서 어떻게 되었으려나. 아내를 그렇게 버려놓고서는 이기적인 행복을 손에 넣었을까?"

"그렇지는 않습니다. 그자는 정체가 알려지지 않은 채로 파멸했으니까요."

"오. 천벌을 받은 건가."

로스틴은 아퀼로니아에서 간호사와 결혼하고 다른 이름으로 시민권을 획득하여 새로운 인생을 시작했다. 이런 사례는 그다지 드문 일이 아니었기에 두 도시의 강화 협정이 성립된 다음에는 감시받을 일도 없이 평온한 생활이 기다리고 있었다.

그러나 다음 해 2191년 3월에 들어서 로스틴은 궁지에 몰렸다. 로스틴은 '돌프스'라는 수용소 사망자의 신분을 손에 넣었지만, 돌프스는 도박으로 인한 다중 채무자였다. 돌프스의 생존과 소재를 파악한 채권자들이 아퀼로니아 당국에 고소하였으나, 지지부진한 일 처리에 참지 못하고 민간 조직을 이용해 돌프스를 납치했다. 돌프스는 뉴 카멜롯으로 송환될 예정이었고, 말 그대로 벼랑 끝에 몰린 로스틴은 송환 도중에 탈주하였으나 실패했다. 결국, 추격전 끝에 타고 있던 수소 자동차가 절벽에서 전락했고, 사체는 굳건한 사내들조차 똑바로 바라볼 수 없을 정도의 참상이었다고 한다. 그로 인해 사체를 확인한 채권자들도 의미 있는 의견을 낼 수 없었다. 표면적으로는 아니타가 저지른 콘웨이 살해와 돌프스의 처참한 죽음은 전혀 관계가 없었기에 별개의 사건으로 처리되었다.

"그래서 아니타는 그다음에 어떻게 된 거지?"

"글쎄요. 어디서 뭘 하고 있는지."

주인이 어깨를 으쓱하자 손님은 팔짱을 끼고 생각에 잠겼다.

"일개 엑스트라일 뿐이지만, 가르시아라는 남자도 있지 않았나."

주인의 대답을 기다리지 않고 손님은 자기 생각을 내뱉었다.

"증거 따윈 아무것도 없지만 이런 이야기도 가능하겠군. 전부 가르시아가 세운 계획이었다고 말이야. 그자는 전부터 로스틴 클레멘스와 모리스 콘웨이를 증오해서 면밀한 계획을 세워 함정에 빠뜨린 거야. 그자가 쓸데없는 이야기를 해서 콘웨이는 사살당했고, 로스틴이 돌프스로 변신했다는 사실도 누군가가 돌프스의 채권자들에게 정보를 흘린 거지."

손님은 재빠르게 주인의 얼굴을 살폈다. 주인은 표정을 지운 채 마른 천으로 잔을 닦고 있었다.

"흠. 시시한 이야기로군. 그런데 주인장, 한 가지 물어도 되겠나?"

"뭔가요?"

"그 의안은 어떻게 하게 된 건지 물어도 되겠나. 실례이긴 하지만 어쩌다 그렇게 되었는지 알고 싶어서 말이지. 물론 무리해서 이야기할 필요는 없네만…."

손님의 질문에 주인은 담담히 대답했다.

"저에게는 전우 복이 없었지요. 젊은 시절 전투에서 백병전에 말려들었습니다. 안개와 포연 속에서 본대와 떨어지는 바람에 적병과 조우한 겁니다. 저를 포함해 이쪽은 세 명, 적은 두 명."

"이겼을 것 같은데?"

"그런데 사랑하는 두 전우가 절 버려두고 도망쳐 버리더군요. 전 1대 2로 싸워야만 했지요. 그리고 적이 휘두른 총검 끝이 군의관의 업무를 늘린 겁니다."

"그러면 전우를 원망했겠군."

"아뇨. 이미 지난 일이니까요. 전장에서 용감하게 행동하기란 어려운 일입니다. 누구든지 비겁해질 수 있는 거죠. 비난해봤자 의미 없습니다."

"깨달음을 얻었군."

"그런 이야기보다 온 더 락 한 잔 어떠신가요? 좋은 원액이 들어왔습니다만."

주인이 온화하게 웃자 의안이 조명을 받아 순간 무지개색의 광채를 발했다….

* * *

이 짧은 이야기는 여기서 끝. 그다음 아니타나 가르시아가 어떻게 되었는지, 주인에게 이야기를 들은 손님의 정체는 무엇인지에 대해서는 "독자의 수만큼 결론이 있다Million Readers have Million Opinions."

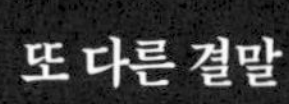

또 다른 결말

“고맙지만 그보다 일을 먼저 끝내고 싶군.”

아쉬운 듯이 손님이 대답하고 옷깃의 청동 뱃지를 드러냈다.

“오, 변호사 선생님이셨군요.”

“그렇다네.”

“아니타 클레멘스의 변호를 맡고 계시죠?”

“과연. 알고 있었군.”

손님이 의자에 고쳐 앉자 주인은 카운터 위에 잔을 놓고 얼음 몇 조각을 던져 넣었다. 시원한 소리를 들으며 손님은 가볍게 입꼬리를 끌어올렸다.

“내 전임자는 형식상 변호하고 끝냈지만 난 도저히 납

득이 안 가서 말이야. 재조사를 시작했다네. 자네의 이야기는 굉장한 참고가 되었어. 다음에는 재판소에서 만나게 되겠군."

주인은 말없이 호박색의 액체를 잔에 따르고, 공손할 정도로 정중히 손님에게 잔을 내밀었다. 손님은 작게 헛기침을 했다.

"자네 쪽에는 좋은 변호사가 있는가? 가르시아 군."

주인의 대답은 직설적이지 않았다.

"전 언제나 제 몸은 제가 지켜왔습니다."

손님은 잔을 손에 들고 향기를 즐기려는 듯 눈을 가늘게 떴다.

"그런데 이 술에 독 같은 건 안 들었겠지?"

"적어도 마시는 즉시 효과가 나타나는 독은 넣지 않았습니다."

"하하. 그거 걸작이군."

손님은 웃기 시작하더니 멈출 수가 없다는 듯 언제까지고 웃음을 터뜨렸다.

지은이

다나카 요시키 田中芳樹

1952년, 구마모토현 출생. 가쿠슈인 대학 국문학부를 졸업하고, 동 대학원에서 국문학 박사과정을 수료했다. 1977년 잡지 〈환영성〉에 〈녹색 초원에…〉를 발표, 제3회 환영성 신인상을 받고 작가로 데뷔했다. 장대한 스케일, 매력적인 캐릭터와 흡입력 있는 서사, 치밀한 구성으로 큰 인기를 얻으며 단숨에 일본 베스트셀러 작가 대열에 올랐다.
특히 대표작《은하영웅전설》시리즈는 스페이스 오페라와 역사소설을 융합한 독특한 작풍의 대하소설로, 일본에서 누적 판매 부수 1500만 부 돌파, 한국에서도 100만 부가 넘게 팔리며 발표 후 수십 년이 지난 지금까지 SF 판타지 부문의 스테디셀러로 자리매김하고 있다.
SF 판타지와 다양한 인간상을 버무리면서도 이야기로서의 매력과 특유의 날카로운 사회 비판, 깊은 통찰 등을 잃지 않은 덕분에 자신만의 장르를 만들어낸 저자는《은하영웅전설》에서 쌓아 올린 방대한 세계관을《일곱 도시 이야기》에 집약해 한층 완성도 있는 모습으로 그려냈다. 덕분에 누적 부수 30만 부를 넘기는 등 큰 사랑을 받으며 애니메이션으로 제작되기도 했다.
1986년 〈북극해 전선〉을 시작으로 89년까지 발표된 5편의 단편을 모아 1990년에 처음 출간된《일곱 도시 이야기》는 독자들의 끊임없는 후속작 요청으로 1994년 〈귀환자 정〉 외전이 추가 발표, 2017년에 일본에서 새롭게 출간되었으며, 이번 재출간되는 한국어판에도 이 외전이 포함되어 있다.

옮긴이

손진성

단국대학교 일어일문학과를 졸업하고 나서, 영상을 번역하며 번역가의 길로 들어섰다. 옮긴 책으로는《일곱 도시 이야기》,《왕녀를 위한 아르바이트 탐정》,《트위터, 140문자가 세상을 바꾼다》,《모에땅 일단어》 등이 있으며, 소설에서 실용서, 어학서 이르기까지 다양한 장르의 일본 책을 한국어로 옮기고 있다.

일곱 도시 이야기

초판 1쇄 발행 2023년 7월 14일
초판 3쇄 발행 2023년 7월 31일

지은이 다나카 요시키
옮긴이 손진성

편집인 이기웅
책임편집 양수인
디자인 studio forb
마케팅 유인철, 이주하
제작 제이오

출판등록 제2020-000145호(2020년 6월 10일)
주소 서울시 강남구 테헤란로 332, 에이치제이타워 20층

ISBN 979-11-92579-70-2 (03830)